蜜语

-002-

# 世间始终你好

The world is always good

韩脉脉 著

贵州出版集团
贵州人民出版社

图书在版编目（CIP）数据

世间始终你好 / 韩脉脉著.-- 贵阳:贵州人民出版社,2016.6（2020.3重印）

ISBN 978-7-221-13266-6

Ⅰ.①世… Ⅱ.①韩… Ⅲ.①长篇小说—中国—当代 Ⅳ.①I247.5

中国版本图书馆CIP数据核字(2016)第128821号

**世间始终你好**

**韩脉脉 著**

出版人 苏 桦

出版统筹 陈继光

选题策划 大鱼文化

责任编辑 胡 洋 黄红梅

流程编辑 胡 洋

特约编辑 层 楼

装帧设计 Insect 逸 一

出版发行 贵州人民出版社（贵阳市观山湖区会展东路SOHO办公区A座 邮编：550081）

印 刷 三河市华东印刷有限公司

开 本 880×1230毫米 1/32

字 数 188千字

印 张 9

版 次 2016年8月第1版

印 次 2016年8月第1次印刷

2020年3月第2次印刷

书 号 ISBN 978-7-221-13266-6

定 价 42.00元

CONTENTS

# 目录

CONTENTS

# 目录

*The world is always good*

# 楔　子

南安安低着头认真地翻译那一大堆专业外文文献，办公室门被推开的时候，她一抬头就看到姜铭穿着一件黑色大衣走进来。从外面进到温暖的室内让他的眼镜迅速蒙上了一层白雾，姜铭摘了眼镜之后先把一杯丝袜奶茶推到了她眼前，才开始慢条斯理地脱下黑色大衣挂在衣架上，白色 V 领薄毛衣衬着他白皙的肤色莫名地带上了一种神圣的禁欲感。

奶茶还是温热的，南安安叼着吸管看姜铭坐在她对面的办公桌打开电脑，蓝色的屏幕映着那张面瘫脸。南安安紧张得手心都是汗，从昨晚她终于把持不住向姜铭告白之后，她思索了整整一早上不知道该用怎么样的颜面面对他，最终决定以不变应万变——因为她昨晚喝醉了，而告白完的结果……她忘了。

她早上醒过来的时候在自己家床上，衣衫完整，身体完整，连床单都很平整。没有春风一度，没有一夜情，连她的嘴唇都没有肿。

她只记得昨晚告白的前奏相当惨烈，她当众挑衅了姜大神……

西大的传统是大四上学期结课，大四下学期大家随意，所以他们的谢师宴也安排在昨天。

昨晚参加完谢师宴还被他们拖去酒吧疯的年轻男老师就俩，庆元大君酒精过敏，姜铭就成了金工汉子们灌酒的唯一对象。在目睹姜铭被金工三十八个汉子灌了一轮，脸色已经有些红了之后，深爱着男神的南安安终于忍不住挤进了人群里大义凛然道："老师……"

姜铭眯着眼睛看清是她后摆摆手："没关系，我还能喝……"他似乎有些醉了，原本清冽的声音微微沙哑，尾音拖得有些长。

得到保证，南安安放心了。

下一秒，她抄起六瓶啤酒挤到了姜铭眼前，豪气冲天："老师，一人三瓶对瓶吹，谁不喝谁是小狗。"



没错，她说的是狗，她就是这么勇敢，这么绝对，这么生无可恋地本着"我考了你的研究生，你不要我还把我给了别的教授做免费劳动力，所以我就灌死你的心情"，挑衅了她的导师。

南安安看着姜铭面无表情地接过酒瓶，干脆利落地开了一瓶，一仰脖就灌了下去，一瓶，两瓶，三瓶。

她站在酒吧忽明忽暗的灯光里，隔着一张茶几看着她的男神喉结微微耸动，看他因为喝醉了而扯开了两粒扣子的衬衣，英俊斯文的面瘫脸和无框眼镜后的内双眼睛，她承认自己终于被勾起了一点伤感，大学四年她没有什么遗憾，她们宿舍四个人里她和阿胖一起读研，顾狸和安凝一起工作，连分别都没有也就没有各安天涯江湖再见的愁绪。

可是姜铭……是她最大的不舍。

那些没来得及说出口的暗恋和奢望，在前几天她突然被告知姜铭今年研究生名额满了，她被调剂到经院院长那里的时候，就应该放下了，无疾而终。

她喜欢他，他不喜欢她——多么简单粗暴显而易见的答案。

南安安回过神时视线有些模糊，忽明忽暗的灯光被那颗在眼眶里打转的眼泪折射成美丽的光斑，而她的男神，就站在那一片美丽的光斑里朝她微微抬抬下巴——示意该她喝了。

想起刚才的豪气冲天，南安安吸吸鼻子面不改色："汪，汪汪……"

"……"

南安安庆幸自己酒品好，喝醉了也很乖。她依稀记得昨晚是姜铭把她带出酒吧的，她趴在他背上下巴搁在他肩膀像只小狗一样胡乱在他颈间嗅，姜铭身上总有种让她安心的气息，吸引着她一步一步小心翼翼地靠近过去。

她感觉到了姜铭身体一瞬间的僵硬，然后，她亲了他的侧脸。

小心翼翼，卑微而虔诚。

办公室很安静，只有键盘的敲击声。

姜铭也很平静，除了进门时给了她一杯奶茶。

南安安清清嗓子打破了这种平静："老师，我把国际劳务外包那些文献翻译好了。"

"嗯，"姜铭头也不抬，"我把技术外包的那几篇发你邮箱了。"

南安安看着姜铭那张英俊斯文的脸五秒，认命地打开邮箱开始了新一天翻译小助手的日常。姜铭是铁了心要把她也培养成一个学术狂魔了，太丧心病狂了，自从她年少无知翻译了一篇姜铭的论文当毕业论文被发现了之后，就被姜铭不动声色地培养成了翻译小能手。

南安安幽幽地叹了口气，偷偷摸摸地拿出手机刷微博，刚一打开界面就看到了顾狸转发的微博——一张人体一对对器官紧紧相拥的图和一句话"连器官都紧紧相拥在一起，而我却是一个人"，下附一句丧心病狂的评论——"可怜的蛋蛋，相望而不能相拥。"

南安安果断转发加评论——

追不到男神绝不改名：可怜的丁丁……和你一样。

几秒之后，握在手里的手机振动了几下。

南安安一解锁屏幕就看到了一条新评论，本来以为是顾狸说她丧心病狂，打开却看到——

姜铭：你怎么还不改名？

*The world is always good*

# 第一章

## 顾球球，我觉得，姜铭他喜欢我

南安安从来没想过，头上一把刀的除了色，还有懒。

周一永远是所有人的噩梦，对于前一天给顾狸过生日通宵又宿醉的南安安更是如此，她被顾狸从上铺揪起来的时候已经七点五十了。南安安懒懒地抬下眼皮看了时间就重新从顾狸手里滑下去躺倒在床上打了个滚哼唧了一声："顾球球，我还要睡。"

"你确定？"顾狸声音凉凉的，"早上有课，姜铭的。"

南安安不为所动，翘课的心坚如磐石无转移。

"你还是写张请假条吧。"一支笔被安凝从对铺扔了过来，划过一条抛物线落在南安安枕边。

南安安迷迷糊糊地拾起笔从墙上撕了一张便笺纸，大笔一挥写了张简洁明了的请假条交给了顾狸。听到她小青梅关门的声音后，南安安翻了个身继续睡，睡觉就是爽，不枉子都曰过——睡着真舒服，不舍昼夜……

三个小时后南安安睡饱了爬下床去浴室洗了个澡，一身清爽地擦着头发坐到电脑椅上朦朦胧胧地想起来，顾狸刚才说早上是谁的课来着？今天是本学期第一次正式上课，南安安记不清课表索性登录了选课系统查了一下，万一很重要呢。

课表上周一上午栏里几行黑字——

经院圆阶201

货币银行学

姜铭

姜铭……这个名字挺熟悉的。

南安安思索了一会儿才想起来，姜铭就是经院男神啊！



南安安自认为不是颜控，翘一节男神的课也没什么，于是安心地十指如飞继续刷网页去了……总觉得还遗漏了什么，登录qq后郝馨导师的头像就闪烁了几下——是昨晚的留言。

好老师：安安，新导师怎么样？我对你好吧，原谅我一生放荡不羁爱美女，连远走他乡都要亲手把你交给大神。

郝馨自大一起就是南安安的导师了，南安安一向深得她心。南安安觉得郝馨对她的偏爱大概是因为以前郝馨每次上课讲笑话都只有一个人笑，自从有了她，就变成了两个人。

新导师？

南安安如飞的十指一顿才想起来——上学期末她的导师出国养胎了，临走前特地把她转给了经院的学术大神，大神的名字……

好像也是姜铭。

于是，她翘掉的……是她导师的课。

已经大三下学期了，必修课挂一科她会很惨，毕业论文不过她会更惨……

反应过来南安安匆忙地拿起羽绒服套上就往宿舍门口跑，手刚放在门把手上门就开了，顾狸背着书包站在门外笑眯眯的。

南安安："姜铭的课……"

顾狸笑笑："已经下课了。"

南安安："……"

顾狸再笑："我告诉过你。"

顾狸："你还记得你写的请假条吗？"

南安安："告诉我这不是真的，你真的把它交给姜铭了？"

顾狸淡淡地看了她一眼："窝是歪果仁，窝看不懂写神么。"

毒舌毁三代，嘴欠毁一生。事实上，南安安正是知道她请假条的内容才这么忧伤，有时候恐惧并不来源于未知，而来源于已知，她现在就清楚地知道——她完了。

南安安捂脸："完了，我挑衅了我导师。"



唐圆跟着音效超好的立体声环绕音响哼起了歌："天空飘来五个字儿——那都不是事儿……"



南安安捂心口："心塞。"

唐圆："倍儿爽，倍儿爽倍儿爽倍儿爽……就是这个feel，倍儿爽……"

被一群女生围着解疑答惑后，姜铭回到办公室时已经接近一点了。

选他课的学生很多，金融工程的女生也很好学，他们都没有被他去年那逆天的挂科率吓到。

如果没有这张请假条，姜铭相信新学期的第一节课他会更满意。

姜铭捏捏眉心，随手把花名册扔到办公桌上一张便笺纸就轻飘飘地落了出来。

老师：

我有病，得治。

南安安

自他去年回西大任教以来，还没遇到过这么勇敢的学生。

小字条上的行书漂亮大气，落笔苍劲有力，如果不是落款的名字，这样的字更像男生写的，而且……字迹莫名有些熟悉。

南安安这个名字也有些熟悉，姜铭面无表情地收起那张小字条懒散地靠在沙发上伸展开两条长腿，悠闲地搭在他那张红木茶几的底座上，右手把咖啡送到嘴边，心不在焉地看着夹在左手指间的请假条。

南安安……好像是上次郝馨提起过的，她出国养胎所以要转给他的本科生。

"我有病，得治。"刚吃完饭回来串门的师兄何庆元凑了个脑袋过来读了一遍他手里的请假条，整个人像上了发条一样激动，“我的小女神好萌哟，阿铭，我家南安安可好看了你知道吗？”

姜铭把那张请假条夹进《货币银行学》里，木着脸回应：“知道。”

何庆元正扒拉着手机找他以前上课拍的南安安的照片，听到姜铭这么说更来了兴致，趴在办公桌上整个脑袋都凑了过来：“啧啧，你也觉得她好看？”

姜铭头也不抬：“她自己说的。”

前一阵他在高层 7 楼等电梯的时候，电梯刚停下欲开未开时他就听到一个女声——我长得可真好看，电梯门开了，他走进去的时候女生口中的“看”字话音刚落。

可，真，好看。

估计孩子是对着明亮如镜的电梯门被她自己惊艳到了。

姜铭刚走进去那孩子就落荒而逃了，他只来得及看到了侧脸。

嗯，确实好看。

一周后，姜铭扫视了讲台下密密麻麻的小崽子们，他知道南安安勇敢，但不知道她这么勇敢——她又翘他的课了，不知道是因为又有病了，还是上次还没治好……

没有姜铭的一周里，南安安为了得到一张真正的病假条跑了一趟一中心医院。

在走廊上，她还遇到了前几次都打过照面的实习医生。

实习医生见到南安安又来送钱了语重心长道：“安安，一中心圈钱像抢劫一样，你怎么又来了？医院是你家开的吗？”

话音刚落就看到他们新晋院长朝着这边走过来，实习医生一惊，有些激动地站起来：“梁院长。”

南安安也很开心：“哥。”

实习医生压低声音：“别闹，他真的是我们院长。”

南安安给他一个真诚的眼神：“他真的是我哥。”

实习医生：“……”

得到他哥盖章的病假条后，南安安就盼星星盼月亮等着她导师大人的课，却没想到——

她翘了姜铭一次课，还要翘第二次。

一大早背着书包正准备去上课就被她亲妈截住了……连请假条都来不及写，南安安只能寄希望于姜铭这次也不点名。

被她妈强迫去看心理医生的路上她就有种不祥的预感，果然，她在安漾的目光里走进去，对面的心理医生刚一开口唐胖胖的短信就来了——安安，姜铭没点名，但他说随堂测占30分平时分。





30分……

《货币银行学》平时分总分……也是30分。

不等南安安做出反应唐胖胖又发来一条——放心，我用左手多写了一份写上你名字交了。

南安安笑了，她的小天使就是这么善解人意，很快，她就笑不出来了——

在她又收到安凝和顾狸的短信后。

安凝：放心，我用左手多写了一份写上你名字交了。

顾狸：放心，我用左手多写了一份写上你名字交了。

……

南安安捂眼睛，这画面实在太美，她不敢看。

不怕神一样的对手，就怕猪一样的队友，南安安想说最可怕的是两者她都有。

隔着一张红木桌子，南安安已经坐立难安，心理医生依旧风度翩翩。

心理医生双手交叉握着，笑得让人如沐春风："安安是吧，你长得很漂亮啊，平时有什么烦恼可以和我说下吗？"看南安安没有接话的意思，年轻的心理医生轻咳一声，给了一个提示，"比如说，你妈妈为什么带你来我这啊？"

南安安一脸悲伤："我有病。"

"……"多么诚实的孩子，心理医生调整一下表情按照惯例安慰，"你没有病……"

南安安如获大赦："那我走了。"

心理医生："……"不带这样的，我还没说完啊。师父你快回来，我一个人承受不来。

南安安走到门口转过身，心理医生仿佛看到了胜利的曙光，正要把"你只是……"说出来。

南安安一手握着门把手，侧着身子礼貌而友好地笑眯眯地朝他挥挥手："再见。"

告别了心理医生出来的时候，大雪已经铺了一路，南安安打车龟行到学校的时候已经十一点多了，《货币银行学》早就下课了。



一下车就一路小跑奔向经院高层，南安安一向怕冷，一出车门就迅速套上了两只毛茸茸的手套，出了电梯走到办公室走廊上弯着腰双手扶着膝盖大口大口喘气才想起来——她一节课都没上过，别说姜大神在哪个办公室了，她连姜大神长什么样都不知道。

还好，手机铃声及时响了起来，南安安迅速把手机掏了出来，看着屏幕上闪烁的唐胖胖的大头照欣慰地用戴着毛茸茸手套的手指去划拉屏幕——没温度划不动，懒货南安安懒得摘手套直接就把手机凑到嘴边，伸舌头迅速地舔了一下绿色的接听图标。

舔完屏，电话接通的那一瞬间她好像听到了一声低笑，南安安下意识地抬起头就看到她对面那扇门打开了，一个穿着藏蓝色大衣的高个子男人嘴角的弧度还没收回去。

南安安被那人英气逼人的笑容闪瞎的时候，就听到唐胖胖的声音从手机那边清晰地传过来——安安，姜大神的办公室在你出了电梯对面，就是1401。

南安安目光投到那个男人身后的红木门上——1401。

南安安觉得她一定是被那个男人帅傻了，因为她跑了。

在茶水间里待了一会儿，用纸杯接了几杯奶茶喝了，南安安才鼓足勇气重新站在姜铭办公室门口，拍拍胸口平静了一下敲敲门，得到了一声"请进"，很好听的男中音，声音清冽带着一丝懒散。

南安安有些忐忑地推开门就看到姜铭戴着一副无框眼镜正在改卷子，她站的角度刚好可以清晰地看到他的侧脸，清晰到可以看到他被阳光镀上了一层金色的长睫毛和他微微皱起的眉，鼻子很挺——她有点想歪了……单凭颜值，姜铭就足以成为他的男神了。

他的白衬衣的袖扣解开挽在手肘，露出一截白皙而有力的手臂。

办公室里空调温度调得很高，看来他刚才应该是穿好大衣要出门了，看到她之后专程等着收拾她的。

姜铭一手转着手里的钢笔全神贯注地看着桌子上那张随堂测试卷，迟迟没给一个分数，见她进来只是说了一句："稍等一下，我把随堂测批了。"

"好的。"南安安乖巧地回答了一声，走到沙发那里，等离得办公桌近了悄悄踮起脚，小心翼翼地瞥了一眼那张卷子。

左上角的名字是她的。

桌子上摊开的卷子有三张，都是她的。

南安安手心里都是汗就听到姜铭淡淡的一句"坐吧"，听不出语气，南安安小心翼翼地坐到沙发上，背挺得很直，双手放在膝盖上，乖巧拘谨得像是一个等着被老师批评的小学生。她还是第一次来姜铭的办公室，他的办公室比她以前的导师那间小办公室宽敞多了，偌大的办公室宽敞明亮采光极好，落地窗上挂着深蓝色的窗帘，正对着红木办公桌。

姜铭坐在办公桌的一侧，他对面的桌子上放着一个特别大的鱼缸，鱼缸挺别致的，切面不是常见的弧形而是整个鱼缸都被菱形的小切面覆盖，阳光照过来，透明的鱼缸就把阳光分割成细碎的光斑，几尾她没见过的极小的小鱼游弋在绿幽幽的水草间。

南安安观察得正仔细，一抬头就看到姜铭从办公桌那里起身坐到了她对面，她更紧张了，偌大的办公室里安静得似乎能听到她的心跳声，南安安左手无意识地挠着膝盖就听姜铭似乎轻笑了一声，说："你很怕我？"

南安安鬼使神差地点点头，反应过来又猛摇头，垂着头有些尴尬地开口："有、有点……"

姜铭摘下眼镜随手放在茶几上，声音清淡得听不出什么情绪："那还逃课？"

南安安："……我再也不敢了。"

一时间办公室沉默了下来，姜铭看着垂着头不说话的南安安，她穿了一件卡其色的长款羽绒服，毛茸茸的领衬得整个人白白嫩嫩的，垂着头的时候露出一截白皙的脖子和一缕没扎好的卷发，一根墨绿色的绳子串起了一个项坠松松地挂在颈间，只是项坠落在低领白色毛衣里看不清楚形状，从他的角度还可以看到她垂着的眼睫毛。

孩子看起来可怜兮兮的，姜铭闲适地靠着沙发重新找了一个轻松的话题："病治好了？"

"……"

南安安一惊，才想到他是说她上周的请假条，嗫嚅道："好，好了……"顿了顿南安安抬头想看看姜铭的表情——没有表情，她抬头刚好撞进他的目光里，他的瞳孔是浓重的黑色，给人一种深不见底的错觉，南安安看着姜铭的眼睛真诚地表态，"我再也不翘课了，真的。"

姜铭闻言懒懒地"嗯"了一声。

"那……"南安安问得小心翼翼，"我的平时分？"

"没了。"姜铭回答得理所当然。

南安安一惊整个人都不好了，就差冲过去抱姜铭大腿哭号："老师，不要啊……"

姜铭面无表情地看着她，语气认真："平时分只有30，好好听课你还是可能过的。"

可能过的。

南安安快哭了，西大变态的考试制度是挂科没有补考只有重修，这已经是大三下学期了，她要挂了只能再等来年重修。南安安双手合十，言辞恳切："不可能的，没有平时分我一定会挂的，求你了……"

看姜铭无动于衷，南安安真诚地看进他的眼睛里："真的，以我的智商。"

她正哀求得起劲姜铭就被一个电话叫去开会，南安安坚定地留在办公室里等他回来，顺便把自己微博昵称改了，发了几条新微博——

追不到男神绝不改名：我男神，有特殊的高冷技巧。

追不到男神绝不改名：姜铭，你开完会别走，等你回来我……继续求你。

姜铭开完会回来，南安安正眼巴巴地看着他的鱼缸，似乎是听到他推门的声音又扭过头一脸泫然欲泣："老师……"

这种泫然欲泣的表情是南安安从小把握得最好的，每一次她爸爸要揍她，南安安都是靠这样的表情逃过她爸的打，然后她爸爸下不了手……换她妈妈来，不得不说，女人就是喜欢为难女人，多么痛的领悟！

姜铭倚在办公桌上看办公桌对面的南安安，她的眼睛湿漉漉的，像是浸了水，毛衣里的项坠随着刚才的转身被甩了出来——是一块碧绿的缺了一个小口子的同心锁，歪歪地搭在她精致的锁骨上，衬着她的肤色。姜铭墨色的眸子被碧绿的玉坠映得绿幽幽的……



最终南安安和姜铭达成的共识是，他以后不定时让她上讲台做三次题，每做对一次姜铭就还给她十分。

问题得以解决后南安安欢快地回了宿舍，一推门就看到顾狸对着电脑十指如飞地打游戏，南安安把脸凑过去轻咳一声严肃脸："顾球球，我觉得，姜铭他喜欢我。"

南安安没想到的是，姜铭喜不喜欢她还不肯定，但是很快……她就肯定她喜欢上了姜铭。

时隔几天，她接到班长电话通知她交挑战杯的申请书，被姜铭接手了她就得找姜铭来签字了，南安安提前给姜铭打了电话约好了时间，那天姜铭似乎没课，本来不用来学校一趟的，南安安为了不麻烦他再上一次楼就直接在经院高层楼下等他。

等到两点半的时候，姜铭那辆低调的黑色辉腾准时开到了经院高层的停车场。

阳光下，姜铭迈着大长腿朝南安安走过来的时候看起来出乎意料的很帅，学者特有的斯文加上英气逼人的五官，连声音都清冽好听。南安安再一次刷新了对姜铭英俊程度的评级……

南安安也很激动，捏着申请书的手指都微微颤抖，经历了上次丢人事件她面对他的时候还是有些尴尬的……

也许是他身后的阳光晃得她眼花，也许是太阳太大晒得她头晕，南安安站在姜铭的车门前说了一句"老师，郝老师让我找你签字，可以吗"就拿出了那张申请表。在姜铭接过表的时候，南安安不假思索地就把自己的手伸出去垫在了那张单薄的纸下面。她看着姜铭左手自然地放回了原本准备垫的书，也许是为了不让她伸手这个动作太尴尬。

姜铭说了声“可以”，就着她的手认真地看那张申请表的内容。他似乎有些近视，没戴眼镜的缘故会不自觉地微微眯着眼睛，睫毛很长，鼻子很挺，连下巴线条都那么美好，身高差的缘故他微微俯了身，在她身上投下了一层浓重的阴影。

南安安站在姜铭的身影里，托着表格的手指尖都有些僵硬，自上次分手之后，她已经很久没有离一个男人这么近，没有厌恶，也没有抗拒，只是莫名有些紧张，不知道是为了她的挑战杯，还是为了姜铭本人。



南安安屏住呼吸竖起耳朵，就听到姜铭的声音“题目不错”，然后他伸手接过了她呆愣愣递过去的笔，在纸上签下了他的名字。

纸张很薄，姜铭的钢笔字写得苍劲有力，似乎穿透了那层薄薄的纸写在了她的手心。笔尖的触感透过纸张传达到她的手心，微微有些痒，南安安忍不住蜷了蜷手心，没法好好写字的姜铭托了一下她的指尖迅速地完成了签名。微凉的指尖接触到她的手指时，南安安心跳加速，耳尖有些发热。

南安安是翘着食指回去的。

那张表格她复印了一份交了，原件夹在了她的《货币银行学》书里。

当晚南安安在宿舍里头一次学货银的时候，她的小伙伴们都惊呆了。

南安安不光主动学习了，她还学得笑容满面。

唐胖胖一晚上侧过脸七次，都对上了南安安那笑眯眯的脸，那荡漾的小酒窝，还有那含情脉脉的眼神。

南安安是个美人，笑起来眉眼弯弯卧蚕酒窝一个不少，美人笑起来自然赏心悦目。

唐胖胖是个颜控，颜控看到美人微笑自然是心神荡漾，无论美人是男人还是女人。

但是……一直笑必有蹊跷。古人云，见人就笑必定差窍。

第八次侧脸的时候，唐胖胖终于没忍住心里关于南安安脸抽筋这个猜测，小心翼翼地开口：安安……你怎么了？

事实上，自南安安上次分手以来，她已经单身三年了，这次不仅看到姜铭就笑，连看到姜铭上课的教材都笑，绝对是要告别单身的节奏啊！

顾狸放下手中的单反，凑过去坐在南安安的充气沙发扶手上，一手搭上她的脖子：“安安，你是要追姜铭？”

“对啊……”南安安正在西大信息门户网站上查姜铭的资料，经院老师的地位可以从办公室所属楼层数清晰地展现出来，南安安觉得她可以理解姜铭可以在十四层一人独占一间那么大的办公室的原因了——他的导师名字在经济学界绝对是如雷贯耳，而姜铭是大师的关门弟子。



“安安，你看你都要重新出发了，给我讲下你的情伤吧。”顾狸哄她。

南安安合上笔记本开始倒豆子，她从小就极其热爱学习……好的男人，高三那年情窦呈井喷式初开的时候，她换男神的频率始终和西中月考换榜的频率保持一致，直到有一天她幡然醒悟——

南安安痛心疾首道：“后来，我才发现我以前实在是太肤浅太狭隘了。”

凑过来听故事的唐圆：“你终于发现学习好不是检验好男人的唯一标准了？”

“我发现，这个世界上还有种学习好的男人，”南安安笑眯眯地，“叫男博士。”

唐圆：“……高中生已经无法满足你了吗？”

何岳就是南安安最后一个男朋友，西大数学系博士。

那时候南安安还小，何岳是情场老手，又帅又风流，最重要的是学习好。

每一个陷入热恋的女人，都会以为那个风流花心男人会为自己浪子回头。

那时候南安安虽然只算得上是半个女人，但也深以为然。

她永远记得那次她爸爸开车带她还有她姑姑和哥哥一起出去吃饭，在车上的时候南安安眉飞色舞地告诉她爸爸她恋爱了，何岳长得好学习好声音好，说到声音好听的时候刚好何岳来电话了，南安安豪爽地开了扬声器想让大家听听她男朋友的声音。

于是，她爸爸她姑姑她哥哥都听到了——

一个女人娇滴滴的喘气声：“何岳，啊啊，慢点，啊……好爽……啊啊……”

南安安绘声绘色地讲到一半，就收到了她妈妈的短信，看完短信她连讲故事的心情都没了，她妈妈说要她准备考研，还给她在校内找了一个辅导老师。

安漾已经做了决定，只是通知她而已，反抗不了的南安安乖乖地回了短信就睡了。

漫长的一周过后，南安安终于可以和小伙伴们一起去上课了，上她新晋男神的课。



南安安站在经院圆阶楼下等着唐圆锁好车过来，唐圆的手机没电了正捧着她的手机往教室一路走一路看，一声短信提醒后，一条短信就悬浮在屏幕上，唐圆看到短信内容后试探性地问走在前面的南安安——

“如果你前男友求复合，你会同意吗？”

南安安闻言头也没回，语气随意道：“哪一个？”

“……”不是她想的那样吧，唐圆清清嗓子，“你这么快就忘了是哪个了，你果然已经不爱他了。”

南安安摇摇头，认真地追问：“我是说，哪一个前男友？”

话音刚落，南安安就见姜铭从她后面走过来进了教室……

南安安凑近唐圆小声开口：“他刚才经过我了？”

唐圆诚实地点点头，补充道：“在你说哪一个的时候。”

南安安：“……”

从唐胖胖手里接过手机后南安安看也没看内容直接删掉了短信悬浮框，把手机插进裤子口袋随着人流走进教室。

整整一节课南安安都严阵以待蓄势待发，就等着姜铭叫她上去做题，可惜姜铭像是忘了他们约定的那回事儿一样，连眼神都没给过她一个。姜铭一只手支在讲桌上一只手随意地转着一支粉笔，他讲课从不用教科书，思路清晰语言简单明了。

没有了对视的顾虑，南安安坐在最后一排光明正大地观察姜铭，正对着她的时候就观察脸，背对着她时就观察后脑勺。

男神连后脑勺都长得很好看，正脸更让她欲罢不能，简单清爽的黑色短发露出漂亮的额头，无框眼镜后的眼睛被浓密的睫毛勾勒得像是自带眼线一样，姜铭整个人给人的感觉一向慵懒而随性，又带着那种像是与生俱来的冷漠与疏离。

这样的男人其实适合被人当作男神来膜拜，而非男人。

但是安漾说了，就要在最美好的年华，追最好的男人，南安安问过——追不到呢？

安漾瞥了她一眼——出息……追不上就退而求其次呗。南安安觉得她妈在这个问题上是如此的豁达，大概是因为她妈自己当初就追到了她爸吧。

南安安正对着姜铭的脸发呆，胳膊就被顾狸撞了一下："去做题吧，少女。"

南安安往讲台上走时经过了几个男生，收获了一声悠长的口哨和一声粗粝的"南神"，在安静的教室里异常响亮，南安安被他们叫作"金工南神"，而他们班系草吕旭人称——女神。那声口哨就出自他们"女神"之口，全班同学沉默了几秒后爆发了一阵哄笑，直到姜铭做了个食指抵住掌心的动作才安静下来。

以她 2.0 的视力，南安安保证她看到姜铭皱了一下眉，虽然几不可察但是还是没逃过她的火眼金睛。

从姜铭指间接过那支粉笔的时候，她一抬头刚好对上了他的目光，姜铭镜片后的眼睛黑得纯粹，那一瞬间甚至给她一种他眼里只有她的错觉。南安安愣了一下手指滑过了姜铭的指尖，她甚至能清晰地感觉到他手指的温度烫得她的手指都有些发烧，那种温度似乎是顺着她的血管渗透到全身。

南安安低着头下意识避开姜铭的目光，有些慌乱地攥着粉笔站在黑板前深吸了一口气开始在黑板上写字。

姜铭抬手弹了弹指间的粉笔灰，随意地两手支在桌面上背靠着讲桌看南安安捏着粉笔奋笔疾书，她写字很快，漂亮的行书如行云流水般整齐地排列了一黑板，需要的空间不够时还直接把字穿插在他之前的板书里。写完答案后，南安安转过身一个漂亮的抛物线把粉笔扔回笔筒，向他那里凑了凑笑眯眯地抬头仰视了他三秒，然后拍拍粉笔灰欢快地跑回最后一排钻在桌子里跟她的小伙伴咬耳朵。

姜铭收回了带着些许意味深长的目光，清了清嗓子说了句“下课来我办公室”就抬手把黑板擦干净了。

南安安回到座位上还没来得及欣赏他们的合照就听到姜铭听不出喜怒的话，不知是福是祸地忐忑了半节课，连顾狸那句疑惑的“南安安，你没发现你俩的字浑然一体吗”都没听见。下课后，南安安背着书包颠颠地跟着姜铭往经院高层走，今天姜铭下课早，南安安走出圆阶的时候别的班第二节课还没下课，她跟在姜铭身后走在他被阳光拖长的身影里，心里升起了一丝雀跃。

姜铭的办公室她已经来过一次了，所以当姜铭走到高层楼下被经院院长叫住时，南安安接过姜铭递给她的办公室钥匙抱着那一堆资料轻车熟路地到 1401 等他。鱼缸里的小鱼还是细嫩嫩的几尾，兀自在漂亮的大鱼缸里欢快地游弋，南安安百无聊赖又不敢喂鱼，鱼实在太小了她怕撑死它们索性扒着鱼缸沿继续观察小鱼，仔细观察才发现鱼缸底部的角落露出了碧绿的一小角，被几个白色的小石头压住了看不清楚形状。

看样子，像是一枚翡翠，成色还这么漂亮，南安安感叹了一下姜铭的土豪，这是用翡翠铺鱼缸啊！她犹疑着要不要伸手进去掏出来看看时门就被推开了，一阵清脆的高跟鞋声由远及近，南安安回过头就看到一个穿着黑色长裙的女人，看她站在那里女人表情有些嫌恶地皱皱眉：“姜铭不在吗？”

南安安看女人对她不喜的态度也只是礼貌地点点头，惜字如金：“是”

上帝给了她一张热脸，不是为了让她去贴冷屁股。

女人看了她一眼，没再理她转身就踩着高跟鞋走了出去，“啪”的一声带上了门。

南安安重新扒着鱼缸看鱼，没听说姜铭有女朋友啊？而且看那个女人的样子应该比姜铭年纪大，姜铭他应该不会……南安安正胡思乱想就听到一声门响，这次听皮鞋声应该是姜铭，她迅速支起身子离鱼缸远了些甚至激动得把手背在身后，目光也游移了一下。

门被关上了，咔嗒一声落了锁。

南安安一瞬间心里升起了一丝紧张，看着姜铭拿着厚厚的一本书落座在那张大沙发上，食指叩了叩书表面的那张纸，以南安安 2.0 的视力——那是她的综合成绩单，右下角学分成绩 60.1，姜铭声线是一贯的清冽好听：“我听说你要考研？”

南安安含混不清地唔了一声，她其实没想好，她想读研可是保研的话学分成绩不允许，考研的话她的智商不允许，西大的国经所每年专业课题都极难，单这一科就能卡掉百分之八十的考生。





等等，姜铭不会是安漾那天说的给她找的专业课老师吧？

示意她坐在沙发上后，姜铭将手底下那本书推给她，南安安看了一眼，封面写的是“西大金融学考研历年真题”，姜铭悠悠地开口道：“每天做一套。”

南安安呆住了。

姜铭继续补刀：“在这儿做，我检查。”

男神我求求你，让我自暴自弃吧。

你的关照，我不配。

事实上南安安在姜铭的陈述句里一边乖乖地点头了，一边安慰自己——他果然喜欢我，你看，迫不及待要天天见到我了。在这种情绪里南安安有些飘飘然，一时冲动地开口：“老师，你有女朋友吗？”

姜铭闻言抬眼看向她，淡淡地说了句：“没有。”

南安安按捺住内心的激动，把那句“你看我怎么样”憋了回去，其实她怕姜铭冷着脸说不怎么样，只好换了个话题：“刚才有个女人来找你。”

姜铭心不在焉地嗯了一声，他刚才走出电梯的时候刚好看到她走进隔壁电梯，姜铭目光扫过那女人被时光染上憔悴的眉眼，心里却没有他以为会有的快感。他挥散心里的阴云抬眼看向对面的南安安，想到课前听到的那句话，语气一转：“你有几个前男友？”

南安安：“……”这话题转得太快她反应不过来，怎么到她身上了？

看她沉默，姜铭微微皱了下眉：“十个指头数得过来吗？”

南安安小鸡啄米式点头：“能的能的。”不知不觉就被姜铭牵着鼻子走了。

“那是多少？”姜铭语气自然，依然听不出情绪。

南安安犹疑了一下，试探着比画了一下手指头："……十个。"

办公室又沉默了下来。

姜铭面上波澜不惊，修长的手指有一下没一下地叩着桌子像是在沉思。

南安安从说完十个之后就不安地等姜铭的反应，却看到对面的姜铭浅浅地笑了一下，他笑起来很惊艳，眼角会微微翘起来舒展开，带着些漫不经心的味道。

这是姜铭第一次对她笑，本该受宠若惊但是在这种情况下的笑让她莫名更胆战心惊了，还带着隐隐的心虚，他们刚才的对话就像是她在告诉自己正在追的男神——我有过十个男朋友，你是第十一个哟……

看南安安一副"在线等"的急迫模样，姜铭随手松了松自己的领带，一手搭在沙发靠背上淡淡地说："不少啊。"

南安安错开他的目光，垂着眼睛解释道："也、也不多……" 一句话说完南安安就想把自己的舌头咬下来，嘴欠毁一生。

然后，她就听姜铭说了句挺长的话："那哪一个求复合你会答应？"

南安安信誓旦旦："哪一个都绝对不。"

"我是一个绝不回头的人，"南安安继续表决心，"每一次复合都是对曾经的自己的否定！我是绝对不会否定自己的。"

姜铭懒散地随手翻着书，你是从不复合，你都找新的，还找了十个。

看南安安红润的嘴唇一开一合，姜铭突然觉得有些口干舌燥，随手端起茶几上的杯子，正要送到嘴边……

南安安眼尖地瞥到杯子里没水了殷勤道："老师，我去茶水间帮你倒，你要喝什么？"

姜铭随手抽了支香烟夹在指间，一手拨动了一下打火机，跳动的火苗衬得那张脸有些不真实，然后他说："可乐。"

南安安回来得挺慢，茶水间的水没了，于是南安安跑下楼去给姜铭买了一听芬达又一路小跑回来，在姜铭正单手用拇指开易拉罐的时候，她凑过来，踟蹰了一下解释道："芬达也不错，可乐不好的——杀精伤肾致阳痿……"

姜铭开易拉罐的右手一歪，易拉罐被打开的一瞬间蹿起了一道橘色水流直直地对准了南安安，喷了她一脸汽水。

南安安蒙了。

“抱歉。”姜铭放下手中仍在喷涌的芬达，从纸抽中抽出几张纸，按到了南安安脸上。

南安安丝毫没听出姜铭声音里的歉意，纸巾沾水即湿厚度完全可以忽略，她所有的注意力都在姜铭修长有力的手指上，好像全身的血液都倒流到了脸上一样。南安安僵着身子直到姜铭给她擦了脸后把纸巾扔到垃圾桶，带着她去内间洗脸……



被喷一脸其实也不错，男神摸了她的脸，她用了男神干净的白毛巾。

第一次专业课辅导无疾而终后姜铭就去外地开会了，南安安过了好久悠闲日子，可惜快乐的日子总是很短暂，在南安安敷着面膜跷着腿刷微博的时候，一条短信提示音响起，南安安划开屏幕，是一个陌生号。

——明天上午八点……

南安安早上六点就起床，收拾一番后八点准时到了姜铭办公室，开始苦逼的学习之旅，姜铭给她勾了十道大题就开始坐在办公桌前闲适地看报纸。

清晨的阳光透过落地窗投在桌子上，姜铭偶尔一抬头就看到南安安坐在沙发上一手转着笔，皱着眉头一副认真思考的样子，神情似乎专注而虔诚，低头的时候没扎起的长发纷纷垂落在耳际，她甩了一下长发随手把一缕发丝别在耳后，露出弧度优美的侧脸，阳光洒在她脸上，照得她整张脸白得似乎透明。

似乎是想到了题目的解法，南安安提笔在纸上写字的时候眉眼都生动起来，漂亮鹿眼下的卧蚕很可爱，连嘴角都漾起了浅浅的小酒窝，整个人就像是融入了阳光里，安静而美好。

这样的笑稍纵即逝——南安安又开始皱着眉转笔了。

姜铭十指交叉，终于忍不住开口道：“还没做完？”

南安安：“……”

“这道题你直接用微积分就可以做。”远远瞥见卷子上大片的空白，姜铭头一次这么耐心。

南安安一脸茫然。

“高中数学的最值法也可以。”

南安安一脸茫然。

“你是怎么考上西大的？”姜铭皱眉。

南安安：“我视力好。”

姜铭似笑非笑地提醒她：“你今年17岁，大三。”据他了解，南安安曾经跳级三次，在这一届是年纪最小的学生，智商应该比视力更好吧。



姜铭十指交叉，优雅而闲适：“你其实不想考研？”

南安安：“我想。”

姜铭卷了卷办公桌上的报纸：“不喜欢我给你辅导功课？”

南安安违心道：“我喜欢。”

姜铭走近拿起那本习题集，他勾的几道题下面都浅浅地写了几个小小的数字，姜铭几眼扫过去——准确地说，那些不起眼的数字就是正确答案。姜铭扶额：“你都会还一脸苦大仇深的样子，你是猴子请来的逗比吗？”

南安安：“你说的那些方法我都忘了，我口算的。”

姜铭：“……”

沉默间有节奏的敲门声响起，姜铭暂时终止了这个话题淡淡地说了句：“请进。”

一个女生把门推开了一个小缝，探了脑袋进来羞涩地笑笑，然后走进来怯怯地开口：“姜老师，我、我是您的学生，我叫安可，我今年大一，我想来问问您下学期交换生的事，我想请您帮我写推荐信，我……”女生话语一顿，在与南安安目光对上的时候有些惊讶道，“安安姐姐，你怎么在这里？”

南安安态度有些冷淡下来：“我在准备考研。”

“噢……”安可神色有些黯然，重新把期待的目光投向姜铭，姜铭看了她一眼思考她是谁，她似乎不是他带的学生，西大的传统是从本科生抓起，每届本科生也有自己的导师，负责学习、课题和毕业论文，分到他手里的一向是男生，南安安这个例外是郝馨养胎所以临时塞给他的。

这个小女生，他肯定她不是他的学生，但是安可这个名字很熟悉。

姜铭思索了一会儿才想起来，这个名字他以前从小卷毛口中听过，不过不是什么好话——

小卷毛：我讨厌安可，她今天把我的同心锁磕掉了一个角。

小卷毛：师父，安可跟外公告状说我早恋。

小卷毛：我没推安可，她骗我外公，我不喜欢他们了。

姜铭曾经觉得小卷毛单纯而孩子气，后来小卷毛发给他一张高一数学卷子求助时才知道——她不是孩子气，她就是个孩子。





……

姜铭回过神正对上那个叫安可的女孩子期待的目光。

南安安低着头一副深思状竖着耳朵听姜铭轻描淡写道："抱歉，你最好找自己的导师……"

男神这话说得……实在是太爽了，爽得她觉得考前辅导都没那么讨厌了，这种敌人的敌人就是朋友的惊喜感让南安安相当愉悦。

安可失望地离开后，办公室就又只剩下了她和姜铭了。

一上午的时间过得挺快，姜铭又找了几道难度稍高的题给她做。

南安安又开始转笔。

半个小时后，姜铭合上电脑走过去看南安安的做题结果——这次是真的白的，姜铭修长的手指叩在那道题目上："……在口算？"

"在思考，"南安安回答，不等姜铭回答又坦白道，"而且思考不出来。"

姜铭右手按在南安安坐的沙发右侧扶手上，左手从笔筒里抽出一支钢笔，思考的过程中深蓝色的钢笔在手背上转了一圈回到手心，然后唰唰唰地在那张纸上写答案。南安安目光跟随着他握着钢笔的修长手指，他的指甲修剪得干净整洁，指节分明。

南安安看得投入甚至没发现姜铭站在她右侧，执笔的左手绕过了她半边身子，这样的姿势她整个人像是被姜铭圈在了怀里，他的下巴离她的发旋儿很近，她一抬头甚至都能磕到他线条漂亮的下颌。

如果她的心理医生看到这样的场景，一定会觉得南安安不用放弃治疗——她吃吃药还是有可能好的。

南安安竖着耳朵听得很专心，他讲题的声音也不带任何感情色彩，但是清冽好听，语速很快，在句末的时候偶尔会尾音上扬。南安安走神走得很彻底，她突然想到前一阵在微博上看到的别人的老师系列，她还跑去转发评论了——我懂我数学不好的原因了。

现在她觉得自己被打脸了，比如说帅哥老师是可以在上课的时候吸引女生的注意力，但是更可能把女生的注意力吸引到他脸上，而不是黑板上。比如说现在，她只是似乎在听而已……

“……就是这样，懂了吗？”姜铭直起身子，他该换眼镜了。

“懂了懂了！”一直在走神从未专心听的南安安小鸡啄米式点头。

“那你给我讲一遍。”姜铭轻描淡写。

“……”男人何苦为难女人！

中午南安安坚决要请姜铭吃饭以表达谢意，去的三食堂。

南安安拿着饭卡去打饭，给姜铭买了一份牛肉饭之后南安安又跑去给自己买拉面：“阿姨，一碗牛肉拉面。”

西北风味的阿姨心疼了：“安安今天心情不好啊，你平时都吃两碗的。”

一只修长的手接过她手里的拉面，姜铭朝着原来的座位走过去。

吃得多被发现的南安安：“……”

姜铭吃饭很斯文，一碗牛肉饭都吃得姿态优雅。

南安安吃得很快，一碗拉面吃完的时候姜铭刚吃完肉，她坐在椅子上等姜铭。

姜铭一抬眸就对上了南安安那双鹿眼：“没吃饱？”

“饱了……”南安安把眼睛移开，耳尖泛红，心里无奈自己的不争气——怎么说她都是有过十个男朋友的恋爱高手，这样轻易地就害羞了简直……白谈了。

“再来一碗？”姜铭说得轻描淡写，“老师请你。”

“不，不要了……”恋爱高手南安安脸也红了。

“别饿着。”姜铭站起身，经过楼下西点房的时候顺手给南安安买了两大袋提子奶酥，南安安抱着点心袋子有些狐疑——

他怎么知道她最喜欢提子奶酥？

她吃了一个，好甜！

周末的时候南安安回了趟家——她妈妈直接到宿舍楼下接她。

周日是她外公生日，老爷子对于生日无比重视每年都要大办一次，南安安和她外公感情并不深，老人家毕竟还是偏爱自己的孙女多一些。

她爸爸是老来子，南安安小的时候爷爷奶奶就去世了，她和南微微第一次去安家的时候看到外公宠溺地抱着安可哄她吃饭的时候还偷偷羡慕了好久。后来才知道老爷子重男轻女的思想早已根深蒂固，安可虽然也是女生，但到底不比她们这些外姓人。

南安安五岁的时候到安家本宅玩，被安可一把推到游泳池里险些淹死，老爷子还各种安慰吓哭了的安可，责怪她没带好妹妹的时候，南安安就对她外公外婆不抱任何希望了。

就是这件事，南是当时直接怒了，抱走了她并从此再也没去过安家，安漾每年节日带着她和南微微回一次安家，她外婆去世后她们去得就更少了。

安漾一路开车挺快，她们到安家的时候还早，她跟着安漾先去见了老爷子，简单地打了个招呼，老爷子对她的态度依旧是不冷不热，安漾要安排一堆事情，南安安索性自己去花园里散步。

刚走到喷泉那里就听到安可的声音："谢谢阿姨。"

她舅妈声音听起来也心情极佳："那是，我们家安可啊，别的不说，最起码到现在还没谈过一次恋爱，哪像她姑姑家那个南安安，从小男朋友就没断过，安漾和南是还都不管她，就是惯的……以后谁娶了还不得戴一头绿帽子啊。"

南安安面无表情地走近了一些，听到了另一个声音："改天让我儿子和安可见一面。"

声音有些熟悉，南安安仔细想了一下——和那天冲进姜铭办公室的女人声音很像，可是看她的年纪不像能生出个可以和安可结婚的儿子啊。

那个声音继续说道："姜铭说不定以后还会教安可呢。"

南安安一惊，那个女人是姜铭的妈妈？

绝对不可能，年纪就不符。

还没等她细想她就听到了一声冷笑，南安安抬头就看到姜铭站在不远处，她探了下头，刚才还谈笑风生的女人脸色很不好看，甚至可以说那女人面对姜铭的时候有些示弱讨好。

而姜铭……

南安安从来没有见过这样姿态懒散、但是浑身气息极为凌厉的姜铭，他站在她不远处一手随意插在口袋里，另一只手直接捻灭了还冒着火星的香烟。

她眼里的姜铭，一向英俊而斯文，礼貌而疏离得有些遥不可及，像是从来都高贵冷艳、淡定从容。

而这样的姜铭，气息凌厉眼神冷冽，反而让她觉得真实了很多。

南安安在强烈的好奇心作用下站在原地没走。

那个女人看姜铭冷笑一声后就沉默了下来，迈开长腿绕开她就往里走才慢慢镇定下来，心有不甘道："姜铭，你就算不把我当你妈妈，我也还是希望你能幸福的……

"毕竟这也是姐姐的心愿……

"这么多年了，她也一定希望我们都能好好的，毕竟……"

女人的声音在姜铭越发冷冽的眼神里越来越低，直到被一句淡淡的"够了"打断，才彻底消音，低下头一脸委屈不甘。

说那句话的人不是姜铭，是个和姜铭长得很像的男人，男人五官不如姜铭英俊，但岁月沉淀下来的气质却让他看起来成熟优雅，那句"够了"声音不大，声色低沉，没有一丝气急败坏但语气里却是浓浓的警告意味，还带着一种久居高位的压迫感，威慑力惊人。

男人冷冷地说完这句话后扭头看向姜铭，南安安甚至清晰地感觉到了男人此举意在向姜铭传达的抱歉……

对于男人的抱歉，姜铭只是礼貌而疏离地点了下头，就迈开长腿朝着南安安藏身的地方走过来。

南安安看着离自己越来越近的大长腿惊了一下，直到自己完全被姜铭的阴影笼罩住……她沉默地跟上了姜铭的步子，预备着乘虚而入，正思索着怎么开口就听姜铭云淡风轻地问："什么感想？"——这场闹剧。

南安安："多疼啊！"

姜铭："……"

南安安："你手。"

姜铭的视线顺着她的目光落在了他那根被烟头摁上的手指上，随手将刚才一直握在手心里的香烟一个抛物线掷进了路边石头形状的垃圾桶，随即用那只手按了一下她脑袋，像是对一只调皮的宠物。





南安安第二次惊讶于自己完全没有躲开姜铭的触碰，果然如同那个心理医生所言——

她没病。

她一定是太萌萌哒以致他们都以为她没吃药。

和姜铭一起走进大厅的时候，南安安一眼就瞥到她外公脸色挺不好看，看到老爷子身边红着眼睛的安可她就秒懂了。"三岁看老"这句话在安可身上得到了一次完美的验证，安可这孩子幼儿园的时候就会找她外公告状，小学了找班主任告状。

当年安可竞选班长时南安安就知道——一定是因为当了班长告的状更具权威性——

事实也证明，这个世界上最了解你的，不只是你的爱人，还是你的敌人。

看安可这鼻尖红红的、眼睛湿漉漉的样子绝对是告状告得声情并茂酣畅淋漓，南安安就知道她外公要找她算账了。

果然，老爷子冷着脸道："安安，你过来——"

以为是他们的家事，姜铭朝着南安安抬抬下巴示意她自己过去。

"你实在是太不懂事了。"老爷子面对她的态度和对安可截然相反。

南安安垂着头，貌似毕恭毕敬。

"我和你舅舅的意思是……"老爷子话说到一半南安安就看到姜铭走过来了，眼疾手快地拉住姜铭的手，一脸幸福地对瞪着眼的老爷子道："外公，这就是我的男朋友。"

老爷子的脸黑下来一半："……"

等待老爷子主持公道的安可："……"

一秒结束单身的姜铭："……"

姜铭清清嗓子礼貌地接住了他学生的话："外公好。"

老爷子的脸彻底黑了。

这完全是先下手为强。

南安安这小崽子不显山不露水，腹黑起来完全让他招架不住，老爷子对着他心目中完美的孙女婿人选不好发作，打了个呵呵，寓意很明显："我还是想听你有朝一日叫我爷爷啊……"



姜铭笑笑不置可否，目光却一下也没落在老爷子意有所指的安可身上。

和老爷子有一句没一句地聊完，姜铭抬眸就看到了不知道什么时候跑到了最角落落地窗前的南安安，也许是为了应景，她刚刚去换了一件酒红色的小礼服，裙摆及膝，从收得最紧的腰身处就开始向下蓬开，裙子样式简单而不失精致，酒红色衬着南安安极白的肤色，惊艳而不落俗套。浓密的黑发随意地盘了一下，几缕发丝垂在耳侧，她这样不说话坐在那里晃着手里的酒杯，真的和西大 BBS 上那群小孩说的那样——很有女神范儿。

显然，这样认为的不止他一个人。

姜铭看着抬腿朝南安安走过去的男人皱皱眉，那个男人落座之后和南安安说了句什么，南安安一下子就笑了。灯火通明的大厅里她一笑颇有一种流光溢彩的感觉，脸上漾起了漂亮的小酒窝，笑得弯弯的鹿眼被卧蚕衬得更勾人了。

"啪——"他手里的酒杯放在桌子上的声音清脆。

南安安像是用一句话就打发了那个搭讪的男人，然后放下手里的酒杯随手端起了桌子上的一小碟蛋糕四处张望起来，那双被卷翘的长睫毛覆盖着的眼睛还没有敛去之前的笑意，眼波流转的样子顾盼生姿。

倏地，她的目光对上了他。

姜铭被那双像是一下子被点亮的眼睛取悦了，一晚上的郁闷像是烟消云散了一样，看着南安安朝着他走过来。

"老师，给你蛋糕。"南安安把手里的蛋糕递给他，目光却没离开碟子。

"我不喜欢甜食。"姜铭话音还没落，那放在他眼皮子底下的蛋糕就没了，南安安似乎一点也不为他的拒绝难过，兀自端着那碟蛋糕啃了一口——

这和他的郁闷一起烟消云散的女神范儿。

“那你一会儿回学校吗？”南安安啃完了蛋糕，仰头期待地看着姜铭。她知道安漾今晚会在安家住一晚，但是她不想住也不想被人冷嘲热讽。

“嗯。”姜铭点点头，明天是周一，他在西大有个公寓虽然不常住，但是这种时候可以拿来发挥它最大的作用——顺路，放下酒杯姜铭对上南安安的目光，“走吧，捎你回去。”





年龄不够没有驾照的南安安欢快地跟着姜铭走了出去，C市的晚风带着丝丝凉意，吹得人舒爽得像是每个毛孔都打开开始呼吸一样，姜铭终于神清气爽了。

南安安端端正正地坐在副驾驶座上，不自觉地有些心跳加速，他离她那么近，近得她可以观察到他握着方向盘的手臂上的汗毛，近得一扭头就可以看到他英俊的侧脸。南安安垂下眼睛，每一次面对姜铭的时候她总是自然地切换成怂货模式。

车厢里很凉爽，看着姜铭面无表情的侧脸南安安压下心里的跃动小心翼翼地说：“老师，我刚才和我外公说你是我男朋友，你没生气吧？”

姜铭刚要说没有就听南安安更小心翼翼地说道：“你别生气啊，我逗你玩的。”

我逗你玩的……

“那个，我不喜欢安可……

“我是怕我外公说让你俩在一起……

“……我也算帮你解围了啊！”

语无伦次地解释到一半，南安安才意识到另一个问题——万一姜铭就喜欢安可那样的小白莲呢？

一想到这个可能，南安安整个人都不好了，当下小心翼翼道：“你喜欢安可吗？”

姜铭：“呵呵。”

（⊙⊙）一定是她男神不知道呵呵的意思。

南安安突然想花样作死地问一句：“那我呢？”

一句话说出口南安安就想把自己的舌头咬下来。

如果姜铭说不喜欢，她就得用更厚的脸皮来追他了。

万一他又“呵呵”了，她要不要“哦”呢……

南安安正胡思乱想就听到姜铭声音清浅地回道：“喜欢。”

喜欢……

他说喜欢……

她的男神说喜欢她……

南安安正开心地想说我也是。

就听姜铭懒洋洋道：“我也是逗你玩的。”

我也逗你玩的……

所以说，出来混总是要还的！

车厢光线很暗南安安绞着手指头看车窗外的夜景，心情大起大落后整个人都懒懒的，什么话也不想说——心塞。

姜铭随手放的音乐很好听，南安安在慵懒的女声中靠着座位刷微博——

追不到男神决不改名：我的男神，不可能这么傲娇！

很快消息提示音就来了。

微微就不笑：哟，还没改名呢！

追不到男神绝不改名：亲姐，求支招～ˇ(≧▽≦)/ˇ 我也想改名啊！

微微就不笑：那就换个男神吧！

追不到男神绝不改名：好啊……

南安安炯炯有神，抱着手机乐得没有一点点防备——就感觉气氛不对，一抬头就对上似笑非笑的眉眼，车不知道什么时候已经停在经院高层楼下了，似乎是她看手机看得太认真所以没注意到。

南安安第一个反应就是捂住手机，然后发现欲盖弥彰又把手拿开——于是，姜铭就顺理成章地看到了……

他没反应，还好他没反应，南安安觉得今晚她的心脏已经无力再承受任何打击了，她说了句“谢谢老师，老师再见”就要开车门。

经院到二十宿也就十分钟就走到了，南安安手刚碰到把手听到姜铭说

"等一下"，然后自己打开了另一侧车门直接走进了经院高层……

南安安没等多久，姜铭就抱着个东西下来了……

这是他要送她的礼物吗？

姜铭把手里的东西递到她怀里："我明天出差，帮我喂下鱼。"

南安安这才看清姜铭拿下来的东西是他办公室里那个漂亮的大鱼缸。

"哦。"南安安点点头，她刚才谢谢都到嘴边了……

"谢谢。"姜铭。

这惊心动魄跌宕起伏的一晚上！

最后姜铭以鱼需要宽敞明亮的环境，而宿舍不满足这一条件为由把南安安送回了她家。南安安抱着鱼缸准备下车的时候才反应过来——喂鱼的话，她去他办公室就可以喂了啊，姜铭没必要把鱼缸从十四楼抱下来。

姜铭绕到了副驾驶座帮她开了车门，南安安抱着大鱼缸走下车的时候姜铭一手搭在车门上，状似无意问道："傲娇……是什么？"

南安安："……"他果然还是看到了！

"嗯？"姜铭俯身的时候离她极近，她甚至能感觉到他温热的鼻息和呼吸间也有他身上淡淡的烟草味道。他声音一贯清冽，今晚也许是喝醉的缘故声音压得很低，带着些懒洋洋的调调，沙沙地摩擦着她的耳膜，上翘的尾音像是勾到了她的心尖上，让她心里也荡起了丝丝回响，南安安低着头连呼吸都放得很轻很轻。

夜风习习，她才发现原来她喜欢姜铭并不像她曾经喜欢那些男生一样。

那时她真的年少。

那些喜欢混合着对学习好的男生最天然的崇拜，她喜欢得快，忘得更快……

到现在那些男生在她心里只留下了淡淡的影子，她甚至忘了他们的名字。

而姜铭……

南安安最终抱着大鱼缸落荒而逃，她甚至不知道她躲避的是这个话题，还是这一刻无法抑制的心跳加速。

当你没喜欢上一个人的时候，你自己吃饭自己走路自己做一切事，自然而随意；

当你一旦喜欢上一个人的时候，才开始感受到自己一个人有多孤独。

南安安一直觉得，男神和男人是不一样的。

爱一个男人，会想和他在一起，会想和他一直走下去。

而爱上心里的那个男神，这样的感情从一开始的时候就是无望的，或者说当你把一个男人捧上神坛奉若神明的时候……在你心里他高高在上，遥不可及。而你已经把自己看得很低很低，所有的患得患失，所有的忐忑不安似乎从一开始就没指望能得到回应。

一开始，她对姜铭的感情就是这样——她欣赏他，崇拜他，喜欢他，并没有期待什么。而后来，她才发现，她是期待的，期待他的回应，欣喜于他对她的每一丝不一样，想着姜铭不给安可写推荐信，却只给她一个人辅导功课，只按过她的脑袋，只载过她一个人，只让她一个人给他喂鱼……

她本来以为这种对男神的喜欢，最终会随着时间越来越淡的，却没想到它被时间酿得越来越醇。

口袋里手机的振动打断了南安安的“沉思”，她解锁了手机屏幕就看到了短信悬浮框——

姜铭：明天八点来我办公室。

南安安：鱼很好，要我抱去吗？

姜铭回短信很快：你来就好，鱼不用带了。

南安安回了个好，感觉自己整个人都好起来了，连跑去给鱼宝贝喂食的时候都是哼着歌的。

鱼宝贝在大鱼缸里游得很欢快，南安安喂完鱼就站在鱼缸前看石头下透出的那一抹碧绿，那块翡翠被石头压得有些严实，刚把鱼缸抱回来那天晚上南安安就想伸手把那块翡翠拿出来看看，后来害怕手进去污染了水会把小鱼弄死才作罢。

那抹碧绿，每天都勾得她心里痒痒的。

喂鱼的时候，习惯性地换着不同的角度去看却一无所获。

姜铭为什么会把一块翡翠丢在鱼缸里呢？

*The world
is always good*

# 第二章

## 我要让全世界知道，
## 你这辈子的话费，
## 我承包了

南安安第二天起得很早，没吃早饭就直接打车去了学校，到经院高层的时候才七点多。

她在 1401 门口站了好一会儿还没到八点，姜铭是一个极其守时的人，这种守时既不迟到也决不早到。南安安百无聊赖转了一会儿也饿了，低头从双肩包里掏出一盒牛奶刚插上吸管喝了一口就听见电梯叮一声响起。

南安安捏着牛奶盒一回头就看到穿着深灰色大衣的姜铭，一紧张手指一用力牛奶就从吸管里嗖地喷到了她脸上。

在姜铭的低笑声里南安安“慌乱”地把呈九十度弯曲的吸管转了个方向……

于是，牛奶嗖地射到了姜铭大衣领口，还好姜铭个子高，不然此时就是一脸牛奶了。这孩子绝对是在报复那天的芬达。

姜铭面无表情地看了她一眼，慢条斯理地用纸巾擦着自己领口道：“接风礼？”

南安安举着牛奶的手有些僵硬：“我不是故意的。”

“嗯。”姜铭心不在焉地答应了一声，一只手撑在门框上，俯身就着她的手噙住了那支吸管喝了一口。

南安安看着近在咫尺的俊脸手有些不稳，他的喉结性感地耸动了一下咽下了那口牛奶。

“我、我喝过的。”南安安好心提醒他。

“我渴了。”姜铭直起身子，若无其事地拿钥匙开了门。

南安安捧着牛奶跟了进去，姜铭脱下大衣就懒散地靠在沙发上，胳膊搭在靠背上，左手掐了掐眉心看起来有些疲惫，他的深蓝色行李箱倚在门那儿。



看样子姜铭是下了飞机直接来学校的。

姜铭放下左手就看南安安站在那儿，举着那盒牛奶：“不解渴吧，再来一口？”

“……”姜铭无言以对。

“老师，你饿吗？”南安安把自己的双肩包取下来放在膝盖上。

“嗯。”姜铭点点头，飞机晚点了，他出了机场大厅已经七点半了就直接回的学校，一下电梯南安安果然在。

“你吃包子吗？”南安安从背包里取出两个白白胖胖的大包子。

姜铭正要摇头就听南安安骄傲的小语气：“我做的。”

他伸手接过了包子，大包子闻起来还有牛奶的甜香，姜铭咬了一口——虾仁玉米馅的，包子皮香软，虾仁和玉米也很嫩。

“你喝豆浆吗？”南安安从背包里取出一瓶豆浆，连着吸管一起递过去。

“你吃橙子吗？”南安安扒拉背包。

“呃。”姜铭顿了顿，“你是小叮当吗？”

“……”小叮当自己剥开橙子吃了。

“你没做习题吧？”姜铭回过神，喝完手里的豆浆，一针见血。

“……”又送包子又送豆浆还是难逃此劫的南安安。

一上午的时间南安安都在做题，姜铭坐在办公桌那里敲键盘，本来可以安静而美好的……

南安安手机第五次振动了，嗡嗡声在安静的办公室异常清晰。

南安安解锁屏幕，一个短消息悬浮框弹出来——安安，我到你们西门了。

手机在她手里又振动了一下——安安，我到你们经院了。

又一下振动——我到经院高层楼下了。

南安安抬头偷偷看向姜铭，他坐在她对面敲键盘，电脑屏幕背对着她，安安看不到他在做什么，就听到姜铭的声音响起来："题目做完了？"

"没有。"南安安摇头。

姜铭食指漫不经心地叩叩桌子："继续做。"

南安安哭，你不用对我这么负责的，老师。

南安安继续埋头做题，写了一会儿就偷偷看姜铭的电脑屏幕——姜大神居然在玩游戏！

她写了一上午习题，他玩了一上午游戏！

姜铭确实在玩游戏——他操纵着那个黑衣劲装刺客去了很多地方，最后刺客一个纵身跃到了湖边的一棵大树上。

他曾经在这里和小卷毛一起看风景。

那时那个女人刚嫁给他父亲，他开着游戏挂机，小卷毛也乖乖地坐在树上陪他。

从游戏里的日升到日落，小卷毛一动不动。

他以为他小徒弟也在挂机的时候，小卷毛头顶冒出了小气泡——师父，我想吟诗。

湖中央被那轮落日镀上了绚丽的橘红，两只鸳鸯在湖里依偎着，画风相当漂亮。

姜铭的人物嗯了一声，看着那两只漂亮的鸳鸯……

随后就看到小卷毛头顶上冒出的气泡：——鹅鹅鹅……

南安安揉揉眼睛——男神对着电脑屏幕，看起来很是愉悦，可是她很不愉悦好吗？

她时刻准备着她的前男友杀上来啊。

现在有一颗定时炸弹在经院高层楼下立着，她怎么做得出题……

中午的时候，姜铭合上电脑，走到她旁边敲敲她桌子：“走吧，这次我请你。”

南安安：“老师，我不饿。”

姜铭面无表情地看着她。

南安安：“老师，我饿了。”

姜铭点点头：“走吧。”

他们刚走出经院高层的大楼，她就一眼看到了何岳……

南安安一条腿抬起来，时刻准备……跑。

立刻就听何岳惊喜道：“安安，这里！”

闻言南安安四处张望了一下，摇了摇头对身边的姜铭说：“饿得我都幻听了……老师，我们快去吃……”

“那边。”姜铭朝着何岳的方向微微抬了下巴。

“……”南安安沉默，我谢谢你！

何岳靠在经院高层的一棵大桑树上，目光和她对上后见她没有过去的意思，干脆自己迈步朝着南安安走了过来。

她长高了，穿着藏蓝色的大衣远远地站在那里看起来亭亭玉立，浓密的黑色长发发梢微微内卷散在肩上显得她肤色更白了。她看向他的目光平静无波不带任何感情，即使这样面无表情她还是漂亮得令人惊艳。

何岳有过很多女朋友，南安安是年纪最小的，他当初喜欢她很大程度上就是因为她漂亮。当年他看到南安安的时候她穿着一件豆沙绿的 T 恤和牛仔短裤，站在西中校门口等车，四处张望的样子真的让他有种眼前一亮的感觉，那是何岳第一次谈一场柏拉图式恋爱或者说脖子以上的爱情，甚至连脖子以上都不算。

他没亲过南安安，因为她不喜欢。

那场恋爱，何岳谈得很憋屈，他是个成年人，但是她还小，有的时候连在大街上牵手他都会有种罪恶感。南安安鲜嫩嫩的还带着少女对爱情最天然的向往，而他已经是情场老手追每一个女人的目的性极强。南安安是一朵娇艳的花骨朵鲜嫩嫩的还带着清晨的露珠，但是等她盛开的时间太长，他不想等她长大，等她成熟，所以那次导致他们分手的意外就成了必然。

何岳忘了当初那个女人的名字和她的样子，却一直记得南安安，她清亮的眸子和好看的卧蚕，笑起来或深或浅的小酒窝。

他们谈了两周的恋爱，他不知道她跳过级，以为她高三了有十八岁，只是脸嫩而已。

何岳有时候回忆起分手那天都会觉得自己嘴脸太丑恶……

知道南安安自从和他分手之后再也没有男朋友之后，他很欣喜，他开始给南安安发短信，她很冷淡，何岳也不太在意，也许小姑娘长大了就学会了矜持，也许她还在记仇。

何岳看着站在南安安身边的男人冷笑了一下，男人个子很高，身姿挺拔，和南安安站在一起的样子很扎眼。

“你长大了。”何岳在南安安眼前站定，浅浅地勾勒了一个微笑，说话间抬手想去拍拍她的头被她皱眉闪躲了。

南安安目光落在不远处的喷泉那里，悠悠地叹了一口气，似是遗憾似是叹息，悠悠地说：“你变老了。”

“……”何岳一时语塞，看南安安依然站得离他有点远就朝着南安安勾勾手指头，笑意也加深了些。

南安安如他所愿地凑过来，认真地看着何岳“邪魅狂狷”的笑容和扬起来的嘴角。

何岳看着那双清亮的眼睛离他越来越近，近到他清晰地看到她不化妆就会微微垂着的长睫毛，何岳微微屏住呼吸，就听到南安安悠悠地开口，她的呼吸几乎撒在他的脸上。

“你嘴巴歪了。”

“咳——”姜铭轻咳了一声，逗比一开口，就知有没有，最后一个前男友她也下得去口……姜铭径直去停车场开车了，他想带南安安去吃好吃的，三食堂什么的完全配不上南安安这么好的表现。

何岳脸绿了：“南安安！”

南安安心不在焉地嗯了一声，看姜铭去开车了更离心似箭：“我饿了，我要去吃饭了。”

她说完头也没回地跑到路边打开了姜铭的车门。

姜铭没说话，南安安也沉默着看车窗外的风景。

一直以来，连安漾都以为她和何岳分手之后再也没有谈过恋爱是因为她爱何岳，甚至以为她现在这样都是因为何岳。但是南安安自己知道，她没那么喜欢何岳，或者说她对何岳的喜欢没有深刻到这种地步。

她和何岳分手那天，何岳冷笑了一声把烟头按灭在桌子上，看着她语气轻佻："南安安，你看谁谈恋爱不能亲不能摸不能碰啊，说实话，你是小时候出什么事有心理阴影还是有病啊！"



南安安记得那天自己站在他面前的样子，她手脚都不知道往哪里放，有一种被人看穿的难堪。

但是她没哭。

车子在地下停车场停下来，南安安抬眼看向姜铭，张了张嘴却什么也没说。

"走吧，"姜铭下车后一手搭在车门上提醒她，"拿着你围巾，有点冷。"

南安安深呼吸一下，垂着头转了转眼睛，拿着围巾从车子上跑下来跟在姜铭身边找了个轻松的话题："老师，你上午在玩游戏吗？"

"嗯。"姜铭点点头侧过脸，"你呢，玩游戏吗？"

"高一的时候玩过……"南安安思索了一会儿，笑眯眯地说，"我当时玩暴医的，我是人民币玩家里操作最好的……"

"是吗？"姜铭把菜单递给南安安，她眼睛还有点红。

"嗯，我师……我们工会的人都这样说的。"南安安接过菜单毫不客气地开始在肉类后面打钩，写了个十。

那个十字写得很丑，险些脱口而出的那个称呼让她写字的手停顿了一下，钢笔尖在光滑的纸面上狠狠一划，勾破了表面的光滑，一团墨迹就顺着划痕在菜单上晕染开来……

南安安完全没意识到，笔尖还停留在那里任墨迹晕染得越来越大。

姜铭握着杯子的食指叩了一下瓷杯，清脆的声响让南安安回过神来，有些不好意思地合上菜单还给姜铭，自己坐直了身子。

姜铭接过菜单，目光停留在对面的南安安身上，她脸色有些苍白，秀气白皙的指尖扶着茶杯微微颤了一下。

姜铭不动声色地将她的异样收入眼底。

她几乎脱口而出又戛然而止的……是“师父”吧。

——那个让他怀念至今的称呼，似乎让她噤若寒蝉……

“你眼睛很红。”姜铭写好菜单后合上递给一旁等候的服务员，一针见血。

南安安垂着眸子解释道：“刚刚，可能进了沙子。”

对于她拙劣的谎言姜铭不置可否。

怕姜铭不信，南安安干脆伸手想去揉眼睛来证实自己话的可信度，手刚抬起来就被扣住了，握着她手腕的手指凉凉的却有力得不容挣脱，南安安眨着眼睛不解地对上了姜铭靠近的俊脸：“我揉揉……”

“你刚才碰过辣椒。”姜铭简单地解释了一下，俯身捏住她下巴抬起来，凑近看她红红的眼睛。

她刚刚确实调蘸料的时候手指沾了辣椒粉，但是……她还有另一只手啊。

南安安看着他的脸越来越近，清浅的鼻息洒在她脸上。

她后悔刚才骗姜铭自己眼睛进沙子了，可是姜大神也不是一般人啊，一般人听到别人说想哭的时候说眼睛进沙子都知道是借口，可是姜大神就不，他很相信她，而且很体贴地要帮她把沙子吹掉，简直是魔高一尺，道高一丈。

南安安下意识地屏住呼吸，眼睛里全是姜铭专注的眼睛和倒映在他瞳孔里的自己。

他的瞳孔漆黑明亮，里面只有她……

姜铭唇线清晰的薄唇离她眼睛很近，然后迅速地吹了一下，气息凉凉的，南安安眼睛一下也没眨。

一阵敲门声后，姜铭直起身子回到座位上说了句：“请进。”

“十盘肥牛、十盘肥羊、十份虾滑……您的菜上齐了，请慢用。”服务员声音甜美地对着菜单，不时小心翼翼地瞥一眼姜铭。

南安安好不容易平静下来，闻言有些惊讶地抬起头，她只点了十盘肥羊啊。姜铭一定是觉得她很能吃很难养，她刚才沉浸在回忆里习惯性地写了个十，姜铭居然举一反三……

“够吗？”姜铭问她。

南安安只想说——你够了。

火锅里的汤咕嘟咕嘟地冒着泡，在他们之间升起了一层白色的雾气，加了好多红油的高汤熏得南安安眼睛真的疼了，不过她这次不敢揉了。

渝情未了的红油锅不是一般的辣，辣得南安安嘴巴发烫，伸手一直在嘴边扇风。

最终，南安安在咬到一个朝天椒时被辣哭了。

而且，那个朝天椒好像是姜铭夹在她碗里的。

南安安吃完饭，坐在姜铭的副驾驶座上嘴巴还是辣得发麻，姜铭放在驾驶座上的手机振动了几下，南安安瞥了一眼屏幕是一长串号码没有联系人，手机一直振动，那边的人好像很着急，已经连着打了六个电话一个接一个连喘息的机会都没有，还好姜铭很快回到了车里，手里拿着一罐凉茶。

“老师，你手机刚刚一直响。”

姜铭点点头看了一眼屏幕，直接把手机扔到了后座上。

然后单手开易拉罐，手环拉掉的一瞬间他看到南安安迅速伸手捂住了脸。

“……”

接过凉茶南安安有些不好意思地摸摸鼻子，后座的手机再一次振动起来，南安安有些疑惑他不接手机真的没关系吗？不过姜铭把她送回学校后就匆匆地走了，又是好几天没有联系她，南安安等了几天也没好意思主动联系姜铭，又怕姜铭哪天突击检查她的习题集，就开始每天去图书馆自习。

晚上南安安自己在图书馆复习，自习室的门被推开后他们金工的班长气喘吁吁地跑进来，看到她后眼睛一亮：“安安，姜大神是你导师吧？”

“是啊。”南安安点点头。

班长松了口气，双手握住她的手一脸激动：“你有姜大神的私人联系方式吗？或者住址，我刚才整理复习资料才看到一份表格，是前一阵姜铭出差时辅导员让我等他回来交给他的，十万火急啊。我在办公室找不到他，打他电话也是办公室的电话在响，我就知道姜大神的私人电话绝非我等凡人可以有的，我都问了好几个他带的学生了，你要也没有我就得去找国际经济研究所的研究生了。”

“我有啊……”南安安翻出联系人，在班长大人激动的目光中给姜铭打了个电话，嘟嘟了两声后就接通了——

“安安？”姜铭的声音在电话里听起来有些低沉，还带着些沙哑。

“老师，我这里有一份表格要交给你，你在家里吗？”

挂了电话后，班长就眨着眼睛凑过来：“怎么样，他怎么说？”

“他告诉我地址了，让我过去送一下。”南安安将记着地址的便笺页撕下来扬了扬，在班长的万般感激中担起了送资料的重任。

姜铭住得离西大很近，她打了个车几分钟就到了姜铭说的那个小区。

也许是姜铭已经打好了招呼，门口的门卫没有拦她。

南安安照着记在小字条上的地址找过去，大门也没有关，入目就是灯火通明的客厅，南安安在门口换好了拖鞋喊了一声“老师”没有回应。

安安关上门走进客厅，茶几上的烟灰缸里还有没有倒尽的烟灰，落地窗打开着，但是房间里还有没散尽的烟味，浴室里传来哗哗的水声。

南安安环视了一下客厅，姜铭住的是一套复式公寓，客厅的风格是交错渐变的浅蓝色，清爽漂亮，南安安小时候就想过自己将来有了房子要把整个房间都弄成蓝色，这样看来她小时候的审美也没有太偏。

“吃过饭了吗？”南安安正环顾四周，听到姜铭的声音一回头就看到他站在楼梯那里，好像是刚洗完澡出来，穿了一件烟灰色的浴袍。

“还没有。”南安安摇摇头，目光一直没从姜铭身上移开。

暖黄色的灯光下她可以清晰地看到他烟灰色浴袍里若隐若现的性感锁骨，浴袍带子随意地在腰间打了个结勾勒出宽肩窄腰的流畅身体线条，而且浴袍下摆露出的小腿也很长，连腿毛都很性感。

他抬起的手抓着一条深蓝色的干发毛巾随意地擦着半湿的纯黑短发，把毛巾精准地扔到沙发扶手上后，随手抓抓浓密的黑发，白皙修长的手指骨节分明没入黑发里，抬手时带起额前的短发不经意间露出白皙饱满的额头。

一滴水珠顺着他挺拔的鼻梁划过他淡漠的嘴角，一路没入浴袍里……

南安安从小就对老师有种天然的敬畏感，这种敬畏感在姜铭面前又被无限放大，她呆呆地站在那里，不敢乱动，直到姜铭换好衣服走到冰箱那里朝着她招招手：“想吃什么？”

“肉。”南安安很果断地跟过去跃跃欲试想露一手，姜铭摇摇头让她自己先玩，一边捋起袖子戴了一双一次性手套。

南安安站在厨房的玻璃门那里看姜大神抽出了一本菜谱看得很认真，放下菜谱后开始切肉，专注的眼神像是在进行某种学术研究——手起刀落，那块牛排就被他均匀地切成了大小一致的小块，整齐地码在一起，连菜谱上的加水量也是用量杯严谨地量好的。

南安安看得咋舌，姜铭这样的人似乎做什么都永远从容淡定，南安安等了好久，忍不住躲在外面看情况，就见姜铭一切搞定之后摘了一次性手套，胳膊向上一撑就把身上那件黑色家居服脱了扔进了垃圾桶。

这就是他不穿围裙的原因，给土豪跪了，而且虽然她小心翼翼没看太清——但是姜铭肌肉线条清晰，恰到好处。

南安安红着脸跑回客厅端端正正地坐等，果然姜铭端着菜过来的时候已经换了件家居服，颜色一样，南安安也装没看到专注地吃土豆炖牛肉。

吃过晚餐南安安低头一看表才发现已经十点五十了，姜铭做饭真的出乎意料地好吃，用的时间也出乎意料地久。

“来不及赶回去了？”姜铭看她看时间淡淡地问了一句，得到肯定答案后轻描淡写道，“先住客房吧，明早我把你捎过去。”

客房在二楼，紧挨着主卧，整个房间宽敞明亮，还有一个漂亮的大飘窗，南安安去客卧的浴室洗了个澡就扑到了大床上抱着被子滚了半天才想起来这是客卧，姜铭又没在这里睡过……

想了想掏出手机发了个微博——

追不到男神绝不改名：今晚给男神送资料住他家里了，好幸福。

蜀黍我是安凝啊：少女，悠着点。

一墙之隔的主卧还亮着灯。

姜铭英俊的脸被电脑屏幕的荧光映得幽幽的。

这台电脑是五年前他和小卷毛一起玩游戏时用的，姜铭前几天才把它从储物间里拿出来，电脑的 e 盘里还保留着他们所有的聊天记录。

姜铭点了一支烟夹在食指和中指之间，深深地吸了一口后左手点了几下鼠标，轻车熟路地找到文件夹点开消息记录——

小卷毛：师父，那你是坏人吗？

小卷毛：师父，我相信你。

小卷毛：那我明天晚上九点去西大后门等你，不见不散啊。

他记得那天晚上毕业晚会开始之前，他要参加学生会的一个会，会议可能要开到八点半，小卷毛当时很好说话地改了时间但他总觉得不妥。

当时他又重新打了一大段文字想把时间改成一个白天，小卷毛是个很聪明的小姑娘，她和他聊了近一年但是涉及她的事情都没告诉过他。

姜铭不知道小卷毛的年龄，名字，只是从她求他帮她做的高一数学卷子推断她十五岁——事实证明，也推断错了。

那张数学卷子他给她做了满分之后小姑娘就对他各种崇拜，好像只要他学习好他就是个好人。

姜铭半开玩笑地说带她去西大看毕业晚会的时候，完全没有想到小卷毛一口就答应了。

西大每年的毕业晚会都是八点半开始一直持续到凌晨一点，作为毕业生在校园最后的狂欢，而且鉴于场地与安全问题不允许外校学生入场，小卷毛以前就对他说过她向往已久。

姜铭跟负责人打过招呼，后来又想到小卷毛毕竟是个小女孩，那么晚出来还是有些不安全，姜铭打完那段改时间的话，因为网络故障怎么都发不出去……

那段对话他发了好几遍，到约好那天晚上小卷毛也没回复他。

姜铭看聊天记录上没有发送失败的提醒，稳妥起见还是推掉了当晚的会早早就去西大东门等了。

小卷毛没来。

姜铭想过也许她刚好在他中途离开那段时间来了，没有等到他自己走了，或者她本来就是敷衍他，根本没过来……

就是那天晚上，姜铭恍然发现——他放在小卷毛身上的关注，有些过了。

但她灰掉的头像再也没亮起过。

他甚至以为她出了意外，但是她现在活蹦乱跳的，还有十个前男友……

姜铭抬手抽了一口指间的香烟，把烟头摁灭在烟灰缸里，看了眼手机顺手拿起杯子出去接水。

刚一打开门就看到二楼客厅里的昏暗的光。



客厅的电视开着，大屏幕上演着无声电影，南安安抱着个枕头盘着腿歪歪地靠在沙发上，两眼被电视屏幕映得亮晶晶的，似乎是在昏暗灯光下看电影眼睛不太舒服，她抬手揉了揉眼睛，垂着头像是看电影又像是单纯在发呆。

“啪——”客厅一瞬间灯火通明。

南安安下意识地抬手捂了一下眼睛扭过头看到姜铭修长的身影立在门口，手里还握着一个杯子。

她迅速调整了下坐姿，坐得端端正正的有些局促道：“抱歉，吵醒你了吗，我睡不着……”

“怎么不开灯？”姜铭皱皱眉，南安安眼睛被她揉得有些红。

“我怕打扰你，你门没关好……你也睡不着吗？”南安安露出笑容道，“这部电影很好看，老师你要一起吗？”

姜铭闻言点点头，接了杯热水走过来坐到沙发上，向后一仰，两条长腿悠闲地交叠在一起，抬手用遥控把客厅灯关了，又顺手开了环绕立体声音响。

南安安看姜铭闲适懒散的样子也放松下来靠着沙发看电影，眼角的余光总想看姜铭，他的侧脸在昏暗的光下很迷人……

看得正开心就撞进了姜铭的目光里，姜铭看看她捂着肚子的手皱眉问：“胃疼？”

南安安有些不好意思地“嗯”了一声，她疼得睡不着觉发微博南微微陪她聊天未果才来看电影转移注意力的。

话音一落，姜铭就起身去翻出了药箱，几步过来俯身把手心的药片递到她嘴边：“抱歉，我第一次做饭……”

他的掌心实在太近了，南安安如果抬手去捏药片反而有些多此一举，她下意识地就低头伸舌头把那片药卷进了口中，糖衣还没融化热水杯的杯沿就抵到了她下唇，她就着姜铭的手喝了口热水把药片咽下去，脸却腾地烧了起来……

她舔了男神的手掌心！



男神还给她喂了药！



姜铭泰然自若地放下热水杯坐回去还是闲适地靠着沙发柔软的靠背，左手半蜷着，掌心湿润润的带着一丝凉意，他的目光扫过南安安发红的耳尖，一本正经道：“我会负责的。”

“……”南安安红着脸揉了揉肚子，“可、可能是我自己消化不好。”

“给你揉揉？”姜铭问得很没诚意，因为他说话间已经抬手覆上了她的肚子，南安安的耳尖越发地红，一被触碰就：“哈哈哈哈哈哈……”

姜铭：“……”他把目光投向屏幕——《两小无猜》，印象中这不是部喜剧。

姜铭手指向上移了一下，还没揉……

南安安捂着肚子：“哈哈哈哈哈哈……”

姜铭木着一张俊脸收回手：“这里是你的开关？”

“哈……哈哈……”南安安好不容易止了笑，垂着手指解释道，“我怕痒。”

姜铭点点头，手上动作重了点，开关这次终于失效了，南安安终于不笑了。

姜铭的手指修长有力，掌心的凉意似乎透过薄薄的毛衣渗了进来，似乎意识到了自己手心温度低，姜铭抬手捂了一会儿热水杯才重新覆了上去，打了个圈……

毛衣很薄，隔着薄薄的一层她就像感觉得到姜铭手指的形状和掌心的纹路……南安安呼吸的频率都加速了，感觉全身的血液都向腹部集中过去，姜铭手指的每一个动作被她的感官放大到极致。

客厅温度调得正好，黑暗里只有电影昏暗的光，电影里响起了抒情的背景音乐，略沙哑的女声低沉轻缓。

其实南安安一向怕黑，连晚上睡觉都一向亮着灯，今晚如果不是怕吵醒姜铭她也不会一个人在黑暗里看电影。

而现在灯光昏暗，她却一点没觉得不舒服，他离她很近很近，她一向不喜欢男人的接触，此刻却觉得前所未有的安心……

被姜铭揉了一会儿肚子，南安安就舒服得有些昏昏欲睡，脑袋一歪就靠在了姜铭肩膀上，柔软的发丝蹭着他颈间。

被她蹭得有些痒，姜铭稍稍动了下肩膀，南安安的脑袋就沿着他胸口一路下滑，姜铭屈起大腿让她的头枕在他身上，调小了音量低头就看到南安安几番蹭动之后毛衣掀起了一角，露出一截白嫩嫩的腰，两条腿还自发地搭在了沙发扶手上把身体舒服地伸展开，像他妈妈以前养的那只喜欢被人顺毛的胖猫一样。

……

南安安醒的时候天已经大亮了，她一睁眼就对上了姜铭线条流畅的下巴，才发现她居然枕着男神大腿睡了一夜。姜铭懒散地靠在沙发上合着眼睛，一手枕在脑后，另一只手还搭在她肚子上，她被一条米色的羽绒被裹得严严实实，晨光透过落地窗洒在她身上让整个人都暖洋洋的。

南安安小心翼翼去抬姜铭的手，却在碰着他手背的时候被他反手握住了，她抬头看姜铭还闭着眼睛也不敢再乱动僵着身子任由他握着她的手，姜铭这样睡一晚上一定很难受。

片刻后，姜铭掀了掀眼皮，南安安一下子从他身上弹起来由于激动甚至对着他鞠了一躬："对不起，我压了你一晚上……"

"嗯，我也睡着了……"姜铭动动手腕，抬手看了一眼时间，才六点多，"再休息会儿，我送你。"说着有些疲惫地合上眼睛，他不太困了，但是腿麻。

等他再醒的时候南安安已经跑了，餐厅的长桌上放着一小碟牛奶布丁、一碗绿豆粥和一个煎蛋，下面压着一张便笺纸——

老师：

我先回学校上课了，再见。

南安安

姜铭收起了那张字条，弹了弹。

绿豆粥甜丝丝的，煎蛋颜色金黄又大又圆。

南安安正笑眯眯地在图书馆复习，美好的心情让她连看书都兴致勃勃，趁顾狸出去接水的空当掏出手机发了条新微博——

追不到男神绝不改名：男神喂我吃药了。

是汤圆不是元宵：他终于知道你是女神经病了？

蜀黍我是安凝啊：千万别弃疗。

微微就不笑：药可不能停啊。

追不到男神绝不改名：男神给我揉肚子，手好凉。

蜀黍我是安凝啊：据说……

是汤圆不是元宵：手凉的男人……

微微就不笑：肾……虚……哟……

南安安默默把手机夹进书里，收拾好书包和顾狸出去吃饭，还没到地儿，手机又振动起来。

她外公喊她回家吃饭。

南安安挂了电话就回去了，到了安家大厅门口才有了点鸿门宴的后知后觉，大厅里老爷子笑眯眯地拉着何岳的手，一副对他极其满意的样子，何岳也和老爷子相谈甚欢，她舅妈和安可坐在另一侧。

南安安脚步顿了一下，老爷子一抬头看到她就慈爱地招招手：“安安，来。”

南安安不动声色地走过去，在老爷子慈爱地拍她的手前一秒自然地伸手摘了书包，恭恭敬敬地说了一句：“外公好。”

老爷子悻悻地收了手，脸色已经沉了下去。

南安安礼貌地和何岳打了个招呼，何岳笑笑，自然地说：“回来了。”

她舅妈也跟着开口道：“安安，舅妈听说你喜欢何岳，刚好何岳也喜欢你，我想要不你们……”

南安安本来被他们抢话抢得完全没有插嘴的余地。

听到这里抬头淡淡地看着没再发话的老爷子：“外公，我爸爸说我还小。”

安老爷子这一招也不知道是想利用一下她的最后价值还是想让她给安可让道，或者说一箭双雕。安安说得委婉，但意思很明显——我爸爸还没说话，轮不到你们决定我的婚事。

“啪——”安老爷子的茶杯在桌子上一顿，澄澈的茶水轻轻一晃险些洒出来，“不知好歹！”话音未落就剧烈地咳嗽了起来，她舅妈赶过来一边轻柔地拍老爷子的背一边责怪道：“安安，怎么跟长辈说话的？”又缓了语气宽慰老爷子，“爸，您别气……”

何岳有些惊讶地变了脸色，没想到自己这一步走得似乎更不妥了，安老爷子对南安安的态度让他有些措手不及。

南安安连脸色也没变，点点头礼貌而疏离：“而且您生日的时候我也说了，我现在喜欢姜铭。”

“简直胡闹，”老爷子脸色一沉，“你明知道你妹妹喜欢姜铭，你这孩子……你从小到大交了多少个男朋友，你就非跟你妹妹过不去？”

南安安没回应老爷子的口不择言，站起来对老爷子礼貌而疏离地说了句：“外公，我先走了，再见。”

老爷子数落的话戛然而止，南安安头也不回地就往外走，身后有急促的脚步跟过来，安可的声音带着丝歉意：“安安姐，对不起，我不知道外公会和你说这些，但是，我真的很喜欢姜铭……”

南安安转过身，看着因为疾速奔跑而脸色发红的安可，安可大口大口地喘气：“安安姐，从小我就什么都不如你们……”

“没有微微姐聪明。

“没有你漂亮。

“你们也从来都不和我玩，我知道你不喜欢我，但是我真的……”安可吸吸鼻子，欲言又止。

南安安也知道，安可不是一个坏孩子或者说安可是个挺可怜的女孩子——

安家这一辈都是女孩子，安凝明艳动人，南微微漂亮大气，安奈骄傲冷艳，但是安可不仅没有遗传安家的漂亮基因，而且还有先天性心脏病，从小就胆小怯弱，后来又被南安安的外公宠得有些娇纵。

“姐……”安可的声音带着浓重的鼻音，“你本来就无所谓的，反正喜欢你的男生那么多，你也都跟他们在一起过，姜铭不过是你的十几分之一。”

“安安姐……”

南安安长睫毛微微垂着，若有所思。

安可见此又加了把力：“而且，我还有病……”

南安安憋屈了一晚上，终于找到了接话的机会，她抬眸看进安可闪着泪光的眼睛，正色道：“我也有。”

“什么？”安可愣了一下。

南安安点点头，认真道：“病啊。”

不欢而散后安可很久没再找她叙旧，南安安也乐得清闲。

周二她趁姜铭去上课，偷跑出去买零食，上楼时被刚下课回来的姜铭逮个正着。

初夏的季节，他穿着一件黑色暗纹衬衣，天热的缘故扣子扣在第三个，一手拿着一本精装版《高级宏观》从电梯里走出来，身姿挺拔。

姜铭一步一步朝她走过来，夕阳透过走廊上的落地窗给他镀上一层金色的轮廓，让他看起来遥不可及，又把他修长的影子一路拖长延伸至她脚下，似乎她只要向前迈出一步就能走进他的生命里。

他站在落地窗前，背景是天际被渲染成橘红的暮色。

南安安整个人都笼罩在他的影子里，那一瞬间她的呼吸一滞似乎听得到自己加速的心跳声，这样的场景熟悉而陌生，有什么到了她嘴边，迫不及待几欲脱口而出……

就看到男神靠在走廊的落地窗上，唇线清晰的薄唇开开合合。

南安安竖起耳朵——

男神声音清冽：“期权和期货的异同点是什么？”

“……”南安安酝酿许久的情绪就这样烟消云散。

“不会吗？”姜铭微微眯起眼睛，长睫毛被夕阳染成了金色衬得那张英俊而斯文的脸有些不真实，姜铭顿了顿靠近了一些抽出她手里的课件随手翻了一下，看着干净的页面微微皱眉，声音清洌，“还是说，你不准备毕业了……想一直在学校陪着我？”

“嗯。”南安安盯着姜铭说话间耸动的白皙喉结，不由自主地嗯了一声然后反应过来，耳尖发烫，目光垂下盯着自己的鼻尖不敢看他，想落荒而逃脚又像被钉在了地上，一步都移不开。

她听到姜铭轻笑了一声，刚才还冷洌的声音像是被融化开了一样带着些许的愉悦，然后就是纸张被翻动的沙沙声。

她抬起头，姜铭站在几步之外的窗边。

他低着头神情专注，深蓝色的钢笔在他修长的左手里上下翻动，偶尔打个转再落入手心，随着纸页的落下他握住那支笔在几个地方打上了勾……

“于是，姜大神给你划范围了？”顾狸激动得直接从上铺跳了下来。

南安安默默地点击了发送，考《货币银行学》的前一晚姜大神亲手划的范围以迅雷不及掩耳之势在西大经院六个系的公共邮箱疯狂扩散。

南安安第二天考试的时候，姜铭监考。

她看到姜铭还是有些心虚。

那范围准确到考试时间不过半，大家就纷纷交了卷子的地步。

《货币银行学》是这学期最后一门考试，也是大学四年最后一场考试，他们大四基本就没课了，全班交了卷子就欢呼雀跃地要出去聚餐。南安安的卷子是最后一个交的，她把试卷递给姜铭的时候几乎不敢抬头看他的眼睛，偏偏班长同学一下子凑过来爽朗地哈哈大笑着拍着她肩膀：“安安，走，聚餐去。”

南安安还没来得及回答，班长大人就转向姜铭贱兮兮地笑：“老师，谢谢您手下留情啊……那个，我们晚上去酒吧聚餐，老大您也来呗……”

南安安没想到的是姜铭他真的同意了。

聚餐的地点定在西大对面的一家西班牙酒吧，金工全体同学在西大后门集合之后一起浩浩荡荡朝着目的地出发，班长大人发挥了交际花的作用——不仅请到了姜铭、何庆元，还有另外一位美女辅导员。

南安安背着书包和唐圆走在队伍的最后面，她实在无颜面对她导师……

大家在班长的带领下抄了一条近路，正穿过小巷子的时候，“嗷——”唐圆尖叫一声，“安安你要把我裤子扯掉了。”

南安安松开了唐圆的裤子，改为紧紧地揪着她的手腕，唐圆大义凛然道：“你还是揪着我的裤子吧。”

南安安从善如流，唐圆举步维艰，在裤子被揪掉的前一秒压低声音：“安安你要不喜欢从这里走，我们打个车绕过去……”

南安安摇摇头，拉着唐圆大步朝前走冷不防被谁从身后一推整个人朝前一冲，就撞到了一个人背上，黑暗里她看不清是谁就紧紧地揪住了那人的手，那人反手握住了她的手等她稳住身子之后依然没松开。

“老师。”南安安低低地叫了一声，想抽出手。

“嗯。”姜铭淡淡地回应了一声，意味深长道，“上午的题目简单吗？”

理亏的南安安手不动了，手指被姜铭的掌心包裹着，即使是在初夏，姜铭的手心也凉凉的和她手背的温度形成了鲜明的反差。

她被他带着穿过那条幽深的小巷，耳边是夏夜鼓噪的蝉鸣。

幽暗的灯光里，姜铭和一群男生划拳，一群男生摩拳擦掌——输的人请女生喝交杯……

姜铭一直处于稳赢状态，直到——

何庆元叼着玉米片在他旁边愤慨道：“哼，那群小兔崽子去灌我小女神了。”

“我小女神干了。

“还好，不是交杯。

“呃，他真跪了——”

南安安握着酒杯手足无措，原本只是几个男生轮流来找她喝酒说是划拳输了，她都很爽快地干了，现在突然就升级到喝交杯了。

“南神，交杯。”男生喝得多脸都红了。

南安安：“我先干了。”

“不行，系草你跪一个……”

“对，系草快跪求女神交杯……”

“系草，快，三年等一回。”

然后……喝成傻子的系草他真的跪了——双膝。

南安安还没来得及做出反应，另一边人群就爆发出一阵惊呼：“哇，姜大神输了！”

输了？

他们这一大群人里，姜铭去找美女辅导员绝对是最合适的选择。南安安朝着那边看过去，就看到姜铭拿着两个酒杯和一瓶啤酒穿过人群朝着她走过来。



姜铭在她眼前站定，倾斜酒瓶在两个厚底大玻璃杯里倒满啤酒，然后伸手轻而易举地抽出了她手里的酒杯换成了他的。

“啪——”空酒瓶叩在桌子上的声响放大在她耳朵里。

南安安握着啤酒瓶，耳边是金工汉子们的嘶吼：“交杯，交杯，交杯……”

姜铭是……真的要和她交杯吗？

南安安后退一步，姜铭欺身过来，举杯凑近她耳边说了两个字，南安安点点头，握着杯子的右胳膊都是僵硬的。

众目睽睽之下，她要和她导师喝交杯，南安安做好心里建设踮起脚伸长胳膊绕过姜铭的手臂，他的衬衣袖子随意挽起来，这样的姿势，他们肌肤相亲。

酒杯绕了一圈回到她唇边，南安安手有点发颤，酒从满满的杯子里溢出了一些洒在她衣领。

姜铭的手臂被她带了一下，气息离她越来越近，南安安眼睛一闭一仰脖，咕咚咕咚几大口下肚，冰凉的液体滑过喉咙总算降了温。

黑暗里，她能感觉到姜铭的靠近，他的气息与她交缠，酒杯的碰撞声，人群中爆发的一阵尖叫，隐隐还有几声口哨，酒吧的音乐震耳欲聋盖过了她扑通扑通的心跳。

迁就姜铭的身高，她的手抬得很高，酒杯里几乎是倾斜的液体争先恐后地灌入她口中，南安安咕咚咕咚吞咽着。姜铭倒的酒太多她喝了好几口还没见底，南安安抬高酒杯脚下一滑整个人朝着姜铭栽了过去，被横在她腰间的手紧紧地揽住了，她整个人近乎被半抱着，踮着的脚稍稍离地。

南安安被那一滑惊得睁开眼睛就看到姜铭近在咫尺的俊脸，漆黑的眼睛……还有喷洒在她眼皮上的温热的鼻息。

那热度一直持续到他们开始玩国王游戏时都没散去。

酒过三巡，大家醉得不轻也放得很开了，第一轮男班长就被要求在女班长身上做五个俯卧撑了。姜铭去外面抽了支烟回来的时候刚好看到南安安在吧台那里结账，她提着满满一塑料袋子的钱——大概是班费，在跟结账的小哥比画，酒吧的音乐声音太大那个小哥几乎是用喊的，姜铭熄了指间的烟走过去。



南安安正把钱从塑料袋里取出来，连调酒师都过来帮忙数钱了，姜铭一走过去把自己的卡递给结账小哥，小哥立马抛弃了那一塑料袋的粉红票票在南安安阻止之前刷了卡，姜铭输入完密码看南安安局促的样子低声说道："不能让你们请，你们还小。"

南安安："我快 18 岁了。"说完就觉得自己这是多么苍白无力的回答，她默默地把那一塑料袋钱重新塞回自己的书包里，一路上思索着怎么把钱还回去。

她刚才扫了一眼，大概一万出头的样子。

南安安跟着姜铭刚回到座位上，就被要出去接电话的唐圆逮到，被迫替她玩一局国王游戏，然后喝了一瓶。

终于轮到南安安做国王时她已经喝得晕头转向了，侧过脸直接问完全没参加游戏的姜铭——"你第一次是左手还是右手？"

姜铭神态自若地把手机丢到一边："左手。"

"多久？"

"这是下一个问题。"

……

玩到凌晨的时候大家就小清新多了，大三一结课到大四的时候大家就聚少离多了，聚餐到后面难免有些不舍，最后男班长问了个问题："你最后悔的事情是什么？"

喝高了的南安安趴在桌子上喃喃地说了句什么，声音很小，姜铭却听得很清晰。

她说——去见我师父。

去见我师父……

姜铭手里的酒杯晃了一下，昏暗的灯光下他眸色深沉得化不开。

南安安的小伙伴们都在结束前就闪了。

回去的路上姜铭单手半抱着南安安，经过那条小巷子的时候南安安怎么都不往里走，抱着常年失修的路灯的大灯柱哭。



姜铭揉揉眉心：“你怕黑？”

南安安：“夜晚再黑我不怕不怕啦，我不怕不怕不怕啦……”

“……”那你倒是走啊。

姜铭直接把她扛走了——到路边把她塞进出租车里，南安安软软地靠在他身上指到她家的路，出租车开到半山腰的时候已经凌晨三点了。

南安安在姜铭背上伸手按了指纹，大门在他们进去下一秒就啪地合得严丝合缝。整个客厅在关门声响起后灯火通明，客厅空无一人。

姜铭背着南安安上了二楼，把她放到床上刚想去倒杯水，手就被南安安拉住了，她拉着他的手摊开放在枕头上，然后枕上去，还小心翼翼地在他手心蹭了蹭。

南安安呆了一会儿就伸伸胳膊去扯自己的领子，手被拍了一下老老实实地缩了回去，动动腿想把牛仔裤踢掉，腿也被按住了。

做完伸展运动的南安安终于老实下来，姜铭环视了一周，他就近进的这个房间大概刚好是南安安的房间，对面一整面墙上都是她的照片。

被锁在她家里的姜铭百无聊赖地眯着眼睛看照片，目光扫过一堆照片落在一张南安安穿着西中制服的照片上，照片里的她正笑眯眯地在吹大蛋糕上的蜡烛。

十二层的蛋糕上十二支颜色各异的蜡烛跃动着火光映着南安安的脸。

姜铭食指习惯性地有一下没一下地叩着膝盖，总觉得……十二岁的南安安哪里有些熟悉。

南安安半睡半醒就觉得脸下面的触感有些不对，一睁眼整个人就蒙了，脸腾地烧起来。

她一下子爬起来目光不敢直视那只被自己枕了一夜的手，姜铭的手心被她压得发白在她脸一离开的瞬间回血，手心红了一大片。

姜铭甩甩手站起来，一边朝着洗手间走过去，一边头也不回地问她："剃须刀在哪儿？"

一夜间他冒出了些胡楂，话音一落就听到噔噔噔的脚步声跑远了，一会儿南安安就跑了回来手里拿着他要的剃须刀，站在他面前像个犯了错的小学生。

姜铭习惯性地伸左手去接，就见她的手又收了回去，南安安看着他略红的手心解释道："老师，你手麻了吧，我帮你刮。"

怕姜铭不信任她的手艺南安安还补充道："我以前帮我爸爸刮过胡子，真的。"

得到姜铭许可后，她踮着脚刮得很努力……她只用一只手，另一只手垂着不敢去捏姜铭的脸，刮得挺艰辛。

十分钟后，姜铭看了一眼镜子里的自己，低头似笑非笑："以前，你刮完你爸没揍你？"

"揍了，"南安安老实地点头，小心翼翼地看姜铭，"其实，我有几个创可贴。"

姜铭看着她从口袋里掏出来的凯蒂猫，眯起眼睛薄唇优雅地吐出俩字："呵呵。"

和贴着粉色创可贴的男神一起吃她做的早饭，南安安憋得很辛苦。

还好，姜铭手机响了，南安安趁此空当狠狠笑了许久，姜铭接了个电话回到座位上淡淡道："一会儿收拾一下去我那儿。"

南安安："……"

"复习专业课，"姜铭看她错愕的眼神解释了一下，"你妈妈刚才打电话说出差一个月，让我看着你学习。"

一个月……

看着你……

南安安收敛了一下荡漾的心神，她想说——妈妈再也不用担心我的学习了。

吃完饭南安安把碗丢进洗碗机里就蹿去了书房。

以为她要收拾书本，姜铭站在落地窗前等她。

几分钟后，姜铭手机响起了一声短信提示音。

他解锁了屏幕，一眼扫到发信人是 10086 正要把手机丢回去，感觉数字不太对又认真看向短信——

尊敬的客户，您最新充值话费 10000 元。



姜铭不动声色地握着手机若有所思，抬眸看向从楼梯上下来的南安安，微微眯起了眼睛。

去姜铭家的路上，南安安背着自己的书包坐在出租车上刷微博，姜铭稍稍侧过身子就能轻而易举地看到南安安的手机屏幕——

追不到男神绝不改名：我要让全世界知道，你这辈子的话费，我承包了。

姜铭：……

第二次来姜铭家里南安安有些轻车熟路了，下了出租车和姜铭一起经过门岗的时候，上次那个门岗大叔热情地探出个脑袋和姜铭打招呼："姜老师，这是你小女友吗，真漂亮。"

南安安正要摆手就听姜铭淡淡地解释道："我学生。"

门岗大叔一脸遗憾，朝着姜铭比了一个握拳的姿势，南安安也遗憾地跟着姜铭往里走。姜铭刷卡开了大门之后，在玄关处换好拖鞋就走了进去，南安安默默地换拖鞋，就看到眼前姜铭的深蓝色拖鞋，一抬头姜铭把一张门卡递给她："我出差的话，你进出比较方便。"

南安安说了声谢谢把门卡装进自己的书包里，跟着姜铭往二楼走，书房在客房的隔壁，布局和客房很像，还是漂亮的大飘窗，飘窗里还放了一张茶几和两个秋千藤椅。

飘窗对面是七个连在一起的红木大书架，所有的书按照颜色摆放得整整齐齐，书架两边放着两盆郁郁葱葱的绿色植物。

把她安顿好，姜铭接了个电话就出门了，南安安跑到飘窗那里坐在藤椅上晃悠，惬意的阳光暖暖地在空气中流淌，她应景地放下书拿出手机继续刷微博，她上一条微博很快就有新评论了。

微微就不笑：这才是我们暴发户的气质，钱够吗，不够姐给你打。

是汤圆不是元宵：土豪你好，土豪再见。

蜀黍我是安凝啊：萌我一脸血，求后续。

还没有后续，姜铭也没什么反应，南安安锁了屏幕好好学习，笔尖还没触碰到卷子，手机屏幕就闪了起来——是一个学长的电话。





南安安记得那个学长是姜铭带的研究生，平时联系不多，突然打电话过来南安安有些疑惑地接起电话：“喂，学长？”

学长语速很快：“安安，姜神换手机号了，他刚才通知我了，让我通知其他人。”

南安安：“……”

学长：“新号码是×××××××××××。”

南安安声音有些低落：“我记下来了，谢谢学长。”

南安安手指停顿了一下，眼睛莫名有些酸涩，结束通话后登录微博回复安凝——

追不到男神绝不改名回复蜀黍我是安凝啊：后续是姜铭他换号了。

蜀黍我是安凝啊：噗，好虐，宝贝你什么感想？

追不到男神绝不改名回复蜀黍我是安凝啊：好……浪费。

他那么快就换了手机号，南安安垂下头，觉得眼前书上的文字有些模糊，姜铭是不是猜到话费是她充的，他那么快就换了手机号码是因为讨厌她这样不想和她有太多牵扯？

其实是她自作多情了吗？

也许姜铭只是因为安漾的拜托才会对她不错。

他换了手机号是觉得她的自作多情给他带来了困扰吧。

一万话费呢，如果换作是她为了这话费就不会换号，看来姜铭真的在和她拉开距离。

南安安揉揉眼睛继续做题，手机却又一次响了起来，她拿起手机却看到屏幕上闪烁着姜铭原来的号码。

不是说，换号码了吗？

南安安犹疑地接起电话：“喂，老师？”

“嗯。”姜铭淡淡地回应一句，“你喜欢吃鱼吗？”

这是什么画风？

“喜欢吗？”没得到回应的姜铭又重复了一遍问题。

南安安反应过来：“喜、喜欢。”

“嗯。”姜铭的声音听起来挺满意，“好好学习。”

完全没搞清楚状况的南安安：“好，我会努力的。”



挂了电话南安安彻底搞不清楚状况了，捧着书坐在藤椅上晃荡了一上午也胡思乱想了一上午。书房的门没关，一听到大门声响起来南安安就从书房跑了下去，看着姜铭随手把两部手机从购物袋里拿出来扔到桌子上，她记得姜铭以前只用一部手机的啊。

姜铭朝她招招手，南安安颠颠地从楼上跑下去想跟着姜铭到厨房被姜铭阻止了，男神朝着悬挂在墙上的液晶屏幕抬抬下巴：“你先去玩一会儿。”

南安安摩拳擦掌：“我可以帮你做饭。”

姜铭迈着长腿头也不回：“你还小。”

第二次被说还小的南安安沉默了，坐在沙发上无聊地换着频道，终于忍不住跑到厨房门外看姜铭把一碟碟已经做好的菜放进微波炉，看她站在门口姜铭淡淡地解释道：“我做得不太好。”

想到那次美味的土豆炖牛肉和之后躺男神腿上睡的一晚，还有姜铭给她揉肚子时专注的神情南安安脱口而出：“你做得最好吃，比我妈妈做得还好吃。”

姜铭沉默，安漾厨艺有这么差？

“真的。”南安安垂着头，有些小心翼翼地问了困扰自己一上午的问题，“老师，听师兄说你换手机号了……”

“和你无关。”姜铭靠着玻璃门淡淡地说道。

南安安呼吸一滞，看着姜铭两条大长腿交叠，他关了微波炉漫不经心地解释道：“新换的号码是工作号。”

“之前都没分开，不太方便。”

那……原来的号码就是私人号码吗？南安安眼睛一亮，现在她是姜铭带的那些学生里唯一知道姜铭还在用的这个私人号码的人了。

不过，如果要分开工作号码和私人号码，一般不都是新买一个号码作为私人号码只告诉几个亲人和朋友吗？

南安安坐在餐桌上有些拘谨，所有的菜都是姜铭一个人端上来的，她刚才还没碰到盘子就被姜铭以烫为名支开了。

书房里。

南安安坐在书桌前认真做题，姜铭坐在她不远处的沙发上玩电脑。

宽敞明亮的书房静谧美好，午后的阳光透过姜铭背后的窗子照进来，空气中细小的微尘在阳光下飞舞。

书桌上的香茗升腾起白色的雾气，淡淡的清香萦绕在鼻间，南安安第一次发现学习这么令人幸福，她放下笔捏捏手指就听到姜铭清冽的声音在她上方响起了："这道题这样做……"

他接过她手里的钢笔，在她答案旁边写了一行公式。

同样的笔色，同样的数字和字母呈现在一张纸上，南安安才发现她和姜铭的字极其相似。

她的一手行书是临摹了许久她师父的字才练成的。

那时候安安刚上高一，西中还没分文理科，数学和物理、化学、生物她学起来够呛，所幸还有她师父。

南安安第一次找她师父要 qq 号就是为了问他题目。

后来她度过高中三年最美好的时光——每天放学就把作业题目照下来发给她师父，然后她双开，师父帮她做完题目再拍照给她发过来。

做作业玩游戏两不误。

"安安？"

姜铭清冽低沉的声音让她回过神，南安安有些不好意思地重新把注意力集中到题目上……

周日的下午，南安安去找了她的心理医生，不是安漾以前给她找的那个资深大师，而是大师的学生。

"你是说，你还是不喜欢和男生有任何身体接触，但是不排斥你男神？”年轻的心理医生十指交叉，听她说完后问道。

南安安点点头。

“果然是男神啊……”小医生一笑露出俩虎牙。

南安安沉默。

“开个玩笑，”小医生正色道，“和他牵手、拥抱都不排斥……”

南安安：“还有揉肚子。”

“……”小医生，“那接吻呢？”

南安安：“还没试过，我第一次见到他就觉得很熟悉很安心，很喜欢待在他身边。有时候就感觉好像我们很久以前就认识了一样，但是我知道我以前没见过他。”

小医生思索了一会儿，抬头正色道：“放弃治疗吧。”

南安安：“……”

小医生认真地看着她的眼睛：“顺其自然就好了，你和他在一起的时候什么都不排斥，那就可以了，这对于那位而言绝对是个好消息。”

“慢慢来，心理阴影的消除很难一蹴而就，尤其是你现在不愿意回忆病因。当然，我和我老师持反对意见，我并不认为你一定要撕开以前的旧伤疤。”年轻帅气的小医生笑眯眯地，“安安，你这么好，他会接受你的。”

南安安：“你能接受你女朋友一辈子不和你做爱吗？”

小医生沉默了，他无法看着她的眼睛告诉她肯定答案，因为他是个男人。

他也说不出不能，即使在南安安问出这句话之前就知道答案。

南安安告别了心理医生走在西中那条路上，桑树下一对小情侣在拥吻，男孩子的手放在小女生的腰间摩挲，向下探了一点又小心翼翼地收回去羞涩地笑笑，女生笑容明媚地搂着男生的脖子，微微踮着脚。

那画面太美，她不敢看。

南安安有过十个男朋友，三年间无数次经过这条林荫小道，却没有经历过一次桑树下的拥吻。

“同学，同学……”一个穿着校服的男生叫了她好几声，“你手机响了。”安安说完谢谢把手机从包里拿出来，屏幕上已经有十多个未接来电。

*The world*
*is always good*

# 第三章

## 最最亲爱的人啊，
## 路途遥远我们在一起吧

看着屏幕上的“何岳”两个字，南安安没接电话也没回过去，她早就保存了何岳的电话，为了避免误接。

调了振动后，南安安握着手机沿着西中的林荫小道朝前走。

第一次发现自己厌恶异性接触的时候，她害怕又惶恐。

她开始交男朋友，一个接一个，就像一个溺水的人试图去抓住一块浮木一样。

每一次她堪堪躲过男生的触碰时看着男生落寞又失望的眼神，愧疚又惶恐，她以为，也许是自己还不够爱他，等自己找到了那个对的人，自己一定可以……

她一直没有找到那个对的人，每一次恋爱她不喜欢对方和她牵手，勉强牵手之后她也会很快放开。每一次阳光正好他穿了她最爱的白衬衣低头靠过来的时候，她总是找借口逃开——那些恋爱经历只是加深了“她有病”这个结论，她是真的不正常。

没有一个女生，像她一样。

她开始接受她舅妈那句话——没有男人会喜欢一根木头。

年少时的爱情青涩懵懂，对于南安安而言，最重要的是那时候的男生纯情，但是连最青涩的爱情都无法接受她的病……

南安安开始怀疑，自己是不是这辈子就是这样了，没办法和男生牵手、接吻、结婚，生一个像她或者像他的孩子。

何岳就是压垮骆驼的最后一根稻草，一开始她喜欢得那么单纯，她崇拜他的博学，喜欢他优雅的谈吐，她以为她找到了那个人。

何岳永远不会知道，她躲开他的亲吻那个下午，自己背着一书包压岁钱去了一家心理诊所。



南安安知道，这样的爱情对他不公平，但是她坐在那个心理医生对面自己揭开那块伤疤的时候，她眉飞色舞地告诉她家人她的男朋友有多优秀的时候，她开始定期去做心理疏导的时候，他在另一个女人床上。

多年后，南安安可以轻描淡写地告诉别人那件事情，就像说一个笑话，她们都笑了，她也笑了，但是只有她自己知道，那时候她就像被他狠狠扇了一个耳光一样，简单粗暴地告诉她——她做的一切都无济于事。

她放弃治疗了。

她也再没交过男朋友，不是因为用情至深难以忘怀，而是她终于接受了现实。

何岳是那个人——让她画风一转，从奇幻主义转成了现实主义。

有时候谈不上原谅不原谅，她没那么爱也没那么恨，只是这不意味着她可以忘记这些。

手机振动了许久终于归于沉寂，南安安低头准备把声音调回来手机就又开始振动，只是这次屏幕上跳跃的名字是——姜铭。

南安安接起电话就听到男神声音低沉，不带任何感情的疑问句——“去哪儿了？”

南安安轻咳了一声：“咳，去看病了。”

那边停顿了一下，姜铭的声音隔着听筒也好听得让她心跳加速：“我去临市开会，晚上自己叫外卖。”

南安安点点头意识到他看不到后大声说了句“好”，晃悠着回到姜铭那里的时候天已经黑了，她刷了门卡进去后才发现客厅依然灯火通明，茶几上放着满满一茶几的外卖宣传单。

南安安去冰箱里找了个芒果，然后发现冰箱里也是满满的。

她做了一杯芒果奶昔，喝完后跑去客房连着的浴室洗澡，正冲着身上的泡沫就听到一个手机提示音，南安安关了花洒擦了一下手上的泡沫弯腰点开微信，就看到通讯录那里一个好友推荐，是她手机通讯录里的——姜铭。



南安安靠在浴缸里发送了验证消息就开始忐忑等姜铭的回应，他很快就通过了。

姜铭：吃。

就一个字，南安安以为他第一次玩微信操作不好没发完就体贴地回复——

南安安：我吃过饭啦，吃得很饱。

姜铭：药了吗？

南安安沉默了一会儿继续打字：没有，我在洗澡。

南安安：我忘了带衣服进来了。

姜铭：先裹个浴袍。

南安安：浴袍也没带，什么也没带。

姜铭：直接出来吧，反正没人。

南安安谨遵师嘱地走出浴室扑到床上打了个滚，发了“你赢了”三个字过去，很久都没得到回应她重新打开对话框发现最后一句话赤裸裸的是——

南安安：你硬了。

南安安一口芒果奶昔喷出来，手忙脚乱地擦完之后一字一句地斟酌着发给姜铭的信息内容。

——老师，对不起是输入法它又调皮了。

不行，这样像是在推卸责任，而且输入法反映的就是她的用语习惯啊，南安安删了那句话继续打字。

——老师，对不起手抖了。

不行，手抖怎么能抖得那么巧，这个解释更不靠谱，南安安删了这句继续绞尽脑汁。

——呵呵，我逗你玩的。

回想起那天晚上姜铭说了喜欢又补充的这句话，南安安默默删了这条草稿，最终决定——let it go

姜铭看着手机屏幕上的三个单词，沉默了。

这一刻，他竟无言以对。

大概是因为，她说对了。

南安安没等到姜铭的回复，她在床上躺了一会儿还做了个很长的梦，她梦到南微微了。

醒了之后就再也睡不着了，南安安从床上爬起来决定看部电影来催眠，结果她带过来的笔记本电脑刚刚还好好的，现在突然罢工了……

南安安不甘心地从床上爬起来跑去书房试图打开姜铭的电脑，白色的笔记本电脑看上去好像是几年前的款式。

姜铭大半夜被上午一起开会的教授们叫出去吃饭的时候没少被灌，几个已婚的副教授都晃着手机一脸甜蜜："哎呀呀，实在不是我不喝，是我老婆怎么都不让我喝酒，没结婚的小年轻来，你们来……"

"世界是属于你们的，酒也是属于你们的。"

没结婚的姜铭默默地干了，几轮下来成家的人都被媳妇叫回去了，姜铭终于接到了南安安的电话，她的声音轻轻浅浅的，没有一丁点睡意。

姜铭走出吵闹的包厢，站在阳台上点了一支烟："这么晚了还没睡？"

"嗯。"南安安坦诚地交代了，"对了，老师我睡不着，我电脑坏了，我想用一下你的电脑……"

姜铭被夜风一吹，仅有的一点醉意一下子就没了，他当时来 A 市时走得急桌子上放的电脑是五年前那台，桌面上的游戏只有一个，就是当年他和小卷毛一起玩的那个，而且设置了记住账号和密码。

如果不知道南安安那么后悔去见他，他也许很乐意她发现他就是她师父，可是现在不是时候。

他不知道她在后悔什么，也没把握她知道了之后会怎么反应。

现在还太早。

香烟在他指间燃烧着，一点烟灰落在他手上有些烫，姜铭弹弹烟灰："那台电脑很旧了，抽屉里有台新的，没密码，你玩那个。"

"好。"南安安乖乖地答应了姜铭。

姜铭似是满意地说了一句："乖。"

声音低沉而有磁性，像是他在她耳边低语，她甚至像是感觉到了他喷洒在耳蜗里温热的气息……



南安安莫名有些羞涩，谦虚道："谢谢，也没那么乖……"

姜铭："……"

电话那边的沉默蔓延过来，她握着手机听到那边一个清浅的气音，像是姜铭笑了。

"老师……你喜欢什么样的女生？"南安安鼓起勇气问出口，她不想做一个蜗牛受了伤就缩进壳里再也不出来，她想勇敢一次，哪怕她现在还没有勇敢到直接向姜铭告白，也想知道自己有没有那么一点希望，趁着姜铭带着点醉意。

"乖的。"姜铭回答得很快，简单却不带敷衍，似乎是极为认真说完还轻笑了一声，低低的，略带沙哑的鼻音。

乖的……

他刚才还夸她乖……

男神是在调戏她吗？

南安安感觉自己整张脸都热得发烫，不知道该怎么接话就也笑了几声，书房里安静得她能清晰地听到听筒那边姜铭呼吸的声音、他点燃香烟时打火机的声音，还有作为背景的鼓噪的蝉鸣。她不免想起姜铭抽烟时食指和中指夹着香烟，深深吸一口之后漫不经心地弹烟灰的样子，明明英俊斯文的男人在抽烟的时候动作出其意料地帅，带着些雅痞的味道。

谁都没有说话，谁都没有挂电话。

明明是沉默，却让南安安心跳莫明地加速，她歪头夹着手机走到落地窗前拉开了窗帘，脚下的城市正是灯火通明，不远处的一栋高楼里几个亮着光的窗子暗了下去。

她站在他的书房里，口袋里是他的门卡，耳边是他清浅的呼吸声。

从来没有一刻，她那么清晰地意识到她离他那么近，她喜欢这样令人怦然心动的沉默，直到那边隐约传来另一个人说话的声音，南安安才有些遗憾地说了一句：“那……再见，晚安。”

“嗯，晚安。”

姜铭没有立刻挂断电话，南安安捧着有些发烫的手机也没挂，她突然想到高中时室友和她男朋友每晚刷日常时的最后一段话。

室友：“那再见。”

男友：“再见。”

室友：“你先挂。”

男友：“你先挂。”

室友：“我等你先挂。”

男友：“还是你先挂吧。”

室友：“你先嘛……”

思及此，南安安清清嗓子：“老师，你先挂吧。”

回应她的是：“嘟，嘟，嘟……”

南安安：“……”

姜铭挂断电话后抬眼看了一眼来人，姜洋走过来把手搭在栏杆上侧过脸看着他：“儿子，恋爱了？”

姜铭点点头抽了一支烟递过去，他印象里那个意气风发的男人自他母亲去世之后迅速地老了，保养得当的外表掩饰不了他沧桑疲惫的眼神。

上次在安家他没和姜洋说话，算起来，他已经五年没和姜洋说过一句话了。

秦然是撞破自己丈夫和疼之入骨的妹妹的丑事，受到刺激突发脑溢血的。

秦然去世之后，姜洋就火速娶了他小姨秦怡，就像那么多年的情深似海都阻挡不住现在的迫不及待。

姜铭熄灭了烟头也不回地离开。

那两个人刚结婚时，总有一大串亲戚每天打着亲情的名义劝他原谅他父亲，接受他小姨，说他父亲多年来照顾他卧病在床的母亲有多不易，男人嘛，偶尔偷吃很正常，你长大就懂了。

就像是只要活下来的人无论做了什么事情都值得原谅，却没有一个人提起过，秦然卧病在床这么多年，是因为在那次车祸中救了他父亲，也没有人想过，死的那个人无论那些人怎么忏悔都活不过来了。

他就是那段时间认识的小卷毛，一整年的时间。

她有点笨拙地给他讲笑话——从前有一个人买了一桶酒放在门口，第二天酒少了一半，他很生气就在酒桶上写了两个大字——尿桶，第二天，酒桶满了。

她小心翼翼地表达那些关心——

小卷毛：师父，你还难过吗？

姜铭：嗯。

小卷毛：那你不要难过了。

姜铭：……

或者站在他身边陪着他挂机——

小卷毛：师父，今天我们学了一首诗：在天愿作比翼鸟，大难临头各自飞。

这句话，倒是挺贴切，虽然她的语文老师可能要哭晕在厕所了。

姜铭是第二天晚上回的C市，到家的时候已经接近十一点，他刷了门卡在玄关处换鞋的时候就看到沙发上露出一个毛茸茸的丸子头，南安安似乎在看电影，专注到都没听到开门的声音，姜铭换好拖鞋往客厅走，柔软的拖鞋踩在木质地板上悄无声息。

南安安抱着大抱枕正看得认真，屏幕上的女人正在看电视，电视里上演着一部血腥的恐怖片，突然，身后出现一个黑影。

黑影一步一步，离丝毫没有察觉到危险降临的女人越来越近，女人正在看的恐怖片里有一个没有影子的男人，正笑得诡异。

南安安揪心地准备腾开手捂眼睛，环绕立体声的音响效果极佳，黑影走路时配的鼓点一声一声叩击在南安安心上。屏幕上，黑影手一抬女人的脑袋就飞了出去，而这时女人正看的恐怖片里的杀人狂脚下慢慢地浮现了一道修长的影子，鲜血从女人身上涌出汇成几个大字——嘘，你身后有个影子。

南安安眼角的余光一扫，真的看到了一道修长的黑影。

南安安屏住呼吸，一动都不敢动。

黑影越来越近，越来越近，笼罩在她身体上方，南安安终于忍不住从沙发上弹起来连蹦带跳地就要越过沙发往楼上冲，冷不防一下子半跪在沙发靠被上，脑袋因为惯性一下子撞进了一个温热的怀抱里。



姜铭被她扑了个满怀，她的脑门磕在了他嘴唇上。

南安安一愣，感受到体温后才感觉自己四肢的血液重新流动起来了，但是额头好像被什么柔软又凉凉的东西触碰了一下，像是……嘴唇。

南安安一动都不敢动了，整个人僵在那里，像是所有的血液都倒流到额心那一处，感官被无限放大，他薄唇的轮廓、温度还有触感。

她靠得极近，整个人都埋在他怀里，呼吸间全是他身上带着淡淡烟草的气息。

南安安尴尬得像被定住了身子，不知道是应该先移开脑袋还是抽回搂着姜铭腰的爪子，或是先从沙发靠背上站起来，她现在完全是靠着姜铭捏在她腋下的手悬空在沙发靠背上，整个人都被姜铭提着……

“害怕了？”姜铭直起身子，淡淡地开口，清冽好听的声音在她头顶响起来。

“嗯。”南安安发出一个鼻音，就被姜铭就着这样的姿势从沙发靠背上提起来放在地上，脚落地的时候南安安腿都是软的，满脑子盘旋着——

他亲了我额头！

虽然是她自己撞上去的。

“吓得腿软了？”姜铭的声音带着一丝善解人意的愉悦，体贴地扶着她的腰好笑地问她。

南安安很想说，被你亲的，但是她怂就只能接着姜铭的话巴巴地说：“是、是啊，电影太吓人了。”

姜铭抬手关了遥控器，那些恐怖的配乐声音消失后，整个客厅安静得连呼吸声都清晰可闻，南安安垂着头站在那里大气不敢出。

姜铭颇有些不舍地松开手，看着软脚虾风一样卷进厨房。

手心似乎还有刚才的触感，她紧紧搂着他的腰，整个人扎在他怀里……

姜铭走到放映机那儿拿出那张碟片，心情愉悦地看了看片名，这类电影还是挺有趣的，下次可以带南安安去看鬼片。

走到餐厅那边就看到透明的蓝色餐桌上摆了一个青花瓷碗，一杯芒果西米露。



瓷碗里是一碗清淡的鱼丸汤，几个圆滚滚的鱼丸浮在白色的汤面上，还有几片紫菜。

鱼丸汤还是温热的，胖乎乎的鱼丸入口鲜滑。

而他的田螺姑娘已经跑了。

田螺姑娘扑在床上拍着心口，脸上的热度久久没有退去，她在床上滚了一圈滚回原地后忍不住拿手机想发微博，却觉得这种心情实在是妙不可言，把手机丢回一边继续在床上翻滚。冷不防听到有节奏的敲门声，南安安一个打滚从床上爬起来，整了整自己的衣领又把床单捋顺了才压低声音说了声：“请进。”

姜铭推开门靠在门边上，拿着一个小盒子朝她招招手：“给你带的小礼物。”

南安安跑过去接过盒子，小木盒做工极为精致雕着漂亮的蔷薇花，盒子打开之后映入眼帘的是一条红绳。她记得A市有一个月老庙，经常有人到那里求红绳。

脸已经烫得不成样子，南安安拿出那条红绳绕到手腕上，就看到姜铭朝着她抬起手，修长的手指离她越来越近最后落在她头发上，顺了一把她刚才在床上翻滚翘起来的呆毛。

“谢谢，我很喜欢。”

“嗯。”姜铭笑笑，镜片后的眼睛像是被点亮了一样，璀璨如星火，看着南安安白皙手腕上大了一圈的红绳子轻描淡写道，“这是戴脚上的。”

姜铭一回来，南安安喝个果汁吃个泡芙看个小说，偶尔学习一下的小日子就过到了头。

姜铭的目标压根就不是让她考上研，而是刷新西大考研最高分记录吧。

夏日的午后，南安安被太阳晒得昏昏欲睡，听到姜铭问她还有哪道题不会的时候随手指了一道：“这个。”

姜铭漫不经心地一手搭上她的椅背，手一用力南安安整个人连着椅子就被他转得面朝自己，一手敲着椅背道：“你是鱼吗？”

刚睡醒的南安安被问得有点蒙，就听姜铭悠悠地说：“你的记忆只有七秒吗，这道你让我讲了三遍。”

南安安：“……”毒舌新技能 get！



短信提示音一响南安安就抬头看向姜铭，见他没说什么才解锁了屏幕，短信是班长发过来的——

安安大宝贝，过几天的经院的新生开学典礼求支援，你男神也会参加，我把你安排领他们那组怎么样？

南安安愉快地回复了两个字——成交。

到经院新生开学典礼那天她就追悔莫及了，班长大人确实利用职权把南安安安排到姜铭那组了，可是何岳也和姜铭一组啊！

人手不够，南安安还去帮男生们搬了一箱矿泉水，结果矿泉水发到姜铭和何岳那里的时候已经只剩一瓶了。

南安安看看姜铭再看看何岳，果断把那瓶矿泉水递给了何岳。

何岳得意地笑笑，等看到南安安从外面跑进来递到姜铭手里的依云，再看着自己的康师傅就笑不出来了。

迎新会时，姜铭漫不经心地听着各种致辞，目光不时落在南安安身上，她穿了一件青花瓷旗袍勾勒出漂亮的线条，头发盘起来的样子很惊艳，似乎是跑来跑去的缘故热得出了一鼻尖汗，但是脸上却是神采飞扬的，小酒窝若隐若现的让人挺想戳一下。南安安绕场一圈下来吸引了一群新生的注意，姜铭看着几个男生推推搡搡地跑去找她说话，末了好像还要了她电话，他看到南安安摆了摆手，在男生再三坚持下还是拿起他们的笔在其中一个男生手心写了一串数字。

姜铭皱着眉食指有一下没一下地叩着桌子。

坐在他旁边的何岳侧过头压低声音：“你们在一起了？”

不等姜铭回应他又继续说道：“她很漂亮吧，当时我就觉得安安长得漂亮性格也好，后来才发现她完全不是我想象的那样。”

姜铭双手交叉目光落在眼前的钢笔上，似乎全神贯注地在看稿子一样淡淡地回应道：“那你还回来找她？”

何岳：“……”

新生欢迎会除了西大各领导和学术大神外也请了经院各个系别的学霸，南安安低着头从人群中穿梭过去冷不防就听到一道惊喜的声音：“安安？”



南安安垂着头加快步子，她怎么忘了她当初的前男友们个个是学霸，就这个半小时就已经看到三个了，声音的主人没得到回应也完全没有气馁，挥着手抬高了声音：“这里，安安，这里……”

南安安避不过只能打了个招呼：“嗨。”

还好欢迎会开始之后，大家各就各位她也就不用那么担心了，心虚地看了几眼姜铭发现他没看她，情绪也没什么不一样才放下心。

散场的时候她正要偷溜就被刚才那二货拦住了：“安安，我刚从德国交换回来，我现在是第一名了，我们和好吧……”

南安安沉默，当初她提分手的时候，二货都快哭了一个劲地问她为什么，她实在说不出为什么，目光落在红榜上灵机一动：“因为你不是第一名了……”

二货短短一天内经历了学业和爱情的双重打击，垂头丧气地走了。

南安安没想到他还记得当初的话，一时不知道说什么好，二货依然很兴奋：“下次我不再偷亲你了……”

话说到一半姜铭就过来了，低头在她耳边问了句：“他是谁？”

“我前男友。”

这样的对话在他们出小礼堂之前重复了四次，最后一次看到一个男生迎上来姜铭直接“呵呵”了。

晚上回到姜铭家里南安安悲伤地发现，没有一盘肉菜。

姜铭吃完饭就上楼了，听到她说十个的时候只觉得是个数字，但亲眼看到活生生的人就是另一回事了，尤其是那些人以极高的频率不断出现，姜铭甚至理解南安安大学三年夹着尾巴做人不谈恋爱的原因了。

南安安坐在几盘青菜前默默发微博——

追不到男神绝不改名：我觉得，我可能再也改不了名了。

微微就不笑：道路是曲折的，前途是光明的。

是汤圆不是元宵：早恋一时爽……

暑假全耗费在了考研复习上，大四翩然而至，有人说保研党过着猪一样的生活，找工作党过着狗一样的日子，南安安荣幸地成为过着猪狗不如的日子的考研党中的一员。



新学期开始，她就被告知了一大噩耗——经院从这一学年起下一届学生不再开设高数三，所以挂科重修党今年的高数三老师只有一个——何岳。

南安安简直要给选课系统跪了，早上在姜铭办公室学习的时候都蔫儿蔫儿的。

到中午的时候她才知道她不开心得太早了。

安可这学期选了姜铭的一门专业课，天天跟在姜铭屁股后面问题，南安安躺在沙发上午休的时候听到几声敲门声。

然后就是安可细细的声音：“老师。”

南安安在沙发上打了个滚，姜铭出去了她只能去给安可开门，一开门就看到安可抱着本书垂着头站在门口，抬头看到她有些惊讶地变了脸色，但还是软软地叫了声：“安安姐。”

南安安点点头，自己回到沙发上躺下把书盖在脸上。

安可讪讪地自己坐到了另一张沙发上，好一会儿不见姜铭回来，南安安又完全没有理她的意思，她坐了一会儿开口道：“安安姐，你怎么总缠着姜铭？”

南安安把书掀开认真道：“我喜欢他啊。”

“可是……”安可欲言又止，“我也喜欢他啊。”

南安安沉默，安可才是鱼好吧，记忆才是真有七秒。

从小安可就喜欢眨巴着眼睛对她说：“安安姐，安可喜欢这个。”如果她恰巧送给安可，那就皆大欢喜；如果她不送，安可分分钟摔碎了它——就像她被磕破了的同心锁。

还好，姜铭很快就回来了，安可从座位上站起来：“老师，我来请教您一个问题……”

姜铭点点头，目光落在南安安身上，她脸朝着沙发里侧，似乎是睡着了。

姜铭朝着安可比了个安静的手势，带着她去了走廊。

姜铭靠在走廊的落地窗上，随手翻着安可递过来的题目，大多是他在课上讲过的，只是习题上换了几个数字而已。



他不露痕迹地皱了一下眉，还是拿出为人师者的耐心简单明了地重复了一遍课上讲过的内容。

安可垂着头站在他对面小心翼翼地绞着衣角，眼角的余光集中在姜铭面无表情的脸上她有些雀跃，不由自主地上前了一小步仰着头看着姜铭：“老师，我叫安可。”

姜铭低头看了她一眼点点头，她每次来找自己问问题都要做这一番自我介绍，长此以往姜铭当然记住她的名字了。

“我听阿姨说你还没有女朋友，我……”安可停顿了一下，声音越来越低，“我很喜欢你，我知道你不喜欢大人的安排，但是我们可以慢慢接触……”姜铭镜片后的眼睛漆黑，给人一种深不见底的错觉。

安可有些紧张，她最开始喜欢姜铭纯粹是因为南安安，其实她从小就喜欢和南安安玩，但是安安却总跟在南微微后面跑。

她被爷爷宠大，从没有被人忽视过。那天就生气推了南安安一把，失手把南安安推下游泳池后她也很害怕，当时怕大人责怪就随口把在责任推到南安安身上，南安安当时没和她打架也没揭穿她，但是渐渐疏远她了。

唯一愿意跟她玩的人也不理她了，安可就更孤独了。

久而久之，她自己都察觉到自己的扭曲，她关注南安安的一举一动，关注她的每一个男朋友，但南安安甚至没给过她抢的时间——因为她甩得太快了。

得知南安安喜欢姜铭的时候，她很激动，也许她终于有一次赢南安安的机会。

后来她接触姜铭多了，心里也开始悸动，甚至觉得和南安安较劲已经没那么重要了，她喜欢他，她想和他在一起。

而且姜铭的家长也喜欢她，如果她赶在南安安前面告白的话，他们也许就可以顺理成章地在一起了。

“……我会很努力让你喜欢上我的。”她说完长长的一段话，低头看着自己的脚尖。

闻言，姜铭合上书还给安可，她口中的阿姨指的是秦怡吧。

姜铭若有所思，低头看着紧张等答案的安可认真道：“抱歉。”

他只说了抱歉两个字，没有解释原因，甚至连“我有喜欢的人了，你还小”这种敷衍的话都没说，干脆利落不留情面地断了她的念想。

安可眼中迅速积聚了泪水，大颗的眼泪落在手里的书上。听到一丝细微的门响，她抬起头看到南安安背着书包从姜铭办公室里走出来后，伸手捂上脸跑了。

南安安正要背着书包去新阶梯教室上高数课，刚好看到安可泪奔而去，心塞塞的——好像看到了自己的将来。

安可哭了一场之后，南安安就很少再见到安可了，考研倒计时的日子越来越近，她也终于开始紧张起来。

离考研只剩下一个月的时候，系里面下了通知要求在12月底之前交毕业论文题目审批表和开题报告，南安安每天累成狗，准备考研不说还得复习重修的考试以及毕业论文。

南安安趴在桌子上揪头发，她政治现在还是渣，毕业论文下周就要交3000字的开题报告了。

“怎么了？”姜铭抬眼看了眼从中午就开始坐立难安的南安安。

南安安凑过来一脸讨好地笑：“老师，我的开题报告能不能缓缓？”

她一眉开眼笑，小酒窝里就漾着笑意。

南安安从办公桌对面探过身子，两只胳膊撑在桌子上，脸蛋就凑在他眼前，触手可及。

姜铭一抬手，南安安就一下子抱住了头：“我写，我现在就写……”

姜铭：“……”

他还是抬手自然而然地戳了一下她的小酒窝，指尖下的皮肤细腻柔软。

嘴角的酒窝被修长的手指戳了一下，指尖还有点凉意，南安安才发现她凑得离姜铭太近了，几乎呼吸交缠，鼻尖相抵，他呼吸间的气息都喷洒在她鼻尖……

还有那双专注的漆黑的眸子，那双眼睛总给人一种深不见底的错觉，而现在她能清晰地从他眼底看到她局促不安的样子。

南安安不敢跟他对视，眼睛都不知道该往哪里看，眼神飘来飘去最后把目光集中到他高挺的鼻子，突然就想到唐胖胖说鼻子挺的男人丁丁大。当时唐胖胖声情并茂还在空中给她比画了一个巨大的蘑菇，南安安脸腾地一下子就烧红了……

然后她听到姜铭忍不住笑了——她好像斗鸡眼了。

南安安不好意思地放开手解释道："我以为你要揍我。"

可是，戳酒窝是几个意思？

姜铭手指停顿了一下，午后阳光正好，不是说有些暧昧的小动作可以让女生心跳加速吗？他抬手轻戳一下她的酒窝，这么暧昧的动作，她是有多欠揍才会以为他要揍她？

意犹未尽地收回手指，姜铭轻描淡写道："我可以帮你写。"

"真的？"南安安不由自主地向前拱了拱。

看南安安一脸受宠若惊，姜铭轻飘飘地补充一句："好好考研。"

南安安在男神的关照下更压力山大了，考研还是越来越近了。

考试前一天晚上十一点多南安安在宿舍翻来覆去睡不着，其间还收到了何岳的短信——安安，明天加油。

她没回，钻进被子里给姜铭发了个短信："老师，我失眠了，紧张。"按下发送键才觉得不恰当，这么晚了打扰姜铭……

她正后悔，手机就响了，是姜铭。

"老师……"接起电话南安安有些兴奋过头，一点睡意也没有，"我紧张，我睡不着……"

"我从小一考试就紧张，一紧张就考不好……小升初的时候我写好作文，一低头流了一卷子的鼻血。老师说我这是作弊符号，作文成绩就没了，那本来是我离我姐最近的一次。我妈妈说我那阵喝水少，上火了……"

南安安开始絮叨，考西高的时候她吸取教训喝了好多水，为了上厕所她最后提前交卷了。

“当时阅卷老师听说我提前交卷还先批了我的卷子，以为我和前几年提前交卷的满分天才一样，可惜我考了天才的分数抹了零……”

姜铭终于回应了一句：“你考了100分？很不错啊。”西中的考题变态得可以，120分绝对是几年一遇。

南安安深沉道：“不，我考了12分。”

姜铭沉默，还真是抹了零……考前一晚，姜铭还是善意地试图安慰她：“你还跳过级……”

“那是一个You jump,I jump的故事，我姐总跳级，我妈妈为了一次可以开两人的家长会，就让我也跳了。唉，如果是我姐考研什么的肯定不在话下……”南安安想到南微微更忧伤了，“我小时候问过我爸爸，我又没有我姐姐聪明也没她漂亮还没有她听话，你为什么最喜欢我呀，我爸温柔而怜惜地看着我的眼睛说——你可怜……”

接近午夜的宿舍很安静，安静到她清晰地听到听筒那边姜铭低沉的笑声，他顿了顿，说：“你很聪明，当然，也很漂亮……”

男神说她漂亮！很漂亮！

南安安睡意全无，宿舍里暖气很足被窝里更是热乎乎的，她的脸烫得像是要烧起来，南安安握着手机沉默了几秒，才小心翼翼地开口：“我还是害怕我考不上……老师，如果我没考上，你亲我一下好吗？”

说完这句话她握紧了手机，钻在被窝里屏气凝神，忐忑地等回应。

姜铭没让她等太久，他低沉的声音从听筒那边传过来摩挲着她的耳蜗。

他说：“好”

南安安捧着手机在床上打了个滚，结结巴巴地：“那、那……晚安。”她说了晚安，却没挂电话。

这次姜铭也没先挂。

南安安听着耳边清晰可闻的呼吸声，她不知道自己是什么时候睡着的，直到第二天早上醒过来发现手机上的通话时间是6小时37分21秒，她揉揉眼睛，时间变成了6小时37分24秒。

南安安小心翼翼地伸指头戳了挂断键，随即从上铺跳下来眉飞色舞：

“顾球球，男神陪了我一整晚！我有没有打呼，有没有磨牙，有没有说梦话……”

顾狸伸了个懒腰看她一眼：“有何感想？”

南安安：“我男神，果然是有一万话费的人！”

南安安考研的最后一天下午，姜铭开着车在考场外面等她，打完铃之后有人兴高采烈地跑出来也有人在哭着打电话。姜铭降下车窗看着南安安随着人群走出二主楼，她穿着一件厚厚的大衣戴着毛茸茸的手套站在二主楼门口东张西望了一会儿，目光和他对上时眼睛一亮就跑了过来对他露出一个开心的笑容：“老师，我考完了，我想请你吃饭。”

姜铭点点头，南安安打开车门自己坐到了副驾驶座上眼睛亮晶晶的：“我考得很差……”

姜铭握着方向盘的手一顿，侧过脸看着她眉飞色舞的表情用肯定的语气说：“你看起来很高兴。”

南安安笑眯眯地哼着小调子，她没说——因为你就要亲我了。

C市这个冬天不太冷，车里的暖气开得也足南安安靠在椅背上惬意地看车窗外，手指有节奏地敲着车玻璃像打拍子一样小声地哼着歌。

吃饭的地方是一家基围虾火锅店，姜铭坐在沙发上看南安安点餐。

她一直很怕冷，连进了餐厅也没脱掉大衣，摘掉手套后往掌心哈了一口气，鼻尖还红红的。

菜上齐了之后，南安安抬头看着他小心翼翼地问：“老师，如果我笔试过了，复试你会要我吗？”她报的专业有两个硕导，一个是姜铭，还有一个是经院的院长，复试之后导师是可以选择学生的，她努力了一整年就是为了考姜铭的研究生。

姜铭淡淡地看着她，说：“不会。”

南安安握着勺子的手顿了一下，火锅沸腾的水汽蒸腾到她脸上辣得她眼睛火辣辣的疼。

隔着火锅升腾起的白雾和眼眶里被辣出来的眼泪，她有些看不清姜铭的表情，握着手里的汤勺有种手足无措的感觉。“好辣。”南安安说着拿纸巾擦了一把脸，怕姜铭识破还特意逼真地擤了把鼻涕，摆着手在脸侧扇风，“好辣好辣，快被辣哭了……”她已经哭了。

很多人说，期待越大失望越大。

南安安想，她一定是抱了太多的期望，所以现在才会这么狼狈。她握着勺子毫无知觉地往嘴里送，咬了一口才发现自己咬到了红辣椒，浓烈的辣在口中炸开，一口呛到了嗓子眼，火烧火燎的。

南安安嚼了嚼，生生咽下去了那口红辣椒。

就像她选择去追姜铭，就要坦然地接受这个结果。

只是明明胃里辣得火烧火燎，她却觉得入坠冰窖。

南安安吐着舌头往嘴里扇风，丝毫无济于事。

一低头就看到一杯温水被送到她嘴边，握着杯子的手指修长有力，还体贴地把杯子倾斜成了一个她张嘴就能咽下水的角度。

冰凉的杯壁压在她下唇上，缓解了嘴唇近乎麻木的火辣感。

以前在姜铭家里的时候，他也这样喂她吃药，末了还让她枕在他大腿上给她揉肚子。

现在就像最后一次一样，南安安越想越难过，当初姜铭问她是不是不想毕业想留在西大陪着他的时候，她应了一声，姜铭就打破原则把题目泄漏给她了；这一次考研姜铭帮她复习了那么久，一定就是为了让她复习好了考得好被院长要走。

可是无论如何，她有喜欢他的权利，他却没有一定要接受她的义务——这就是暗恋。

在这一点上，她和安可一样，没有任何特权。

南安安红着眼睛还是张开嘴任由温热的开水流进口腔，她总是无法拒绝姜铭的温柔，哪怕这种温柔始终带着强势，根本不容拒绝。

温水滑下喉咙缓解了火辣辣的疼，南安安伸手自己抱着杯子咕咚咕咚地喝水，姜铭站起来直起身子一手抬着她的下巴拿纸巾细细地擦掉了她呛出来的眼泪。

捏着她下巴的指尖带着一贯的微凉的温度。

南安安鼻尖红红的，眼睛也红红的，被辣椒辣得嘴唇也红红的，看起来可怜兮兮的。姜铭手指停顿了一下，这种带着倔强的眼神……

南安安仰着头看姜铭修长好看的手指和面无表情的侧脸，想他刚才算不算在委婉地拒绝她。

姜铭给她擦好眼泪，自然地坐回自己的位置，用另一个漏勺舀了一块清汤锅那边的年糕放进她的小碗里。

南安安吸吸鼻子说了声“谢谢”把那块年糕送进嘴里，嗷的一声就捂着嘴一下子跳了起来。



那种满嘴都是火辣辣的辣椒味还没散去的时候，又把舌头咬出一个口子的感觉，真的是……辣爽无比，南安安眼泪汪汪地捂着嘴，可怜巴巴的。

姜铭迈开长腿直接绕到她坐的沙发这边，抬手捏着她的下巴看她的舌尖，本来就被辣得鲜红的舌尖又被咬了一口，冒出了血珠。

他找服务生拿来一杯冰水，递到南安安嘴边：“含着。”

南安安就着他手喝一口“咕咚”咽了。

姜铭：“……”

南安安默默又喝了一口含在嘴里，才觉得好了些。

姜铭本以为这顿饭会吃得很沉默，院长上午今天跟他打过招呼，BBS上已经闹成了这样，南安安到时候真的读了他的研究生一定是场暴风骤雨，无论是对他还是对南安安影响都不好。

姜铭不在乎别人怎么评价他，和自己学生在一起也好，私心给学生开小灶也好。

他乐意。

但他见证了南安安考研这一年付出的所有努力，不想她所有的付出因为他的关系被一笔抹杀，贬得一文不值。

南安安含了一会儿冰水就又开始哼那个欢快的小调了。

回去的一路上南安安垂着头看手机，一条短信就弹了出来。

安凝——飘在我爱西大BBS最上方那个火帖你看了吗？

南安安——没有啊，怎么了？

南安安回完短信就用手机开了BBS的页面，飘在首页标题加粗的帖子回复量惊人。

八一八师生恋这回事——金工某女神如果今年不读姜铭的研究生，楼主直播吃翔。

楼主绘声绘色地描述了自己碰巧看到南安安和姜铭拥抱、接吻，还有好几次从姜铭车上下来。

还贴心地配了她从姜铭车上下来的图。

楼主还表示，我并不反对师生恋，只是你仗着勾搭上老师挤占我们公共资源和研究生名额就不好了，小女生家家的别以为靠着漂亮就可以仗脸走天涯了，有你吃亏的时候。

楼主今天话撂这儿了，你要是考别人的研究生还能考上，我在这儿直播吃翔。

楼下画风各异，一页多都是骂她不要脸、潜规则，网络上大家都披着一层皮想怎么骂就怎么骂。

到最后一页南安安就看到唐圆的影子了。

是汤圆：楼主你脑子里就是翔。师生恋多有爱啊。

我是金工班长，没错是我就是我：我们就乐意我们男神女神在一起。

金工一号：女神我看好你。

金工二号：在一起，在一起。

金工三号：摘下星星送给你，楼下……

金工四号：摘下月亮送给你，楼下……

金工五号：让太阳每天为你升起……

至此，整栋楼彻底歪了，南安安关掉页面的时候满脑子都是小苹果。

天色已经暗了，她看了一眼姜铭映在车窗上英俊的侧脸，想问姜铭是不是因为这个才说不会，又怕自己再一次自作多情，纠结了好久还是自己默默下了车站在车门前朝着姜铭挥了挥手说了句“老师再见”就准备往楼上跑，没跑几步就意识到自己的书包还落在姜铭车上。

她一转身就看到姜铭提着她的书包站在雪地里，身姿挺拔，背影被暖黄色的路灯拖长在雪地上。

南安安小跑了几步，接过书包的时候伸手搂了一下姜铭，不等他反应就嗖地跑了。

BBS 事件闹得沸沸扬扬，南安安一回宿舍就被围观了，待南安安老老实实地交代了下午的事情，真诚地问：“顾球球，你觉得姜铭为什么这么做……”她想说因为这个帖子吗，就听她家小青梅悠悠道：“不想让楼主吃翔吧。”

南安安：“元芳，我再也不问你怎么看了。”



好在考完研，南安安就真的一身轻松了，期末考几个可怜的重修孩子也考完之后，他们很快就迎来了谢师宴，大四下好多人实习的实习，出国的提前出去，基本上都聚不齐了，就把谢师宴安排在了这学期末。

和上学期末一样，他们先去的还是那家西班牙酒吧，在姜铭被金工众汉子和女汉子轮番灌酒的时候，南安安不甘示弱地也上了。

一个个喝得东倒西歪后大家互相搀扶着转战隔壁的一家 KTV，KTV 包间里的灯光有些昏黄，天花板上缓缓转动的彩色球状吊灯透过细密的小孔在石块拼接而成的墙壁和地板上映出星星点点的光点。而大屏幕后的墙壁上细细的水流顺着墙壁流下来，灯光洒在飞起的水雾上染上了神秘的蓝色，整个包间笼罩在暖黄色的灯光里。

接近午夜，喝完酒就跑来唱歌的小崽子们正是最兴奋的时候，一个个东倒西歪鬼哭狼嚎。

姜铭喝了太多酒，头有些疼，他找了个角落懒散地靠在沙发上，长腿搭在茶几底座上，伸手揉着自己的眉心想放松一下。

“下一首谁的？”嘈杂的环境里班长大吼一声，举着手里的话筒往后面一抛，“快上。”

姜铭看着南安安接住了话筒，还抓起了桌子上的另一个话筒穿过人群。

她穿着一件黑色的毛线裙，腰线收得很紧，裙摆及膝，随着她的步子裙裾飞扬。

KTV 包厢里忽明忽暗的彩色灯光打在她脸上，有种不真实感。

南安安鼓起勇气，深吸了一口气握着自己的话筒，目光投向角落里沙发上那个人，跟着音乐唱自己练过无数次的歌词——

“想把我唱给你听，趁现在年少如花……”她唱得很紧张，还带着小小的颤音。

姜铭的目光直直地对上她被灯光映得亮晶晶的眼睛，她唱的是她前一阵一直哼的小调。

“花儿尽情地开吧，装点你的岁月我的枝丫……”南安安唱得很认真，也许她能考上研，但却不是他的，也许她根本考不上研，以后也只能和他各安天涯。

“谁能够代替你呢，趁年轻尽情地爱吧……”就算被拒绝也好，她想勇敢一次，南安安拿着话筒沿着大家分开的路朝着姜铭走过去，看着他长腿迈过茶几接过她手里的另一只话筒。



指尖接触的时候，南安安的声音颤了颤，人群中爆发出一阵善意的尖叫，她听着姜铭清冽低沉的声音和她一起唱，放大在她耳边：“我们应该有快乐的幸福的晴朗的时光……”

南安安看进姜铭幽深的眼睛：“我把我唱给你听，用我炙热的感情感动你好吗？”

一群熊孩子们继续大声起哄：“好！”

“岁月是值得怀念的留恋的害羞的红色……”南安安的脸很红，不知道是醉了还是害羞的。

灯光下，她专注地看着他哼唱：“最最亲爱的人啊，路途遥远我们在一起吧……”

那声音颤颤的，最后一句还走了调。

她唱完最后一句的时候向姜铭伸出了一只手，手心向上，秀气白皙的指尖因为紧张微微地蜷缩着。

忽明忽暗的灯光下，姜铭看她仰着头，漂亮的眼睛映出他身后绚丽的灯光。

很久以前，小卷毛站在湖中央的竹筏上向他伸出手：“师父，来。”

她说：师父，等我高考的时候我肯定睡不着觉，我给你打电话你会陪我吗，陪我一整晚？

他错过了她的高考，只能在她考研前一天晚上陪了她一整夜，听她絮絮叨叨地讲她的故事或快乐的或难过的，最后声音越来越低，听她睡着后平稳的呼吸声，听她在床上翻身的声音。

她说：师父，那我明天就去找你啦，你一定要等着我啊。

他站在西大后门那里等了那么久，却还是错过了她。

她说：师父，等我遇到我最喜欢的男生，我不需要他来追我哄我讨好我，我一定要自己追到他，你说他会拒绝我吗？

谁会拒绝你呢？





耳边是金工给力的孩子们整齐划一地呐喊："在一起，在一起，在一起……"

南安安觉得自己伸出去的手等了有一世纪那么长的时间，酒壮怂人胆，她固执地一直没有收回来。

心却一点点地凉了……

直到……

她的指尖被人握住，一点一点地包裹进他修长有力的大手里。

他的掌心凉凉的，却有一层薄汗。

那只手带着一贯的温度，微微的凉，却在这样的冬夜里温暖了她的手掌心。

所有的灯光、屏幕、人群中尖叫的声音像倒退的风景离她越来越远，只剩下眼前修长挺拔的男人，他握住了她的手。

南安安像是听到心底一朵朵花开的声音。

南安安觉得……她可能真是醉了。

KTV 的音响继续响着那首歌的伴奏："我们应该有快乐的幸福的晴朗的时光……"

姜铭俯身抱住了南安安。

这个拥抱，她像是等了太久，以至于姜铭真的抱住她的时候，她有种想哭的感觉。

莫名地有些熟悉。像是什么时候他也这样抱过她，抱起她……南安安晃晃喝得有些晕乎乎的脑袋，不可能啊，她以前没见过姜铭啊，这么帅的男人见过一面的话她怎么可能忘。

可是这种被他抱住时扑面而来席卷了她每一个细胞的熟悉感……绝对

不是错觉。

身体是最诚实的，远超过记忆。

她踮着脚尖下巴搁在姜铭的肩膀上蹭了蹭。

金工给力的孩子们欢呼雀跃着，不知道谁大喊了一声“亲一个”，到后面就演化成了此起彼伏的“亲一个，亲一个，亲一个……”

南安安垂着头不敢去看姜铭的眼睛，她总有一种不真实感，从喜欢上姜铭的那一刻起她就知道他们之间还有很长的路要走，但是现在就像是她只迈出了一步，就轻而易举地走到了他身边。她几乎是屏气凝神地看着自己的鞋尖直到姜铭修长有力的手握住她的肩膀，他英俊的侧脸在她眼前被慢慢放大。



像一个渐渐拉近的慢镜头一样，那凉薄的唇缓缓地、准确地带着微凉的温度印在了她的唇上。

轻轻的，像蜻蜓点水一样的，不带任何情欲的吻。

南安安睁大眼睛，长睫毛扫在姜铭脸上。

她一定是醉了。

然后姜铭就听到他的耳侧低低的：“呼，呼……呼……”

姜铭：“……”

他喝了那么多都没醉，这孩子还学了几声狗叫逃过了三瓶酒，就这么在告白成功的时刻趴在他肩膀上呼呼睡了。

姜铭背着南安安走出KTV的时候，已经飘起了大雪，南安安趴在他背上自动偏过脸，找了个舒服的姿势把脸搁在他肩窝蹭了蹭，嘴里哼唧着：“在一起吧……”

姜铭“嗯”了一声，侧过脸就对上她晶亮的眼睛——像是非常清醒，又像是醉得不轻：“老师，我很喜欢你你喜欢我吗，如果你喜欢我我们就在一起吧，如果你不喜欢我……”

“怎样？”姜铭问她。

南安安吸吸鼻子：“那我会更努力地等你喜欢我了我们再在一起。”

“好。”姜铭如果不是两手揽着她腿弯简直想扶额，这孩子要告白几次？

南安安眉飞色舞："真的吗，我追过的男人不多，你可别骗我。"

追过的男人不多……姜铭冷笑："假的。"

南安安："不是，你是第一个，真的，你是第一个。"

南安安搂着他脖子的手紧了一些，像只小狗一样在他脖子那里乱嗅。

毛茸茸的发丝蹭过他的颈窝，姜铭一瞬间身体僵硬了一下。

背上的逗比非常满意地笑笑侧过脸在他侧脸上吧唧亲了一口，然后自己开心地笑了几声。

姜铭有些燥热，干脆把大衣脱了裹在南安安身上到路边打了车把南安安送回她自己家。

到家门口的时候姜铭抬起她爪子往指纹锁那里按了一下，大门一下子就开了。

把南安安安顿好，姜铭才发现大门从里面是可以不用指纹开的，他匆匆走出了南安安家。

她笑眯眯地对他唱"路途遥远，我们在一起吧"的时候，他不假思索地就握住了她的手，打破了他所有的规划。

一直以来，姜铭习惯把所有事情归于他的掌控之中，像学术研究一样控制好每一个变量，得到最终自己想到的结果，不允许任何状况外的误差。

南安安第二天到姜铭办公室做她之前答应姜铭做的翻译，她昨天真的醉得不轻，连告白的结果到底怎么样都记不太清楚了。她有些坐立难安，叼着吸管喝着姜铭递给她的奶茶时不住地想，我要不要问他呢？他到底答应她了吗？

但是南安安怂，她不敢问，想着万一姜铭为了不让她尴尬故意当作什么也没发生呢。

她依稀记得昨晚她醉得不轻还对着姜铭唱了她准备好久的歌，唱到最后一句"我们在一起吧"的时候还朝他伸了手，可是他当时到底同意了没南安安倒是没什么印象了。

整整一上午，南安安抓耳挠腮地想回忆起什么，脑子里却一片空白，跟昨天夜里白茫茫的雪地一样白。

喝完酒告白的副作用就在这里，胆子是肥了，但是结果也可能忘了。

整理完这些资料明天学校就算彻底放寒假了，南安安今年寒假要到她爸爸那里过，满心期待的同时不免因为要和姜铭分开有些不舍。她趁姜铭不注意玩着手里的手机，发完微博后就开始等着自家小青梅的绝地反击。

“叮咚”的一声提示音后，南安安解锁屏幕就看到一条新评论——

姜铭：你怎么还不改名？



南安安揉揉眼睛，确定评论的名字是姜铭。

她错愕地抬起头看姜铭若无其事地靠在真皮转椅上，优哉游哉地打字。

追不到男神绝不改名回复姜铭：你是我认识的那个姜铭吗？

许久没有得到回复，南安安拍拍心口松了口气，应该是有人逗她的吧。

她呼出长长一口气，一抬头就看到姜铭意味深长地拿着手里的手机朝她晃了晃，嘴角的笑意简直闪瞎她的眼睛，低沉清冽的嗓音在她耳边炸开：“怎么还不改名？”

南安安眨眨眼睛一下子从椅子上站起来：“你是认真的？”

完了，她在微博上发过那么多……

南安安脑海里像放电影一样——

追不到男神绝不改名：我觉得，我男神，喜欢我。

追不到男神绝不改名：我男神，不可能那么鬼畜。

南安安捂着脸从指缝里看对面姜铭双手交叉，高深莫测地看着她，嘴角的笑意莫名有些危险：“难道你不是？”

南安安在他意味深长的目光下，心跳漏了一拍。

“当……当然是认真的。”

姜铭长腿一伸鞋尖钩住了南安安的椅子，滑轮在光滑的木质地板上滑过，声音清晰地一路滑到姜铭面前。

连人带椅子。

告白成功后，她第一次离姜铭这么近，她的椅子卡在姜铭的两条大长腿之间，整个人差点被惯性带得撞到姜铭胸口。

南安安的呼吸急促起来，这是一种绝对强势的姿势，她的座椅和她整个人都卡在他的势力范围，姜铭的手撑在她座椅两边的扶手上。

她整个人都避无可避，逃无可逃的时候，南安安才意识到——无论他多冷清，多禁欲，他始终是一个男人。

危险的、强势的、坚定而不容拒绝的。

她甚至有一种错觉，她之前的每一次追逐，他都后退一步，那种距离不远不近刚好勾得她心痒，直到她一步一步离他越来越近完全走进他的势力范围之内，他才像一只优雅的猎豹一样，把她牢牢掌控住。

这样的心性其实很像一个人，多年前，她的师父也是这样的。

他从不拒绝她的要求，无论是帮忙写作业、做试卷还是发答案，他宠得她心生欢喜，直到发生那件事后她再也没理那个人她才了解了那种落差。

她那时候才发现，她再也找不到任何一个男人，对她那么好。

安安正回忆着就听到姜铭低沉的声音在她头顶响起来：“我谈恋爱很认真，绝不甩别人，也不接受别人甩我。”

隐隐地，南安安觉得姜铭的话别有深意。

姜铭：“能做到吗？”

南安安咬咬牙：“能。”

姜铭把一张白纸推到她眼皮子底下，转着手里的钢笔：“那你手写一份保证书给我。”

南安安：“……”

南安安默默伸手去接姜铭手里的钢笔，他其实还是在意吧。

没有人会不在意，自己的女朋友曾经有过十个前男友。

很多人因此说她花心，随便，甚至更难听的她都听过，但是不可否认这一刻她有一点难过……

手指触碰到他指间的钢笔时姜铭反手握住了她的手，修长有力的大拇指挠了挠她的手心，南安安有些不解地看过去：“保证书……”

姜铭低头看着她，漆黑的眸子似乎清澈见底：“逗你的……”他的声音低沉好听到让她轻易沉醉其中，“安安，我只是希望我是最后一个……”

南安安眼睛一眨不眨地看着姜铭，郑重地点了点头。

他说完这句话就移开了目光，继续专注认真地单手敲键盘，左手却始终握着她的右手没有松开。

南安安探过头去就看到屏幕上姜铭写的是她的毕业论文。

很多人说，男人专心工作的时候最帅，南安安从没有一刻这么赞同这句话，赞同到她对着姜铭棱角分明的下颌咽了咽口水，又生怕他知道装模作样地去看他敲出的公式。

那些她最讨厌的公式都变得那么漂亮。

接下来的时间姜铭继续写论文，她则坐在沙发上自己玩电脑，手机闪了一下南安安解开屏幕锁看到一条短信悬浮框——



安安，你好，我是你的心理医生，下午有时间来我这里聊聊吗？

南安安伸手捂住了屏幕，一字一字地回过去——

我觉得我已经好了。

很快，那边就发过来一条新短信——

安安，很多事情不是你不去想就可以的，你难道不想从根本上解决这个问题吗？你知道有多少男人因为这个原因和妻子离婚吗，你有信心你的男朋友不会因为同样的原因离开你？

中午的时候姜铭带着她出去，走在校园里经过了一对又一对举止亲昵的情侣，南安安伸手拉住了姜铭的小拇指，姜铭低头看向她神色有些不自然："抱歉，我之前没谈过恋爱……"

南安安笑眯眯地晃了晃姜铭的手，带着些惬意。

这种带着些禁忌的，又小心翼翼的在大庭广众之下牵手是她盼望已久的，她恨不得让每一个人知道他们在一起了，至于那些流言也好，诋毁也罢，南安安表示——男神在手，天下我有。

寒假来得很快，这是南安安第一次这么不喜欢寒假，她才刚刚和姜铭在一起，这么快就要分别了。

唯一能让南安安开心起来的……大概就是她早已机智地给姜铭充好了话费。

姜铭开车送她去机场的路上，南安安坐在副驾驶座上偷偷看他："老师，你寒假怎么过啊？"

“随便过。”姜铭云淡风轻地回答。

“那你会想我吗？”南安安想了半天都没把这句话说出口。

到机场大厅的时候，姜铭陪着她在外面等，旁边好几对情侣亲得难舍难分。南安安默默地倒计时，他会在什么时候亲她呢？直到登机广播响起来，姜铭都气定神闲没有任何表示。

南安安有些失落地随着人群往里走，短信提示音响起来的时候她激动地点开屏幕。

一条姜铭发来的短信，只有一个字——会。

南安安对着那一个字看了好久，趁着还没登机回了条短信过去——老师，你是有一万话费的人。

整个寒假南安安都过得心不在焉，美国这边本来就没有春节的气氛，她爸爸妈妈又都忙，连南微微都着急学分和实习很少陪她。

于是，南安安做了一个大胆的决定。

大年三十那天姜铭没去他爷爷家，自己在家看电视，南安安的电话如期而至，姜铭都怀疑到底他们俩谁才是有一万话费的人。

“老师，我给你买了一个新年礼物！”电话那边环境挺嘈杂的，南安安声音很大，带着些得意扬扬，“你猜是什么？”

姜铭思考了一下：“你。”

“唉……”南安安有些失落地叹了口气。

姜铭声音听起来很愉悦：“你在哪儿？”

“这里！”南安安的声音和电话里的声音重叠在一起，姜铭一回头就看到她张着胳膊欢快地朝着他跑过来，路上还被石头绊了一下，然后一把抱住了他。

雪花飘飘扬扬地落在他们身上，姜铭伸手搂紧了南安安，低头吻上她被冻得发白的嘴唇。姜铭一向不是一个感情外露的人，他一向骄傲于自己的冷静自持，却在听到她的低语时完全失去了引以为傲的自控能力。

南安安半睁着眼睛，姜铭的一只手按着她的后脑勺，只停留在唇上的吻带着风雪的气息，却又像有融化风雪的魔力。

*The world*
*is always good*

# 第四章

有时候，
南安安觉得姜铭之于她，
就像是一个奇迹，
点亮她所有的不可能

大年夜，南安安单腿蹦蹦跳跳地跟在姜铭后面，趴在橱柜上看姜铭包饺子，他修长白皙的手指捏着又大又圆的面皮，用筷子把虾仁加进去之后细致地捏成了一个不规则的胖团子。

实在不忍直视……

南安安探着手自告奋勇："我来。"看男神放下筷子，南安安挽起袖子捏起一张面皮，就感觉到腰间多了两只手。

姜铭站在她身后，两手穿过她的腰在她小腹十指交叉，掌心温热。

南安安捏着面皮的手一抖，脸红得发烫，整个人都飘飘忽忽的，像踩在棉花上一样，这样她也要包团子了。南安安心扑通扑通地乱跳，小眼神飘忽不定："要不，你去看电视，我一个人包得更好……"

姜铭没说话，伸手把她往自己怀里一带，下巴顺势搁在她头顶轻轻摩挲……

他呼出的温热气体离南安安太近，她根本没办法心无旁骛地包饺子，手里的饺子皮都已经被她扯成不规则形状了。

南安安努力集中注意力："这样吧，我来教你，我们都坐下慢慢包。"

姜铭闻言也没放开她，懒洋洋地用大长腿轻易地钩了一把椅子过来抱着她坐下了。

南安安："……"

她就这样坐在姜铭的大腿上，他的手从她身后伸过来拿起一张饺子皮，白嫩嫩的饺子皮躺在他指尖："然后呢？"

他说话的时候气息就喷洒在她后颈，声音低沉带着些感冒导致的沙哑，暧昧至极偏偏一副学术研究一样认真的样子。

南安安夹起虾仁放进去："一次不要放太多，然后这样……"她拿着自己手中的饺子皮示范了一下，指尖捏着饺子皮并在一起的边缘翻滚几下做出一圈漂亮的花边。

姜铭依样右手拿着饺子，左手捏边，南安安坐他腿上整个人被他包饺子的两只手从后面环住，不禁脸红心跳——这姿势，姜铭与其说是包饺子，不如说是包她。

"这样？"姜铭拿着稍微成型的饺子问她，南安安大力点点头："对，棒棒哒。"说着把手伸过去捏着饺子的边角捏紧，指尖碰到姜铭的手指也没收回去，嗯，这是她的男人，捏个手指什么的是她应有的福利，南安安边捏边解释，"看，要捏紧，这样待会儿饺子下到锅里才不会被煮烂。"

说着她扬扬自得道："是不是觉得我是一个出得了厅堂，下得了厨房的女人？"

姜铭沉吟了一下，一本正经道："你还不算女人……"

还不算……

南安安捕捉到了什么，她以前逛天涯经常看到——那一夜，我从女孩变成了女人。

想到这儿她耳尖有些发烫。

下巴被人恶意地一抬，姜铭捏着她下巴凑近看她："脸怎么这么红？"

姜铭的神色太过认真，这么一个充满调戏意味的动作被他做得像是医生给病人检查身体一样严肃认真，南安安不甘示弱道："你脸也很红。"

姜铭理直气壮："我感冒了。"

南安安："我热。"说着逼真地用手擦一下鼻尖不存在的汗，手放下就对上了姜铭的眼睛，那双眼睛不戴眼镜的时候相当漂亮，眼尾很长偶尔笑起来还微微上翘，浓密的睫毛像是自带的眼线一样勾勒出一个勾人心魄却不失英气的形状。瞳仁的颜色很深，不是一般亚洲人常见的深棕色，而是纯粹的黑。

姜铭看她的眼神很专注，一直看得南安安脸红心跳，不好意思地眨眨眼睛。

"你鼻尖沾了面粉。"姜铭认真地指出。

南安安伸手准备蹭，手就被姜铭按住了，她呆呆地看着姜铭离她越来越近越来越近，然后就感觉鼻尖带着微微凉意的湿润。

她错愕地睁大眼睛，是她的错觉吗？姜铭刚刚一手扶着她的后脑勺，然后飞速地用舌尖舔掉了她鼻尖的面粉。

鼻尖的凉意久久没散去，好不容易包完饺子，南安安已经一手心汗了。饺子上桌的时候，她极有成就感，拍拍手，拿手机拍了一张照片，桌子上盛饺子的大碗边上还有男生修长白皙的手出镜，发了条微博——

我终于改名了：男神，快到我碗里来~

不一会儿就看到了新评论——

是汤圆不是元宵：汤圆不要吗？

蜀黍我是安凝啊：心塞塞的，你居然改名了，再也不能嘲笑你了。

微微就不笑：快，收起来，粑粑看到会哭的。

又是一条新评论——

姜铭：已经在了。

南安安心底柔软了一大片，正准备说话自己的手机铃声就欢快地响了，看了一眼来电号码南安安心虚地按下通话键："喂，您好。"

"我现在一点也不好。"南是一字一顿。

"爸爸，对不起……"南安安诚恳地道歉。

南是叹了一口气："我有两个女儿……"

"对啊，还好你有两个女儿嘛，姐可以陪你呀。"南安安赶紧接话。

"……跑了两个"南是悠悠地道："她可能也是这样想的。"

"上次我回家微微正和一小子接吻，看到我就介绍说这是她的男朋友威廉，我就问她不是叫杰克吗？"南是解释道："哦，杰克是上次那个。"

孤独的老男人是可怕的。

挂了电话南安安正准备去拿筷子，一个胖乎乎的饺子就到了她嘴边，她下意识一张嘴咬了一大口被烫得嘶嘶吸凉气。然后嘴边的半个饺子被收了回去，南安安看着姜铭对着饺子吹了吹气重新递到她嘴边。





来而不往非礼也，南安安也夹了一个送给姜铭。

两个人的年夜饭吃得有模有样，窗外是万家灯火，噼里啪啦的爆竹声不绝于耳。

吃完饭南安安靠在沙发上抱着抱枕看春晚，她全程哈哈大笑，姜铭全程没笑。看得太投入，南安安连姜铭离开了一趟都没发现，直到姜铭坐到沙发上抬手拿起遥控器把音量调低，递给她一个大红包："新年快乐！"

南安安眨眨眼，有人给女朋友发压岁钱的吗？她要不要给姜铭拜个年？

南安安自发找了一个好位置枕上了姜铭的大腿优哉游哉地看电视。

临近午夜的时候，电视里的主持人开始倒计时，南安安拽着姜铭的手跑到落地窗那里等烟花。

姜铭一晚上掐了好几通电话，直到林墨的电话过来他才松开南安安的手接了除夕夜的第一通电话——

"哥，我查到了，我问了我们老前辈，五年前你说那天有几个小混混被抓进来了，罪名是在西大后面那条小巷子猥亵未成年，他们交代了一晚上做了好几起，但是最后那小姑娘跑了，好像是一个大妈报的警……"

"那阵西大后门那块特别乱，每天抢劫什么的报案都很多，不知道是不是南安安……喂，哥？"林墨的声音淹没在爆竹噼里啪啦的爆炸声中。

新年的钟声响起。

一朵烟花腾空而起，"轰"地在夜空中炸开，点亮了半边的夜空。

姜铭握着手机，看南安安站在落地窗前笑眯眯地朝他招手，她笑得眉眼弯弯小酒窝里都漾着满满的笑意。

背景是无数绚丽的烟花，争相绽放。

“新年快……”南安安一句话还没说完就落入了一个温暖的怀抱里，她疑惑地仰起头的那一刻姜铭刚好低下头，绚烂的烟花在夜空中升起、绽放又落下，只留下漫天的烟雾。

南安安想她可能永远都会记得这一刻，他们额头相抵的温度。

只是姜铭那句低声的对不起，她用了太久才明白其中的含义。

终于等到了她最喜欢的新年钟声和烟花，南安安也就没了困得不行还要坚持熬夜的动力，和姜铭一起回到沙发上看接下来的春晚节目时她就迷迷糊糊地睡着了，其间姜铭好像叫了她一次，她揉着眼睛哼唧了一声继续睡。

朦朦胧胧地就感觉到自己好像被包成了春卷，热乎乎地被盛在盘子里上了桌，果然她是最漂亮的大春卷，刚一上桌就有人伸筷子夹住了她，送到了嘴边。那人吃得优雅斯文却掩不住愉悦，南安安很得意自己作为春卷也是如此美味，满意地放任自己呼呼大睡了。

大年初一的早上南安安是被手机铃声吵醒的，虽然她昨天抛父弃母地跑来找男朋友，但是大年初一还是要乖乖回外公那里拜年的。

“怎么了？”吃饭时姜铭看她食不下咽的样子开口问道，他这次做得有那么难吃？

南安安咽了一大口红豆薏米粥，戳着碗里被熬得胖乎乎的薏米：“我一会儿要去外公家里拜年。”

“我送你过去。”姜铭把一个煎得金黄的煎饺递到南安安嘴边看她下意识地咬了一口，这次没忘了先吹一吹。

南安安点点头咽下口中的煎饺意犹未尽正要吃第二口，剩下的半个煎饺就不见了，她看着姜铭漫不经心地把她咬了一口的煎饺送进口中，耳尖一下子又发烫了，只装作完全不知道地低头喝粥。

她和姜铭也算接过吻，只是唯一两次接吻都只停留在嘴唇，而且她连嘴都没有张，完全就是小孩子过家家一样的嘴唇对上嘴唇的亲亲，现在这样……南安安一联想就心跳加速。

偏偏姜铭看她没吃煎饺，又夹了一个到她嘴边。

南安安红着脸索性张嘴一口就把整个煎饺全吞了，一口吞个大饺子的后果就是咀嚼得相当困难，好不容易把饺子咽下去又低头喝了一大口姜铭递到她嘴边的牛奶。

吃完饭南安安主动去洗碗，被姜铭一句“放着，我来”剥夺了劳动权利。

出门的时候雪已经很大了，南安安戴好毛茸茸的连指手套才想起来忘了围好刚才搭在脖子上的长围巾，正要张嘴咬掉手套，姜铭就伸手过来把她围巾绕着她脖子缠了一圈又一圈，最后缠得把她嘴都盖上了，呼吸间热乎乎的哈气哈在毛线围巾上很快就有些湿了。

南安安一只手被姜铭握着踩着厚厚的积雪跟姜铭往停车场走，另一只手艰难地去扒拉自己的围巾，冷不防脚下一滑险些摔倒。幸亏姜铭反应极快地搂住了她腰，还顺手把她好不容易扒拉下来了一些的围巾重新拉了上去。

南安安：“……”

短短一段路因为积雪的缘故走了挺久，其间姜铭一直没收回搂在她腰间的手。

好不容易到车里南安安蹭掉自己的毛手套，然后就一把扯下了自己的围巾，顿时觉得连呼吸都顺畅了。

下着雪路很滑，姜铭一路开得很慢，他们到安家的时候已经接近十点了。

南安安告别姜铭刚走到门口就看到了一个被保镖拦在大门外的男人，男人有些烦躁地在大宅外面走来走去，火气很大地接起了电话。

南安安看了男人一眼自己走了进去，走了好远还能依稀听到那个男人大声叫嚣着：“我嘴严不严取决于你给我多少钱……”

安老爷子还是那样对南安安不冷不热，似乎是上次安漾来跟他吵一架之后他更不待见她了。

好在南安安自己也无所谓，反正她舅舅一如既往对她特别好，南安安本来想早点走但是看她舅舅热情地给她新年礼物，乐滋滋地和她聊天，她也不好意思说要走。

南安安还是挺喜欢舅舅安源的，安源和安漾是龙凤胎，长得本来就像，所以她打小就跟她舅舅很亲。

安源一直在跟她聊她考研的事情，倒是冷落了一旁的安可。

南安安有时候觉得，老爷子对安可的偏爱一定程度上也是因为这个，不被自己父亲喜欢，对任何一个女孩子而言都挺伤心。

有了安源和她说话，客厅的气氛好了很多，只是话题从学业一下子转到她的男朋友时，气氛就有些微妙了。

“安安，舅舅听说你新交了一个男朋友……”安源这话一出口，安可就跑出去了。



气氛尴尬，南安安只能点点头，她已经有些坐不住了，又和安源聊了几句就告别了。

走到花园的时候就看到安可蹲在雪地里哭，她一走过去安可就“腾”地站起来对着她大吼一句：“你很得意吧？我不需要你假惺惺地安慰和同情！”说着还朝着她扬了一大把雪，准确地说是一个大雪球。

南安安躲得快但还是被那个大雪球砸到了，为了躲开那个雪球她蹲在地上，领口由于她的动作有些张开了喝着冷风，而那个雪球就这么精准地钻进了她还没来得及拉好拉链的羽绒服里的低领毛衣里，南安安被冻得一激灵，这天气、这刺激实在是……

她看了一眼哭得眼睛都红了的安可无辜道：“我只是路过……”天知道她压根没打算安慰和同情安可。

扔了南安安一个大雪球之后，安可重新蹲回去红着眼睛气喘吁吁，眼角的余光扫到南安安走近她身边，也蹲到了地上。

她吸吸鼻子以为南安安要安慰她，却看到南安安抓了一大把雪团了团抓在手心里就走了。

就这么走了……

走到一半，安可就看到南安安突然转身，一个大雪球带着风声朝着她飞了过来。

“啪”地一下砸到了她胸口。

安可：“……”

安可气急败坏：“南安安！”

南安安头也没回，潇洒地背朝着安可挥了挥手，远远地就听到安可又被气哭了。

她跑得飞快，安家宅院里还有人她不好意思弄衣服，天知道她胸口都被那一大团雪球冰得有些麻木了。

安安跑出安家老宅大门就看到了姜铭的车，她小跑过去打开车门钻进去问姜铭："老师，你一直都在等我吗？"





姜铭点点头，正要发动车子的动作停滞了一下。

眼角的余光看到南安安小心翼翼地侧着身子，把手伸进了她自己的羽绒服里。

从手鼓起的形状来看，准确地说应该是左胸。

姜铭抬手调低了车内的温度还是感觉有些燥热，满脑子都是为人师表安安还小，就看到南安安的爪子在她自己的胸口摸来摸去摸来摸去，然后掏出了……一大把雪。

她的羽绒服拉链没拉上，里面穿的白色一字领薄毛衣领口被她扯得有些开，露出了一大片白皙的皮肤和若隐若现的锁骨。南安安低着头，从姜铭的角度可以看到她漂亮的颈部线条和侧脸，她长睫毛上落的雪一融化就打湿了睫毛，乌黑的长睫毛被浸得水润润地覆盖在眼睛上，衬得肤色越发白皙。

尤其是她刚才的动作，作为一个男人，他很难不浮想联翩……

姜铭清清嗓子，目不斜视地发动了车子。

南安安在他踩油门的那一刻突然问道："老师，你吃药了吗？"

"……"姜铭无言以对，我们两个人究竟谁更需要吃药。

南安安看姜铭不说话语重心长道："你看，你感冒还没好吧？"

姜铭轻描淡写道："快好了。"

南安安一口指出："哪有，你刚才一直在咳嗽，而且你脸好红。"

姜铭："……"

"老师，你是不是发烧了……"她说着就一下子站起来，不等姜铭反应过来就靠近过去，用自己的额头碰了碰他的，疑惑道："没发烧啊。"

姜铭点点头，说了句"坐好"终于真的发动了车子。

吃饭的地方是他们开车找了好久才找到的，毕竟大年初一乐意开门的地方不多。

点完餐南安安坚持自己拿钱包取卡，姜铭眼尖地看到她钱包里放着一张合照，合照上一个英俊的男人抱着穿着白色毛茸茸的小兔子连体衣的小女孩。小女孩长得粉雕玉琢的，一手搂着男人的脖子一手去摸自己竖起来的长耳朵，脸上的表情还带着些不明所以的疑惑和惊惶。

感觉到他的目光，南安安赶紧把钱包合上，却听姜铭悠悠地开口道："你还没送我新年礼物。"

"那你想要什么？"南安安说完才想起来，她就是他的新年礼物啊，可是这种"我就是"的话在这种语境面对着姜铭她就说不出来了。

姜铭懒散地靠在沙发上，抬手指了指她合上的钱包。

南安安："……"

姜铭补充道："我没有你的照片。"

南安安挣扎："你可以现在照一张……"

姜铭转着手里温热的杯子仿佛漫不经心道："我喜欢这张。"

最终，南安安还是把那张窘照给姜铭了，回去的路上姜铭带着她去商场买了一大堆生活用品。南安安发现姜铭这个人，优雅从容是骨子里透出来的，强势也是骨子里透出来的，比如说他很不喜欢她花钱，比如给她买的睡袍……她都不知道那睡袍长什么样子，那个推销员跟姜铭讲了一大堆，姜铭就直接买了……三件。

晚上南安安趴在客房的大圆床上一边看电影一边喝奶茶，看到激动处手一抖一大杯奶茶就泼了一半到被子上，她慌忙扶起杯子去擦被子，一抽被子剩下的半杯奶茶就又浇在了床单上，迅速渗透下去。

奶茶里她放了很多蜂蜜——这绝对是不能再睡了的节奏啊。

南安安想着她还是趁早找姜铭问问还有没有被子和床单，姜铭没关门，南安安象征性地敲了敲门没有得到回应，她一推开门就看到姜铭背对着她正在换衣服，似乎是听到门响转了过来，黑色的薄毛衣脱到一半，露出了线条流畅看起来紧实又不夸张的腹肌和若隐若现的人鱼线……

南安安抬手捂上眼睛从指缝里看姜铭动作随意而自然地脱掉了黑色毛

衣，露出了性感的锁骨，一边慢条斯理地穿睡袍一边淡淡地问她：“怎么了？”

南安安放下手，局促道：“我把奶茶浇到被子上了，还有床单……”

姜铭看了她一眼：“你先去洗澡。”

南安安拿着姜铭塞给她的白色睡袍走进浴室，直到把自己皮肤都泡得发皱了才出来。偌大的主卧只开了一盏暖黄色的床头灯，昏暗的灯光下姜铭懒散地靠着床头，两条大长腿交叠在一起。



南安安莫名觉得有些危险，看着床上已经铺好的两个被筒她还是爬上了床钻进了其中一个，刚才毕竟是她先想歪的。

天知道她有多紧张，这种刚刚确定了男女朋友关系就莫名其妙而来的同床共枕让她有些措手不及，但是她又生怕她拒绝会让姜铭不高兴。

很多时候她在心底不断弱化何岳带给她的影响，但她不可否认，何岳让她面对感情变得自卑而胆小。

就像现在，她明明什么都没准备好，却害怕她在这种情况下跑去别的地方睡会让姜铭觉得她奇怪，南安安刚给自己裹好被子，姜铭就关了灯。

黑暗里，南安安感觉床陷进去了，似乎是姜铭也躺下来了。

她裹在被子里，紧张得一动不动，下意识地屏住呼吸。

“晚安。”

姜铭的声音在黑暗里带着些安抚人心的力量，南安安也轻声说了一句晚安。

眼睛适应了黑暗之后，她才渐渐看清姜铭还没盖上被子。

南安安竖着耳朵，听到姜铭均匀的呼吸后才小心翼翼地从被窝里跑出来，半跪到姜铭身边帮他盖上被子，并且裹得严严实实，探着身子裹另一边的时候她脚一软差点栽倒在姜铭身上，还好她机智地用手撑了一下床，不过她按着的东西有些硬，而且有越来越硬的趋势，南安安触电一样收回了手。

她似乎知道她按着什么了，还好她刚才没用力。

南安安等了好一会儿，看姜铭好像没醒才放心地继续裹被子大业，直到把姜铭裹好了才安心地回到自己的被窝里，就好像这样一层棉被的阻隔可以给她安全感一样。

黑暗里，姜铭一直等到身边的人睡着，才动作很轻地掀开被子，想下床去洗澡。

他只是轻轻一动，南安安的呼吸就乱了："老师，你睡不着吗？"

姜铭嗯了一声，就听南安安说："要不，我给你念个清心咒……"

姜铭"……"



西大的寒假并不长，开学之前考研初试成绩就开放查询了，南安安从没有这么人品爆发过——她的分数超了以往西大国经所三十多分，可以说复试的时候她表现成渣都没问题一定可以通过。

话是这么说，真的到了复试那天南安安还是很紧张，进考场前还一直拿着小册子翻来覆去地背。

她旁边一个女生看她那样紧张，笑着凑过来一起看她小册子上的内容，看着看着两人就聊了起来。

南安安总觉得女生有些眼熟，而女生正兴高采烈地跟她聊天："我叫游秋，名字有点怪吧，我知道你叫南安安。对了，你想被哪个大神收了啊？我最喜欢姜铭了。"

南安安点点头，女生笑眯眯地朝她挤挤眼睛，凑近她耳边压低声音："你别介意啊，我知道你俩的关系，我只是单纯地崇拜他而已。"

她这么一说南安安才想起来，她好像就是那天没敲门就冲进姜铭办公室的那个女生，想到当时他们的坐姿南安安有些不好意思。

复试的时候，南安安感觉自己表现得还不错，院长在她回答问题的时候一直笑眯眯地看着她，这让南安安有些开心也有些失落，不出意外的话，她应该是不会成为姜铭的研究生了。

她一年为之奋斗的目标，有些失去了原本的意义。

四月末的时候，国经所的研究生名单就下来了，她果然是院长今年收的唯一俩学生之一，而那个叫游秋的女生的名字，就写在姜铭的名字后面，也是姜铭两年来带的唯一一个女研究生。

知道结果那天晚上，南安安回宿舍才知道 BBS 上之前那篇帖子在考研结果出来那天下午又一次被顶到了前面，楼主却没再出现。对此唐胖胖还跑去帖子里叫嚣了好几次要楼主出来直播吃翔。

楼主的认怂并没让南安安心里舒服一些，如果不是这篇帖子的话，她以后都可以名正言顺地跟着姜铭做课题，待在姜铭办公室，和姜铭一起出差，而以后这个人就变成了游秋。

南安安好几次去姜铭办公室找他，都看到了游秋在。

游秋每次看到她的时候都表现得落落大方，还很自来熟地跟她打招呼，南安安心里有一丁点的不舒服也无话可说，毕竟姜铭是她的导师。

而毕业季一向是最难熬的，随着博士生论文答辩的开始，姜铭也一天比一天忙了，南安安甚至一周都见不到他几次。

南安安坐在宿舍里想着自己要不要再主动去找姜铭，只是几天没见到他，她就开始想念。这种新奇的感觉是南安安前十次恋爱都没体会过的，她好几天晚上躺在床上辗转反侧，她甚至有些想念他们同床共枕的那天晚上。

她躺在离他最近的地方，紧张中带着些微莫名的刺激，像是期待又像是回避。

床的每一次颤动她都会紧张起来，黑暗里她感觉到他从床上起身不一会儿浴室里就传来了水流声。

南安安不知道姜铭因为什么而忍耐，也许是因为她还小，也许是因为他不想那么早确定他们的未来。他冲澡回来的时候俯身在她额头印上了一个浅浅的吻，带着凉水澡之后的些微凉意。

那样的浅吻像羽毛扫过她的额头，有些凉，有些痒，像是那支羽毛轻轻扫在她心上。

南安安低头看着手里的手机，屏幕上是姜铭的手机号，在她下定决心要按下电话图标的时候，旁边孤家寡人的唐胖胖幽幽道："安安，你得矜持，你也是我们金工的小女神啊，每次都是你主动去找他，这样显得你脸太大……"

南安安仔细端详了一下阿胖的满是胶原蛋白的大圆脸，直看得阿胖害羞地别过眼睛才收回目光道："我觉得还是你脸更大一些。"

阿胖颓废地捂脸长叹息：“……你果然是不爱我了。只见新人笑，不见旧人哭，你已经开始嫌弃我脸大了。”

南安安正要回答，自己的手机就响了，看到屏幕上闪烁的姜铭两个字，她一边划开通话键一边眉开眼笑勾住阿胖的脖子，把嘴凑到阿胖酒窝那里，吧唧一声给了她一个大大的吻顺带安抚道：“乖，你脸一点也不大。”

阿胖脸一下子红了，看着南安安颠颠去阳台上接电话的背影竖起手指：“骗子！你们长得好看的都是骗子！”



“喂，老师。”南安安趴在阳台上声音轻快。

姜铭的声音透过听筒有些低沉，带着懒洋洋的声调：“你刚才在亲谁？”

隔着电话，她似乎都能想到他现在转着笔，慵懒闲适的姿态，于是南安安分分钟把小伙伴卖了：“阿胖……”

“那我呢？”姜铭尾音稍稍拖长，最后一个呢字还上翘了一下，磁性的尾音摩挲着她的耳膜，南安安顿时理解以前那些女生说的耳朵会怀孕这句话了，她不是会，她是想……

南安安回头看了一眼把脸贴在阳台玻璃门上的小伙伴，把嘴凑近手机，心扑通扑通乱跳……

好不容易才做好心理建设，“啵——”南安安捂上嘴，怎么这么响亮……

电话那边的姜铭满意地笑了一声，声音听起来愉悦极了：“我在楼下。”

一听到这句话，南安安就乐颠颠地跑下去了，身后是阿胖不甘心地呼喊：“矜持，矜持啊矜持……”

一阵风一样跑到楼梯口的南安安一眼就看到了站在路灯旁边的姜铭，他穿着一件黑色的双排扣薄风衣，风衣只扣到第二个口子，露出了里面的白衬衣，他站在那里身姿挺拔，长身玉立。午后热烈的阳光下，他看起来像一个发光体，只站在那里就引得好几个女生小声讨论。

南安安步履轻快地跑过去，拉住了姜铭的手：“老师。”

一句话就引来旁边几个女生异样的眼光在他们身上徘徊，南安安想到那次姜铭说不会要她，下意识地想抽出自己的手，指尖还没抽出来就被姜铭反手握住了，他手指修长有力握着她的手时完全挣脱不开。

指尖的温度传过来，南安安垂着眼睛小心翼翼地用指尖蹭了蹭姜铭的手心。

姜铭给了她一份论文的定稿和论文答辩常见问题及答案，越是到这种小伙伴都忙得焦头烂额的时候南安安才越发觉得师生恋的诸多益处绝对是只可意会不可言传。

南安安欣喜地捧着那一沓资料抬头看着姜铭的眼睛："你这周在写这个？"



姜铭点点头，居高临下顺手拍了一下她的头，牵着她的手随意地往前走，南安安乐得自己摸了摸脑袋跟着姜铭往前走，一周的患得患失在他那个电话打来的时候一下子就烟消云散了。

初夏的马蹄湖已经有几朵粉嫩嫩的荷花露了尖尖角，微风一吹一颗露珠颤颤地滚落。

"老师。"走在马蹄湖中央的青石路上，南安安忍不住开口。

"嗯？"姜铭低头看着她。

南安安笑眯眯地抬头："你是不是没谈过恋爱啊？"

姜铭似笑非笑地看了她一眼，他那双黑得纯粹的眼睛看得她有些心虚，才促狭道："你准备来教教我？"

南安安："不是啊，我其实就想问问你，你是颜控吗？"

姜铭细细地打量眼前的南安安，她今天没扎头发，浓密的黑发发梢微卷散落在肩头，衬得肤色更白了。那双漂亮的眼睛带着暖暖的笑意看着他，南安安的瞳孔又大又圆，黑亮亮的，以他选女朋友的眼光来说，姜铭说了声："是。"

南安安笑眯眯地点头："那就好，我比游秋漂亮多了，对吧？"

马蹄湖的青石板路上她看着他言笑晏晏："其实我也会小心眼的……毕竟她以后和你相处的时间会很多。"这话说出来她自己都觉得像是在无理取闹了，游秋毕竟以后是姜铭带的研究生。

"不会，"姜铭说得很坚定，"放心，你可以很认真地要求我，也可以光明正大地吃醋……"

他的声音清冽好听，意味深长："这是作为女朋友的特权。"

南安安和姜铭绕着马蹄湖走了一圈，她的手一直被他包裹在手心，"你喜欢去哪儿玩？”走到第三个路灯下姜铭漫不经心地开口问道。

南安安思索了一下：“其实马蹄湖我就挺喜欢，马蹄湖边学习的都是博士……”

她看了姜铭一眼发现他在认真听就继续说下去：“每次我挂科、作业写不出来、考试考不好就喜欢来马蹄湖边看博士……”

“他们给你动力？”姜铭状似不经意地问。

南安安大力点头：“我看着他们来回踱步想题目，形单影只没女友，就觉得我跟他们比起来——天空飘来五个字，那都不是事儿。”

这一刻，姜铭无言以对，期待逗比能说出些正常的话，他也是醉了。

天快黑的时候姜铭开车带着南安安去看电影，严格意义上，这算是他们第一次正式约会。

姜铭今天开的车不是那辆低调的黑色辉腾，而是一辆玛莎拉蒂的白色敞篷车，到了目的地南安安才发现姜铭带她看电影的地方是一家汽车影院。在入口南安安从几部影片里果断选择了一部恐怖片，售票员小哥还送了她一大桶爆米花。

他们开车进场的时候偌大的场地已经停了好多辆车，找到了场地后就调好频道，南安安靠在座位上舒服地伸了个懒腰抱着大桶的爆米花等着开场，初夏的傍晚夜风习习，吹得人神清气爽。

南安安往自己嘴里丢了好几颗爆米花才想起来把爆米花桶往姜铭那里移了一下，姜铭没伸手进去拿。

也是，姜铭应该不会喜欢这种东西，南安安心安理得地把爆米花移到自己手边掏了两颗出来，眼睛认真地盯着屏幕左手正要往嘴里送，手腕就被握住了……

黑暗里她的手被拉到姜铭嘴边，南安安手一抖一颗爆米花还掉了，她侧过脸就看到姜铭低头把那颗爆米花卷进了口中，薄唇掠过了她指尖，不等南安安抽回手，就感觉到他舌尖的温度，直到她收回手，那温度似乎还停留在指尖上。

南安安脸上的热度都能摊鸡蛋了，她翘着食指捏了一颗爆米花自己吃，目不斜视地看着大屏幕，天知道哪个鬼又出现了。

她在看鬼，姜铭在看她，那道灼热的目光像是舞台上的聚光灯一样烘烤着她的脸，直到南安安脸完全烧起来。

“嗯……”一声缠绵的低语从他们隔壁的一辆敞篷车上传来，南安安小心翼翼地侧过脸就看那辆黄色敞篷车在朦胧的夜色里剧烈地晃动起来。电影里正到了凶手出场的前夕，背景音乐几乎没有只是一片瘆人的寂静，这片寂静里隔壁低沉的喘息声就越发清晰……

似乎连空气里都是暧昧的气息，南安安红着脸转过头就对上姜铭的目光。

那道目光太过专注，专注到她移不开眼睛。

一片寂静里，南安安几乎能听得到自己心跳的声音，扑通扑通渐渐完全契合上了电影里急促的鼓点：咚、咚、咚……

姜铭英俊逼人的脸在明灭的灯光下，他伸手按在副驾驶座上，一点点低头……像是电影里的慢动作回放一般。

夜色里，他英俊的脸定格在她眼前，黑眸像是深不见底的漩涡，背景是近郊璀璨的星空。

姜铭修长的食指按在她的嘴唇上，指腹轻轻地摩挲了一下，轻易用指尖抵开了她的唇，拇指抬高了她的下巴……

南安安呼吸急促起来，她整个人都被圈在他的势力范围内，像是什么在迅速坍塌，又像是什么一点一点点亮。她看着他近在咫尺的总是带着冷漠弧度的、唇线清晰性感的薄唇，直到他的薄唇精准地覆在她的唇上，舌尖轻易地探进去掠过她敏感的上颚……

情到浓时，姜铭睁开眼睛，南安安白皙的手指紧紧地揪着真皮座椅，她的睫毛颤悠悠的，除了紧张和羞怯，还有……害怕和一丝抗拒。

姜铭眸色沉了沉，舌尖像是不经意一样，理智迅速地退了出来。

那一瞬间，南安安居然感觉到了一丝隐隐的失落，她眨眨眼睛看姜铭抽回按在她耳侧的手，在他离开之前鼓起勇气伸手搂住了姜铭的脖子，闭着眼睛小心翼翼地送上了自己的嘴唇。

姜铭的动作停顿了一下，那只收回了一半的手捏着南安安的尖下巴，把她砸到他鼻子上的嘴唇移到他嘴上……

那个吻，像以往一样只停留在唇上，却带着奶油味爆米花的香甜。

这种感觉，并没有她想象中那么抗拒，甚至最后还有些意犹未尽……

有时候，南安安觉得姜铭之于她，就像是一个奇迹，点亮了她所有的不可能。

不知道是因为那种莫名的熟悉，还是像他们说的那样……因为爱情。



五月初的时候，系里下了论文答辩的通知，南安安看到自己那组的主答辩导师是何庆元之后松了一口气，庆元大君最善良了。

到了答辩那天，大家还是很紧张，南安安他们一行人在办公室外面等的时候又遇到了游秋，游秋原本是经管法实验班的，答辩的时候被分到了和南安安他们一组。

南安安站在门口等待的时候，就看到姜铭拿着几本论文从走廊对面走了过来，他穿着一件黑色衬衣，修长笔直的大长腿裹在剪裁合适的黑色西裤里，远远地逆着光看不太清楚他脸上的表情，连被阳光勾勒出的轮廓都英气逼人。

她有些开心，这样的男神是她的男人，南安安刚想跑上去跟他说句话，就见游秋已经先于她迎了上去，亲昵地跟姜铭打了一个招呼。

姜铭冷漠而疏离地朝着游秋点了点头。

南安安见状没再走过去，忐忑地站在答辩办公室门口，姜铭从她身边经过的时候稍稍俯身在她耳侧低声说了句“放心”，声音压得很低，南安安整个人都放松了下来。她靠在墙上又组织了一遍开场白，游秋就走过来压低声音对她说：“安安，你和姜老师吵架了？”

对上南安安不明所以的目光，游秋凑近她耳边声音压得更低了：“这几天我去找他的时候，感觉姜老师心情一直都不太好……”

南安安摇摇头说了句：“没有啊。”

她这一阵忙着背论文答辩陈词，姜铭也忙着经院各系硕士和本科生论文答辩，两人有一阵没见面了。但是平时打电话的时候姜铭声音听起来都挺愉悦的，挂电话的时候还要求她“啵”一个，南安安虽然有些不好意思，但是也乐此不疲……

听她这样说，游秋似乎有些失望地“哦”了一声，看南安安不再搭理她了解释道：“我只是问问，你别误会，我没别的意思啊，你不会生气吧？”

南安安心不在焉地点了下头说了一声“嗯”，游秋一手亲昵地搭上她的肩膀不依不饶道：“嗯是会生气还是不会啊？”

南安安：“会。”你都这样挑事儿了，我为什么不生气啊？

游秋：“……”

气氛有些尴尬，游秋收回了搭在南安安肩膀上的手没再说话。

好在唐圆很快就从办公室出来了，给她比了一个必过的手势，南安安深吸一口气走了进去。

办公室正中间摆了一把椅子，对面是三个老师和一个负责做答辩记录的女博士。

南安安走到中央的椅子上坐下就开始阐述自己的陈词，本来很流利一对上老师们的眼睛她就开始磕巴，好在何庆元笑眯眯地说了一句：“慢慢来。”

南安安努力把自己的注意力集中到自己的论文陈词上，好不容易回归了一开始的状态，眼角的余光就看到何庆元突然大力地撞了撞隔壁老师的胳膊，指着她的论文最后一页笑得不能自已，都趴在桌子上就差捶桌子了。

“然后……然后……日本贸易逆差的成因从深层次来看……”何庆元一笑，南安安就开始紧张，越紧张就越磕巴了。对面的四个人都在笑，笑得她不知所措，南安安背陈词的同时还绞尽脑汁地回想最后一页到底有什么——好像是致谢吧。

她是前几天临交论文的时候才发现自己没有写致谢页的，那时候已经是凌晨三点多了她打着哈欠，眼角都是被刺激出的生理性眼泪，对着电脑照着顾狸的致谢页打上去的啊，难道是写了什么错别字？

南安安好不容易做好了陈述，何庆元也终于笑完了。

南安安不明所以地看过去，几个老师照惯例提问了几个问题，南安安对答如流之后才不那么紧张了，最后一个问题是何庆元提的。

何庆元笑着对她说：“我觉得你这篇论文写得好极了，没有任何问题，哈哈哈哈哈哈哈，嗯，你可以告诉你男朋友……我们都觉得他建的计量模型建得好极了，哈哈……”

旁边老师轻咳了一声，何庆元才收敛了一些整个人恢复了正常为人师表的样子严肃地说了声“不错”，南安安礼貌地鞠躬后走出办公室就开始翻自己手里复印稿的最后一页致谢页——

感谢我所有的老师在四年之间对我的教导和帮助，感谢我的室友顾狸帮我搜集论文资料……

这都挺正常的啊。

南安安继续看下去，最后一句话是——

感谢我的男朋友帮我建的计量模型。

她想起来了，她当时好像真的写了这句话，因为整篇论文是个实证分析，姜铭的计量模型建得远远超出了她的水平，她的论文又是姜铭一人操办的，她不好意思居功就写上了这句话。

完了，这句话肯定已经传到姜铭耳朵里了。

南安安想捂脸，晚上她回到宿舍后没有再主动给姜铭打电话，实在是不好意思，她吃过饭之后手机还是响了，南安安跑到阳台上接起电话就听到姜铭略带促狭的声音——

“你准备怎么感谢你的男朋友？”

南安安：“……”

“嗯？”

每次听到姜铭这样反问的声音，上扬的尾音低沉性感，南安安都会有些无法自持，她红着脸对着电话“啵”了一个。

姜铭的声音听起来很愉悦：“现在经院所有的同事和我带的博士硕士……都知道我是你男朋友了。”

南安安：“好，那挺好的……”

姜铭：“我也觉得不错。”

论文答辩事件过后，南安安几乎是被打上了姜铭的标签，经院的学生里也就金工的同学知道他们的关系，其他学生们大多不知道，但是现在经院高层的老师们……南安安都快不敢去经院高层了，她大学四年那些冷艳高贵惜字如金不苟言笑的老师见到她就把手里的资料直接给她，还挤挤眼睛：“帮我送给你男朋友，替我感谢一下你男朋友……”

说好的冷艳高贵呢？

南安安没再在姜铭办公室见到游秋，她对游秋没有好感——那栋飘在BBS首页几个月的大高楼，后来她计算机学院的学长帮她查了IP——楼主是游秋。



这个答案在她意料之中，不过现在游秋给她发短信说要在西大西门口的茶餐厅见一面就是她意料之外的了。南安安本来最讨厌电视剧里每次小三给女主发个短信约见女主就颠颠去了，回来之后被刺激得又哭又闹。

她不打算去，但是游秋极为固执，不停地发短信给她。

南安安下午三点的时候还是去了那家茶餐厅，游秋定的位置就在窗户边，南安安走过去游秋就站了起来，看着她咄咄逼人道：“你是不是知道了？”

南安安平静地点点头，坐下之后给自己点了一杯奶茶后合上菜单，游秋握着手里的杯子看向她：“你看着我去讨好你，是不是觉得我像个小丑一样？”

南安安没说话。

两人之间的气氛十分尴尬。

许久，游秋呼了一口气向沙发后靠了一下：“算了，我承认，我是喜欢姜铭。你们又没有结婚，我想我也有喜欢他的权利吧。”

南安安点点头没反驳她。

游秋目光看向窗外嗤笑了一声：“我真的不知道，我有哪一点不如你，我也那么努力地喜欢他，我选了他所有的课，努力跨专业考他的研究生，他连我这个人的存在都不知道，就这么容易地被你捷足先登了，南安安，我不甘心。”

南安安搅动着手边的奶茶很想告诉她——你没我漂亮，但是游秋没给她机会。

“我一点也不甘心，你有什么好？”游秋看着她的眼睛，语气有些激动起来，她认识姜铭远比南安安早，而且她姐姐和姜铭才是青梅竹马。他们一起读西中西大，一起硕博连读，她一直以为姜铭不喜欢她是因为游夏，到头来，姜铭没和她在一起也没和游夏在一起，反而跟南安安在一起了，她一点都不甘心。

她甚至宁愿那个人是游夏。

她自己在这里激动一场，南安安还是挺平静的，没生气也没回答。

“南安安，我最讨厌你们这样含着金汤匙出生的人！没有你爸爸，你算什么！”游秋被她若无其事的态度刺激到，一下子站了起来提高了声音，半个茶餐厅的人都将目光投到了她们两个人身上。



不知情的人还以为是正室大战小三，都饶有兴味地看热闹，整个茶餐厅都安静了下来……

闻言，南安安松开含在口中的吸管，看向近乎歇斯底里的游秋，语气极为认真地回答道：“一颗卵子。”

“什么？”游秋有种使尽了所有力气却一拳打到棉花上的感觉，不明所以地问道。

南安安笑眯眯地看着她，认真又完整地重复了一遍：“没有爸爸，我算一颗卵子啊。”

安静的茶餐厅里，她这一句话一出口极为清晰。

“噗——”隔壁小伙子把咖啡喷出去了。

简耀从桌子上的抽纸盒里抽出一张纸正要递给对面被他喷了一脸咖啡的女生，刚才打篮球时还给他加油的小女生已经愤然起身走了。简耀耸耸肩膀，手里的纸转了个方向慢条斯理地擦了擦自己的嘴角，拿着自己的篮球起身要走的时候，饶有兴味地看了一眼刚才害他喷咖啡的罪魁祸首。那个女生靠在沙发上优哉游哉地搅拌着手边新点的咖啡，她穿了一件裸粉色的衬衣，衬得肤色极白。

从他的角度刚好能看到她垂着头时有着漂亮弧度的鼻尖，她松松地扎着一个高马尾，发尾微卷，额前还有软软的胎发——以简耀一贯的眼光来看，虽然没有看到她正脸，但应该是个唇红齿白的美人。

刚才朝着她大声吼的那个女生已经抓起包甩门走了，留下小美人惬意地喝了口咖啡靠在沙发上，一手搭在沙发扶手上晒太阳，她抬眼就对上了他的目光，简耀对她露出一个灿烂的笑容，女生也礼貌地微微笑了一下，果然惊艳，用他们班的那群男生的话来说，挺有女神范儿的。

“这里有人坐吗？”简耀走到沙发那里问道。

南安安抬头看了一眼眼前的大男生，拿起咖啡杯子“咕咚咕咚”几口喝完了点了点头，招手找服务生买单。

简耀郁闷地坐下，妹子，我问你有没有人坐是想和你坐一起不是想让你给我让个座啊，我已经喝饱了。



南安安在包里翻了翻，没有钱包，不甘心地再翻了翻还是没有，正尴尬的时候眼前递过来一张粉色毛爷爷，南安安接过钱对着大男生笑了笑，把钱递给服务生结账后对男生说：“谢谢，你把手机号留给我吧，我回去给你打话费。”

简耀本来想当一次雷锋，听到美人要自己的手机号雀跃地放下背上的书包从笔袋里拿出一支黑色签名笔朝着女生扬扬下巴：“我写给你。”不等她点头就伸出手拉过她的手正要在她手心写，女生触电一样收回了指尖有些抱歉地笑了笑，接过他手里的签名笔：“你说，我来写。”

简耀报了自己的手机号，看女生低头一笔一画地在手心写下了那一串数字，黑色的笔迹和白皙的手心形成了鲜明的对比。写完手机号女生抬头朝他笑了一下把签名笔还给他，简耀发现她的睫毛长得很漂亮，虽然微微地垂着但眼角的睫毛更长一些也更翘一些，有些神采飞扬的感觉。

“我叫简耀，简单的简，耀眼的耀。”简耀下意识地补充了一句，看她低头认真地把自己的名字写在那一串数字后面，心里莫名地生出一种愉悦的感觉。

看她推开门走进西大，直到身影越来越远，简耀收回签名笔兀自笑了一下，刚才跟她吵架的女生好像提到过她的名字——南安安。

这个名字在他们西中相当有知名度，简耀转了一下手里的笔，果然是百闻不如一见钟情。

他决定要好好学习了。

姜铭开完会回来一推开办公室门就看到南安安趴在柔软的布艺沙发，跷着腿嘴里还惬意地哼着歌。抬头看到他回来，她向后仰了一下头对他露出一个笑容道："老师，我们班长说要我到院毕业晚会上唱歌。"

"嗯。"姜铭把风衣随手搭在衣架上俯身就着她仰头的姿势在她嘴角自然而然地亲了一下，"你要唱什么？"

南安安从沙发上爬起来，喜滋滋道："就那天唱的那首啊——"

姜铭惬意地坐到沙发上，一手搭在沙发扶手上一手搭在南安安肩膀上，果断道："换一个。"

"我觉得那首歌我唱得很好听啊，"南安安眨眨眼睛，"你说呢？"

所以才让你换一首，姜铭食指习惯性地推了推鼻梁上的无框眼镜淡淡地问："那首歌是唱给我一个人的，不是吗？"开玩笑，他会让他家逗比站在舞台上对着经院所有人唱"路途遥远我们在一起吧"吗？

"嗯？"姜铭一这样反问，南安安就举手投降了："好吧，我换一首，我会的歌不多，你可别害我。"

南安安说着掏出手机在网上找适合在毕业晚会上唱的歌，左手一伸出来就被姜铭捏住了指尖，姜铭看到她手心那个明显是男生的名字和那一串手机号，沉声问道："这是什么？"

"啊！"南安安恍然，"你不说我差点忘了，我刚才和游秋出去喝下午茶忘了带钱了，我还得给我债主充个话费。"

"和游秋一起喝下午茶？"姜铭准确地抓到了重点。

南安安点了点头没多说，正要给手机号充话费才想起来自己现在的窘境，说着看向姜铭："老师，你网银有钱吗？"她网银里的钱都给姜铭充话费了，而且鉴于她过年时抛父弃母的恶劣行为，南是和安漾一致不给她打生活费了，如果不是有她家月入一千欧生活费的顾球球她早饿死了。

姜铭果断地给她手心的手机号码打了话费，然后捏着她指尖带她到里间洗手，南安安看着姜铭往她手心挤了一大团洗手液，揉出了细密丰富的泡沫。

他修长的手指摊开她的手心，另一只手细致地揉搓着她手心上的手机号，直到洗得干干净净不留一丝痕迹才带她出去，南安安自己乐了一下，姜老师这是……吃醋了？

下了班，姜铭带着南安安回家的路上顺便去逛超市买水果。

经过卖零食的货柜，姜铭推着车给南安安拿了半购物车的小零食，不经意地抬头就看到南安安站在那里没动。

南安安正看着一个粉嫩嫩的小男孩蹲在地上被他妈拖着走，边走边喊："妈妈，我就要吃这个棉花糖，我就要。"

小男孩的美人妈妈摇摇头，蹲下来把小家伙一把抱起来："小汤圆你乖，这个是小宝宝才吃的，你已经是一个大人了，不能再吃这个了。"





南安安看着目测不到三岁的"大人"失落地垂下了小脑袋，果断走过去从货架上拿了五大包棉花糖放进姜铭推着的购物车里，小家伙，阿姨只能帮你到这里了。

没想到姜铭一走过来，小男孩就抱住了姜铭的大腿，亲昵地晃了晃叫了声："叔叔。"

姜铭也伸手把小家伙抱了起来，还朝着小男孩的美人妈妈笑了笑。

南安安愣了一下，他们认识啊，正想着就看到一个英俊的高个子男人走过来拍拍姜铭肩膀，看了她一眼对着姜铭促狭地笑了一下："你家小朋友？"

小朋友南安安无言以对，就听姜铭自然地开口纠正道："我家女朋友。"说着向她介绍来人，"安安，这是我哥姜眠，我嫂子，这个小家伙是小汤圆。"

南安安跟着叫人："哥，嫂子，小汤圆……"

叫完才发现自己太自觉了，好在有人比她更自觉——小汤圆对着她伸了伸小胖爪子，小汤圆显然是对红领巾充满了好感，等南安安小心翼翼地接过他之后，小家伙软软糯糯地蹭了蹭她的胸，对着她叫了一声："小婶婶"

南安安："……"

小汤圆固执地又叫了一声："小婶婶。"

南安安："哎。"

回去的路上南安安都挺兴奋的，一路上眉飞色舞地跟姜铭说小汤圆："你家基因真好哎，你小侄子长得好漂亮。"

姜铭手搭在方向盘上认真回答道："我们的一定更漂亮。"

我们的……

南安安耳尖有些发烫，她装着认真看窗外的风景没说话，心跳却不受控制地加速了。自从她知道自己有病起，就从没想过那么远的将来，但是这样听姜铭提起来，却整颗心都柔软起来。

她还不到那么期待孩子的年纪，但姜铭这句话却比很多情话还动听。

他没说过“我爱你”，但这句话像一个约定——如果一个男人和你在一起的时候会想到你们那么遥远的将来，那远比“我爱你”动听。

从姜铭接受她以来，南安安一直有种不真实感，就像你期待一件事情期待了太久，真实发生的时候往往反而觉得难以置信。



姜铭没说过我爱你，没对她表示过什么，有时候她也怀疑，他是不是因为我一直追他而且她又是他学生他不好拒绝才答应她，这种患得患失的心情从一开始就没停止过，而且随着时间越来越占据她心里。

他说的“我们的”对于南安安来说，像是一颗定心丸。

到姜铭家里，南安安已经很轻车熟路地跑去把水果蔬菜放到冰箱里，姜铭在厨房里炖排骨，南安安跑去客厅开了音响练歌，她从小五音不全，当初唱给姜铭的那首歌是哼了好久才不那么跑调的，找到一首跟着唱了好几遍之后南安安就有些困了，把腿也伸到沙发上枕着抱枕有些昏昏欲睡。

迷迷糊糊地她又回到了十二岁那年。

她蹦蹦跳跳地跑到南微微的卧室门口，眉飞色舞地对她姐说：“姐，我今晚就要去见我师父啦。”

南微微从物理课本中抬起头看了她一眼，说：“别闹，什么师父，那就是一堆数据。”

十二岁的南安安固执道：“我要去。”

南微微合上手里的高一物理书，认真道：“安安，昨天的新闻还说有小姑娘去见网友被杀了的，你听话。”

南安安没听话，她还是想去见她师父。

当晚她揣着一把小巧的瑞士军刀偷偷出门的时候，刚走到大门口就看到南微微背着书包站在那里朝她勾了勾手指，说了句“走吧”，她站在那里，背景是一片盛放的蔷薇花。

她欢快地跑过去勾住南微微翘起来的细长食指晃了晃，笑眯眯地问她：“姐，你不是说我师父只是电脑里的一堆数据吗？那你还陪我一起去啊？”

她一向冷艳高贵的姐姐看了她一眼，没理会她的类似挑衅只是淡淡地说：“我怎么会让你一个人去？”

从出生起我们就一直在一起，我怎么会让你一个人冒险。

南安安转身伸手搂住南微微的脖子吧唧一下在她的脸上亲了一口，南微微嫌弃地擦了擦嘴角不存在的口水也毫不犹豫地亲了南安安一下。南安安牵着她姐的手倒着走对她姐描述她想象中师父的样子——“我猜他一定很帅，嗯，个子很高，声音也很好听，我想叫他一声师父，听他叫我小孽徒……”

“后面有石头，”南微微适时地提醒她一句，握着她手指的手紧了紧避免她栽倒，“好好走路，别闹。”

“我只有和你一起走路才敢这样。”南安安拉着微微的手眨眨眼睛。

南微微耸耸肩膀，漂亮的桃花眼淡淡地一瞥：“我看你挺在乎你师父的。”

“你比他重要多了，这么多……”南安安抽出两只手在空中画了一个大大的圆，“这么多。”

那天晚上，她们手拉着手穿过西大西门附近的那条小巷，巷口常年失修的路灯没有一点光亮。

整条小巷黑暗而幽深，像是一个张大着嘴的怪物，只等着她们走过去就会把她们一口吞噬。她走到巷口的时候心底莫名生出一种隐隐的不安，她甩了甩头像是要把这预感甩出去，最终还是紧紧拉着南微微的手一路走到小巷子中央唯一亮着昏暗灯光的路灯那里。离西大西门只剩下一小段路的时候，南微微靠在路灯那里朝她摆摆手说：“你去吧，我就在这里等你。”

安安举着手电筒小心翼翼地照着路蹦蹦跳跳地绕过水坑往西大西门那里跑，满心的欢喜雀跃满满的像是要溢出来，快到巷口的时候就看到那边一道修长的人影靠在西大的侧门那里，旁边还有一个高个子男生也挺像她师父，那个拿着一个大熊的男生也像……西大门口的人不少，她的师父一定就在那里。

南安安小跑过去，正要张口喊一声师父就觉得眼前一黑，心脏像是被狠狠地揪成一团使劲揉搓一样疼，有那么一瞬间像是耳鸣一样耳边全是闷闷的轰鸣，短暂的闷响之后她似乎隐隐地听到南微微的尖叫声，像是响在耳侧，她拿着手电筒转身拼命地往小巷子深处跑。

那条巷子那么黑，脚下坑坑洼洼的路像是没有尽头，她踩着无数的水坑，溅起的水花飞起又落下，耳边全是风呼啸而过的声音，南安安从没想过有一天她可以跑得这么快，也没想过有一条路会这么长。

她一路喘着气不要命地狂奔，风灌进口中连嗓子眼都火辣辣地疼。

一直跑到那盏昏暗的路灯下，她甚至来不及扶着膝盖喘息就看到忽明忽暗的灯光下几个男人压着南微微，他们的手在撕扯着她的衣服，南安安像是一瞬间失去了思考的能力，也完全失去了听觉，她看着南微微朝她摇头，口型像是要她跑。



南安安所有的血一瞬间像是逆流一样直冲上头顶，她举着手电筒一下子冲了上去拿着手电筒狠狠地砸向其中一个男人，手电筒的光照在男人狰狞的脸上，她被那个男人轻而易举地甩了出去，手电筒咕噜咕噜滚到手边。

狠狠撞上石子路的疼痛像是能把她整个人都撞散架一样，她咬着牙爬起来拿出口袋里的军刀朝着那个压在南微微身上的男人冲过去。她不知道自己哪里来的那么大的力气，“噗”刀尖全部没入男人身体的声音像是被放大在耳边一样清晰，她听到那个男人一声闷哼，她握着刀的手被涌出的液体浸湿，另一只手上被溅上了黏稠的液体，连空气中都是淡淡的血腥味。

黑暗里她不知道她刺中了男人哪里，只是不敢松手生怕一松手男人会继续动作。男人倒吸一口凉气伸手捂住伤口，南安安惊恐地听到耳边另一个男人的痛呼声，又有一个男人倒在她的脚边，她小心翼翼地松开握着刀的手，一抬头就看到忽明忽暗的灯光下有道修长的人影一个侧踢狠狠地扫到最后那一个男人的颈侧，男人痛呼一声趴到地上，她被人拦腰抱起来……

听到南安安压抑的哭声时，姜铭正在厨房炖排骨，他匆匆扔下勺子赶到客厅就看到南安安蜷缩在沙发上，她蜷成了一团背对着他缩在沙发里侧。姜铭把她从沙发里抱出来，她紧紧地闭着眼睛嘴里发出无声的呐喊，挥着手像是拼命抗拒着一样，身子哭得一抽一抽的。姜铭抱紧了怀里的人安抚一样轻轻地拍她的背，感觉到南安安在他怀里一点点不再那么紧绷，她的脑袋搁在他肩窝，以一种绝对信任的姿态。

从认识南安安起他见过她笑眯眯的样子，眉飞色舞的样子，神采飞扬的样子，见过她漂亮的卧蚕，深深的小酒窝，却没见过她哭一次。

像是无论时间怎么变，她还是隔着屏幕也能在他的世界里洒满阳光的小卷毛，那个跟在他身后陪着他对着鸳鸯给他吟“鹅鹅鹅”的小孽徒。

这是他第一次看到南安安哭。

自秦然去世之后，姜铭就像变成了另一个人，他再也不是会在篮球场上挥洒汗水的热血少年，再也不是那个花整整三个月给秦然做一件生日礼物的少年。十年如一日地见证着父母相濡以沫的深刻爱情，然后在一夕之间颠覆了所有的认知，他旁观了那场被人传颂的爱情的破灭，自己也像是所有的感情都被如数收回一样，他冷眼看着他父亲痛哭失声，看秦怡饱受良心的谴责。

他没谈过恋爱，没找过女人。

爱情这个所谓美好的字眼，在他的世界里被玷污得太过彻底，以至于他压根不想碰。

一开始，小卷毛在他眼里就像是一个孩子，她有着他曾经无比艳羡的一切——美满的家庭，相爱的父母。

后来，她就成了他玩那个游戏的全部理由，那种对小孩的宠溺纵容在他不知道的时候慢慢发酵成了另一种深刻的感情。

以至于，他第一次看到小卷毛曾提起过的摔破一个角的同心锁时，心就开始不受控制地悸动起来。

他以为再也不会见到的小姑娘，那样真实地站在他眼前。

她小心翼翼地喜欢他，她在微博上写“追不到男神绝不改名”，她躺在他身上毫不设防地让他给她揉肚子，她站在色彩斑斓的灯光里对他伸出手唱“路途遥远我们在一起吧”，她在大年三十跨越国度跑回来和他一起过年，她明明紧张害怕却还是勇敢地凑过来用嘴唇磕到他鼻子上——

那样单纯而深刻的感情，姜铭知道他这一生都无法再拥有。

“安安，安安。”南安安睡得迷迷糊糊就听到耳边清冽的声音叫着她的名字，她睁开眼睛视线还有些模糊，她似乎趴在什么地方，脸蛋被硌得生疼。南安安抬起脸朦胧中看到姜铭漆黑的眼睛，他的声音似乎很远，渐渐地才在她耳边清晰起来，她下意识地伸手去揉眼睛才发现自己不知道什么时候已经泪流满面。

揉眼睛的手被拿开，她半睁着眼睛看到姜铭握住了她的手腕。

他英俊的脸一点一点放大在她眼前，姜铭伸手捧着她的脸，南安安刚睡醒还有些不明所以，直到他微凉的薄唇轻轻地吻上了她的眼睛。南安安睫毛轻颤，他柔软的唇印在她的眼睛上一点点吻干了她的眼泪，他温热的鼻息喷洒在她眉间，柔软的唇带着丝丝凉意蹭着她的眼皮，沾了她的眼泪之后有些湿意印在她另一只眼睛上，浅浅地吸吮了一下，带着最温柔的力量和最温暖的温度。

像是带着魔力，她酸涩的眼睛不那么疼了。

而这样被他捧着脸一点点吻掉眼泪，就像是被人捧在手心。

南安安僵着身子许久才伸手紧紧地搂住了姜铭的脖子，刚睡醒她整个人还有些放空。

她做了一个很长很长的梦，梦的结尾无限趋近于现实。

她清晰地记得后来——

那天晚上她拉着南微微的手跑回家的时候，南微微说答应我，这是我们之间的秘密。

她们郑重地钩了手指。

一周之后，南微微就跟安漾说要到美国做交换生，南是那时候刚好被一家投资公司邀请就带着南微微一起去了美国。她不知道南是答应得那么快，带着南微微走得那么急切，被邀请得那么巧，是不是已经知道了什么。也不知道这么多年来安漾时不时带着她去看心理医生，是不是已经知道那天晚上发生的事情。

她守口如瓶，从来不敢提及那天晚上，也不敢回忆，假装着什么都不知道。

她再也没上过那个 QQ，再也没有玩过任何一个游戏，再也没有叫过任何一个人师父。

南安安从小到大最后悔的事情，就是那天明明有种不好的预感她还是坚定地不顾南微微的阻拦出去见她师父。她时常想如果那天她没有去见她师父，南微微就不会陪着她出门，南微微不会遭遇那样的事情也不会远走美国。

这是她们一起出生的地方，却成了南微微再也不愿意踏上的土地。

她们明明是从未出生就在一起，却因为那件事情分离了太久。

年少时的喜欢，她早已记不清楚。

但这份喜欢带给她的代价，足以她铭记一生。

*The world is always good*

# 第五章

姜铭从未对她说过
我喜欢你，
他的纵容
却比任何语言表达都要清晰

“安安。”姜铭清冽的声音拉回了她的思绪，南安安低头在姜铭手心大力蹭了蹭自己的眼泪，傻笑了几声：“我做噩梦了，梦见我妈扇我耳光，正反好几下……”

你这么黑你妈妈她知道吗？

姜铭沉默着顺手捏了一把南安安埋在他手心里的脸蛋。

“什么味道？”南安安抬起脸认真地吸吸鼻子，“你的排骨！”

说着南安安飞快地冲去厨房，可惜为时已晚，她跑过去的时候就看到清炖排骨基本成红烧的了，锅底都黑了。她挽起衬衣袖子把锅端起来，跑去冰箱里取出一段山药和半只鸡准备大展身手，抬眼就看到姜铭斜倚在厨房的磨砂玻璃门上。

客厅的灯光从他身后照进来，逆着光连轮廓都英俊得令人怦然心动……

天已经完全黑了，姜铭靠在门边看着暖黄色的灯光下，他的小田螺姑娘和他目光交接时给了他一个笑容，接着就低头握着洗干净的山药认真地切成几段并在一起均匀地切片，手起刀落白嫩嫩的山药就整整齐齐地码在一起。

南安安回头给了姜铭一个快表扬我的小眼神，下一秒一刀剁在自己的食指上，血珠一下子冒了出来。南安安眨眨眼睛看姜铭一下子迈开长腿大步走过来低头含住了她的指尖，她愣愣地看着他的薄唇吮吸了一下她的指尖，他垂着头从她的角度可以看到姜铭长睫毛打在眼睛下的剪影，等食指被放下的时候已经不再冒血珠了。

南安安食指微微蜷屈着，看着姜铭去取来医药箱抬手把她指尖伸展开摊在手心，上了药之后指尖凉凉的。她低头看姜铭左手拿着纱布细致地一圈一圈缠绕上去，他修长的手指一圈一圈地绕着纱布，目光专注地盯着她的指尖，客厅明亮的灯光下，一切温暖得让她不安了一整晚的心都定了下来。

南安安仰头凑过去用自己的鼻尖蹭了蹭姜铭的，被他顺手捏住了鼻尖，下意识张嘴呼吸的一瞬间就被姜铭吻住了。

最后，南安安翘着被细细包扎起来的食指跟着姜铭去骨头馆啃骨头了，吃饭的时候还收到了一条短信，南安安当时一手“残疾”一手吃得都是油就让姜铭帮她看短信。

姜铭修长干净的手指划开她的手机，嗓音清冽好听——

班长：小九，大学毕业以后我们就要各奔天涯江湖再见了，所以我想周六的时候高中同学聚会一下，欢迎带家属来啊。

“咳咳——”南安安差点被肉噎着，她本来让姜铭帮她看短信的时候就想过最坏的结果不外乎发短信的人是何岳，没想到是高三同学聚会——这远比何岳可怕得多，毕竟何岳只是一个前男友，而高三同学聚会——那是一堆前男友。

周六晚上，南安安邀请姜铭和她一起去了九重天，天知道她多想姜铭拒绝她。

古人云，人怕出名猪怕壮。她不壮，但是她出名——还是花名在外威名远扬那种，他们刚一走到九重天门口班长就叫着“小九”扑过来给了她一个大拥抱，班长大人一眼看到姜铭后朝她努努嘴：“小九，你又换男朋友了？”

南安安：“嗯。”

班长大人朝着姜铭挤挤眼睛：“啧啧，小九你男朋友一个比一个帅哎，个个人中极品……”

南安安不敢多说，借口要去吃蛋糕拉着姜铭就往里面跑，好不容易盛好一小碟起司蛋糕她就拉着姜铭往没人的角落里跑，。南安安端着蛋糕吃得正开心就听到姜铭轻描淡写地问道：“他们叫你小九？”

南安安：“……”你一定不想知道这个名字的由来的，一定。

可惜她还没来得及回答旁边不知道什么时候跑来的男生就接口答道：“因为南安安在一个月内连甩九个男朋友，人称九连甩，简称小九。”

南安安默默地用两手的食指交叉在一起，听姜铭漫不经心地问她：“你说不是？”

南安安坦诚道：“我说十个。”她说完就忐忑了，姜铭之前只知道她有十个前男友，并不知道那十个都是一个月之内交的，也是一个月之内甩的，而且姜铭当时知道她前男友事情的时候他们还不是情侣，姜铭就用芬达喷她一脸了。现在，南安安想想实在有些胆战心惊。

她抬头小心翼翼地看了姜铭一眼，姜铭看起来漫不经心地转着手里的叉子，莫名有种暴风雨来临前的平静。南安安有些急切地解释道：“你知道，那时候我还小还不懂事……”

姜铭靠在阳台的窗上，一手向后撑着窗台闻言淡淡地看了她一眼，南安安从善如流：“你看，我们现在不是已经在一起四个月了嘛……而且我一定不会和你分手的，只要你不说……”她不想去解释真正的原因，每一个女生在喜欢的男人面前都希望自己是完美的，她也一样，不到万不得已的时候，她不愿意让姜铭知道她曾有那样的过往，并且因为那样的过往得了病。

不愿解释，又怕姜铭说什么，南安安果断叉起一大块起司蛋糕在姜铭张口欲言时塞到他嘴边，看到姜铭嘴角蹭到了奶油南安安伸手去抹，姜铭一偏头她的手指就刚好戳到了姜铭的嘴唇，南安安红着脸迅速地抽回手。

姜铭沉思了一下，一月甩十个，看来何岳和南安安交往的时间最多也不超过一个月，而他们在一起已经快半年了，这种隐隐的自豪感要怎么破。

南安安小心翼翼地观察了姜铭没什么反应后终于松了一口气，却没想到她当时说的十个，那么快就变成了十一。

周一的上午，南安安还是跑去姜铭办公室玩，来的时候还专程跑她家里一趟，把姜铭之前送给她的大鱼缸抱了回来，鱼宝贝一点都没长大还是那么细细嫩嫩地、惬意地在水中游来游去。

姜铭开会去了不在办公室，何庆元上完课跑来找她玩，南安安坐在沙发那里逗鱼，手机铃声就响了起来。

是南微微。

电话里南微微的声音听起来很愉悦："安安，告诉你一个好消息。"

南安安："你要回来啦？"

"……"南微微停顿了一下淡淡地嗯了一声，"我们果然是有心灵感应哎……"

南安安只觉得窗外的阳光明亮得有些晃眼，南微微后来说了些什么她都有些听不清，只记得她说她要回来了，南安安握紧了手里的手机听到自己的声音都有些颤抖："姐，你真的要回来了吗？"

"嗯。"南微微语气肯定，"我要回来了！"

挂了电话南安安都还有种不真实感，倒是何庆元兴奋地凑过来暗搓搓道："你还有姐姐，还是双胞胎？长得有你漂亮吗？唉，长得太漂亮的女生总是让人没有安全感，让人患得患失，其实太漂亮的女生真的不适合做女朋友，女神总是冷酷！残忍！无情！无理取闹！一般的人能忍受吗？我就能，请介绍给为师！"

南安安看了一眼眉飞色舞的何庆元："庆元大君，你是一个好人……"

何庆元手捂心口做西子捧心状痛心疾首："天哪，南萌萌你居然给我发了好人卡，难道我注定孤独一生？"

南安安认真解释道："你是个好人，我舍不得她玩弄你。"

何庆元："求玩弄，不用怜惜我这朵娇花……哎哟，姜铭老子的膝盖还没好！你踢死我了！”

被踢中膝盖的何庆元怨念地走了，偌大的办公室里就只剩下了南安安和姜铭。

“你有姐姐？”姜铭懒散地靠在沙发上伸长了两条大长腿，惬意地枕着自己的胳膊状似漫不经心地问了一句。

南安安兴奋地点头：“对啊对啊，我俩是双胞胎哪，长得可像啦……”她一句话没说完就看到姜铭似乎眸光一闪，不等她捕捉到就又重新靠回了沙发上懒洋洋地眯着眼睛晒太阳，就好像姜铭刚才那一瞬间的激动只是她的错觉一样。

南安安趴在桌子上继续看她的鱼，大鱼缸在来的路上被她不小心地晃了一下，鱼缸底的小石子铺得不像以往那么均匀了。南安安抱着鱼缸正想把它晃回来，就眼尖地看到原本安静地躺在小白石头下的那块绿幽幽的翡翠露了个更大的角。

她索性抱着鱼缸稍稍倾斜，小石子一点点被剥离之后露出鱼缸底部那一枚翡翠同心锁，碧绿的翡翠浸润在澄澈的水中在阳光下漂亮得惊人，衬得鱼缸的水面都有些波光粼粼。

总觉得有些眼熟。

南安安疑惑地扯出脖子上那枚翡翠同心锁，除了缺的那个角之外几乎长得一模一样。

这枚同心锁是她和南微微出生前南是专门找一个玉雕大师做好的，整个同心锁雕琢得很精致，每一个花纹都很清晰特别，她的同心锁右下角那个花纹是一个安字。

那个玉雕师从不雕一模一样的成品。

这块开了光的同心锁她从小戴到大一直妥善地塞在衣领里从没给人看过……除了她师父。

南安安记得那次她被安可一把推到地上之后，同心锁磕到地上摔掉了一个角。她又心疼又难过当晚跟她师父聊天的时候发了她“受伤”的同心锁的照片给他看，当时她师父还安慰她会送一个完好的给她。

那时候她没有什么金钱概念很开心地答应了，后来她以为那不过是大人的敷衍，很快就忘了，直到去见她师父之前他神秘地表示会给她一个惊喜……

南安安看着两枚一模一样的同心锁，心里朦朦胧胧像是有一个答案呼之欲出。

南安安下意识地看了一眼姜铭，他还是懒洋洋地枕着手臂靠在沙发上，眼睛合着像是在假寐。午后的阳光透过窗懒散地把姜铭的影子一路拖长到木质地板上。



南安安拿起茶几上冰凉的冰芒果汁喝了一口，稍稍压下心底的不安，也许是她多想了。

如果他真的是……

晚上南安安还是跟着姜铭回了他的公寓，她手指头还伤着所以理所当然地被姜铭打发去玩。南安安靠在厨房的磨砂玻璃门上许久，最终还是压不下心里的疑惑，自己轻手轻脚地上楼去了姜铭的书房。

办公桌上还摆着那台崭新的电脑，南安安刚按下开机键就想到那天晚上，她跟姜铭说想玩他的电脑，他特意要她取一台新的来玩。

南安安手指停顿一下，合上了手里的笔记本电脑，在书房四处张望了许久，快要放弃的时候眼角一瞥就看到了书柜上闪过的银色，她踩着凳子爬上去把那台电脑抱了下来。

插上电后，南安安打开电脑却迟迟没按下开机键……

南安安伸出手指，在指尖刚刚碰触到开机键后又猛地缩回来，她下意识地想去逃避这些，却还是又一次伸手重重地按下了开机键。电脑弃置已久却保存得很好，开机速度并不慢，屏幕亮起后南安安就看到了那个熟悉的图标。

她几乎是颤着手双击了那个图标，游戏登录界面弹出来的时候并没有记住账号。

她长长地呼出一口气，一直微蜷的手指伸展开，然后果断地使用了自己的辅修专业技能一不做二不休……黑了姜铭的电脑。

一番折腾下来，南安安终于登录了那个账号——

熟悉的画面，熟悉的人物出现在眼前时，南安安一时间脑子里一片空白，整个人有那么几秒完全放空，被狠狠揪起来的心脏像是一瞬间重重地砸了下去，连放在鼠标上的手指都仿佛有千斤重提不起力气……

一直以来，她刻意忽略的东西这样直接地呈现在眼前的时候，她才知道果然像顾狸说的那样——这个世界上，没有没来由的爱情。

那时候她一个字也不信，固执地和顾狸争执。

她是什么时候喜欢上姜铭的呢，那天午后的阳光正好，他俯身把她笼罩在他的阴影里左手握着她的钢笔，隔着一张纸认真地签下他的名字的时候，她心底一阵悸动。纸张很薄，他的钢笔字写得苍劲有力，似乎穿透了那层薄薄的纸写在了她的手心，她低头看着他的字迹，她把那张有他签名的纸夹在书里……

原来无论是五年前还是五年后，她喜欢的从来都是同一个人。

所以他知道她的喜好，所以他会给她买提子奶酥，所以他们的字那么像，所以他在考研前陪她一晚上，所以他从不对她提及他曾对小卷毛说过的家庭……

所以她从第一眼就喜欢到改了自己的微博名字，所以她第一次主动去追一个人，所以她从不抗拒他的任何亲密接触，所以她面对他的时候从来都那么勇敢……

因为那些都是她曾经渴望已久的。

很多事情，她刻意地忘记了，却在某一个契机下全部记了起来，原来那些记忆从未远离。

而那些莫名生出的好感和熟悉感……从来不是毫无缘由。

屏幕里的画面，黑衣的刺客和白衣的毒医站在一起，夕阳晚照在他们身上镀上了一层温暖的橘红……

南安安看着屏幕，许久才发现眼前的屏幕有些模糊。

她看着他们曾经的对话，温暖的，毒舌的……

用“召唤吾师”和他并排走过曾经他们在游戏走过的地方……

眼前明明是十二岁的小卷毛曾经期待已久的爱情，她的脑海却浮现南微微说我们从出生就在一起，我怎么会让你一个人冒险时的淡淡的眉眼。

是她画了一个大圆告诉南微微你比他重要多了；是她拉着南微微跑过那条漆黑幽深看不到尽头的小巷；是南微微被人按在墙上用口型告诉她要她跑；是南微微离开她和她隔着重洋这漫长的六年的时光……

那个噩梦一样的晚上，她们从不谙世事的孩子变成了现在的样子，她成了心理医生的常客，而南微微远渡重洋……

那个约定那个人，彻底地改变了她们人生的轨迹。



那天晚上她大口大口地喘着气拉着南微微近乎没有温度的手一路跑回家，她小心翼翼地伸手去帮南微微拉好她被撕扯破的衣服发现她永远骄傲而勇敢的姐姐在瑟瑟发抖。她们开了所有灯站在灯火通明的客厅里却止不住心里蔓延过来的恐惧，她颤着手去和南微微拉钩钩约定好这是她们两个人永远的秘密。她再也没关灯睡过觉，她一个人坐在电脑前小心翼翼地在搜索框里输入——我是一个十二岁的女生，我好像有病，我接受不了男生离我太近怎么办，在线等。

她曾有多无助呢，在最美好的情窦初开的年龄里，她胆战心惊地发现了自己的异样……

南安安把光标移到关机对话框那里，重重地点击了一下关了机，仰头用力揉了揉酸涩的眼睛。

她走下楼的时候姜铭已经做好了饭，餐厅橘色的灯光洒在长餐桌上的盘子上看起来温馨而美好，她靠在厨房的磨砂玻璃门上看姜铭修长挺拔的背影。姜铭不经意地回头看了她一眼，关了火走过来，伸手抬起她的下巴认真地看着她的眼睛：“怎么了？”

他的嗓音低沉而磁性，看着她的眼睛专注而认真，挺拔的鼻尖上还沾了一小点面粉，南安安摇摇头表示自己没事。

“你眼睛很红。”姜铭淡淡地开口。

南安安躲闪了一下他的目光解释道：“你手上有洋葱熏得我眼睛疼。”

那顿饭她吃得很多，一筷子接着一筷子，吃得肚子撑得都有些疼才停下了筷子，她一直没开口怕自己会说什么，也一直没再抬头怕他看出她的异常。

姜铭夹在她碗里的菜南安安吃了个干净，却记不清晚餐她都吃了什么，她只是机械地在重复吃东西的动作像是肚子被填满了心里就没有空间去胡思乱想。

吃完饭姜铭送她回学校，车子驶进西大西门后南安安小声开口道：“老师，我们走过去吧。”

“嗯。”姜铭把车子停好后，和南安安往二十宿走。

夏天的夜晚微风习习，路边还有鼓噪的蝉鸣，南安安一路上一直垂着头看他们被路灯拖长的影子，姜铭牵着她的手手心也沾上了她的温度，他们的影子很长看起来亲密无间……



走过了那座桥之后路灯就渐渐暗了下来，南安安站在一盏路灯下抬头看着姜铭：“老师，你在这里等着我，等我走到下一个路灯下面，我有一句话要告诉你……”

姜铭点了点头停下了步子，站在那盏路灯下看着南安安转身一步一步走向前面那盏路灯，她走得很慢却始终没回头。

两盏路灯的距离有多远呢，远到她像是走不过去，又近到她还没准备好已经到了。

南安安在那盏昏暗的路灯下站定，抬眼看向姜铭，他穿着一件黑色V领T恤和一条简单的牛仔裤，休闲而随意看起来就像一个还没毕业的大学生……和那年她想象中的一样。

她定定地看着姜铭上方的路灯那里盘旋的飞蛾，深深地吸了一口气听到自己的声音低而坚定——

“师父……”

南安安听到自己的声音带着些颤抖，她终于在现实中亲口叫了他“师父”，隔着漫长的六年时光，师父的下一句不是她当年想了好久的“我就是小卷毛”而是——

“我们分手吧……”

南安安不记得自己是怎么一路狂奔回到宿舍的，她说完这句话甚至没勇气去看姜铭的表情——当然，她视线模糊也看不清，这是南安安有生以来第二次跑这么快，她爬楼梯的时候还一脚踩空了，身子一晃就被一只有力的手一把托住了屁股……

南安安站定后一回头就看到气喘吁吁的唐胖胖，唐圆呼哧呼哧地大口喘着气：“哎，你跑得跟只兔子一样，累死我了……”说着顺手还在她屁股上抓了一把。

南安安嗯了一声，唐圆眨眨眼睛凑近她的脸小心翼翼道：“南萌萌，你哭了？”

南安安继续嗯了一声，伸出一只手拽着已经全身无力的唐圆上楼。回到宿舍她默默地跑去刷牙就听唐圆小声对着顾狸道：“哎，顾球球，我家安安今天晚上好像做了一件特勇敢特爷们儿的事……”

唐圆压低声音：“她好像甩了她男神……”

南安安从洗手间探出头提醒神秘兮兮小心翼翼的唐圆：“我已经听到了。”

唐圆不好意思地挠挠头还没说什么，顾狸已经从上铺利落地跳了下来，伸手捧住南安安的脸：“其实我想说……你疯了？”

南安安沉默，听顾狸急切地数落她：“甩人爽不爽啊？”

南安安：“爽，爽哭了。”

顾狸沉默了一会儿，大力揉了一下她的脸给了她一个拥抱：“行了，旧的不去新的不来，上去睡觉你敢哭我就揍你。”

南安安没哭，不是怕顾球球揍她，而是她哭不出来了——

和姜铭分手的第二天，她未来导师院长大人神秘兮兮地把她叫去了经院高层院长办公室，笑眯眯地拍着她的肩膀说：“安安啊，我告诉你一个好消息啊……”

南安安看着老头一脸你快来问我的表情配合地摆出一脸好奇。

她的导师大人眉飞色舞：“我下学期出国访问，就把你全权交给姜铭了……”说到这里老头还朝她挤挤眼睛，一脸“你快谢谢我我真是善解人意的大红娘”的表情，“以后能和你男朋友朝夕相处，开心吗？”

西大的六月，马蹄湖的荷花快开好了。

分手之后，南安安并没有她以为的那样想念姜铭，事实上临近经院毕业晚会大家都全身心地投入在节目的准备和彩排中，她每天都让自己很忙，忙得沾床就睡也就不会胡思乱想。

好在，姜铭没再联系过她，分手第二天姜铭就回了A市，听说是他爷爷生病了。

南安安在松了一口气之余，也有一丝隐隐的失落。

那是她单方面提出的分手，姜铭没给她任何回应。

经院毕业晚会在大家的期待和不舍中如期而至，南安安站在田家炳大厅里任顾狸给自己化妆，顾狸细长的手指抬着她的下巴，拿着睫毛膏细细地刷她威武不能屈的睫毛。南安安半睁着眼就看到红毯那边何庆元已经笑眯眯地走了过来，她下意识地别过目光……

直到观众席中间那一排的老师一一落座，姜铭的座位还空着。

南安安看了一眼镜子里自己精致的妆容，深吸一口气又浅浅地呼出来拎着自己长长的裸粉色裙站在舞台侧面的幕布后面，对面幕布后的顾狸朝她比了一个加油的手势。

姜铭走到自己的座位上时全场的灯光已经暗了下来，正对着的舞台正中央的大屏幕上已经开始播放这场毕业晚会总策划顾狸做的开场视频，背景音乐听起来气势恢宏，视频做得相当大气漂亮。

黑色暗纹的背景下几行大字以烟花绽放的姿态震撼地呈现在大屏幕上——

这里是

西大经院2014届本科生毕业晚会。

在这里，你可以感受到聚散天涯的伤感，依依惜别的不舍……

马蹄湖的荷花还没有开好，我们却要走了。

几行大字呈现在大屏幕上时，姜铭听到身后几个女生低低的泣音，

屏幕上的字还在绽放——

我们有

最精心的策划

最土豪的赞助

最逗比的表演

……

看到这里何庆元凑过来在他耳边兴高采烈：“别人负责表演，安安负责逗比……”说到一半看姜铭微微眯着眼睛凉凉地瞥了他一眼，他立马用手指在嘴上比了一个大大的叉，事实上前几天何庆元找不到小伙伴唱歌喝酒就打了电话给他。

正是南安安跟他提分手的当晚，姜铭懒洋洋地枕着手臂靠在沙发上喝酒，听着何庆元极其投入地站在大屏幕前，拍着大腿声嘶力竭地吼——“我知道你很难过……昨天是恋人，今天说分手就分手……”

他师兄唱完歌没走，姜铭也保证没打死他。

但是这一阵何庆元都老实了。

大屏幕也黑了之后整个大厅全都暗了下来，酒红色的幕布缓缓拉开，舞台两边两对主持人相对着走到舞台上，四道灯光直直地打上去一路追着主持人的步子。姜铭抬手拧开矿泉水瓶盖喝了一口水，灯光下南安安拎着裸粉色的裙角走到舞台中央，裸粉色的露肩长裙加上精致的盘发让她站在偌大的舞台中央光彩夺目，她化了精致的妆，耀眼的灯光下，微微上翘的眼线让那双一向看起来纯良的鹿眼顾盼生姿。

姜铭指节习惯性地有一下没一下地叩着桌子，他们……来日方长。

从两位女主持人站上舞台开始，台下的观众就开始晃着手里的荧光棒疯狂地呼喊，女生们也在两个男主持人走上台开始尖叫。

南安安把话筒卡到支架上整个大厅就响起了第八套广播体操的前奏，四个主持人跳着踢踏舞向中间看齐后，开始开启何弃疗的模式……

整场毕业晚会的各个节目风格迥异，唯一的共同点就是逗比。

继交响乐团的才子才女们投入地用大提琴拉出了前奏后，就到了他们金融工程的第一个节目——音乐剧。

姜铭坐在台下看得认真，南安安似乎演的是女主，穿着一件简单的白色连衣裙偶遇了男主，音乐剧挺小清新的，到后面大概就是一段校园爱情在面临毕业的时候女生向男生提出了分手。

分手后就直接到了十年后。

南安安换了一件漂亮黑色长裙参加十年后的同学会，男主期待地凑过去正要跟她说话，金工系草就飞奔着从舞台这边冲到了那边拉着南安安的手奶声奶气地欢快道：“妈妈，妈妈妈妈妈妈……”

全场爆笑。

男主捂胸口，做益达广告状：“等等，这……是你的孩子？”

南安安拉着“孩子”的手摇了摇头，在男主终于燃起一丝希望时开口：“这……也是你的孩子。”

“噗——”台下的孩子们晃着巴掌猛拍。

男主抖着食指：“怎……怎么会？”



至此，剧快完了音乐才终于响起，背景音乐痴情地响彻整个大厅：“那一夜，你没有拒绝我，那一夜，我伤害了你……”

爆笑中，南安安刚放下话筒就掐着时间跑去后台换衣服，下一个节目还是他们班的，合唱的是各国语言版，音乐剧排练得比较久导致合唱就准备得有些急，其实合唱没什么亮点，唯一的看点也就是她们的衣服了。

“下一个节目——金工女声合唱。”

姜铭不经意地抬眸就看到酒红色的幕布缓缓地向两边拉开——一个个穿着白色裙子的金工女生拎着裙摆从两边交叉着入场，全场一阵沉默后全是女生的尖叫和男生的口哨声——她们穿的是精致的白色婚纱，每一个裙摆都极大，层层繁复的裙摆中还镶嵌着碎钻，在灯光下璀璨夺目。

二十个穿着裹胸纯白婚纱的漂亮女生抱着新娘捧花在耀眼的灯光下一步一步入场，绝对具有震撼性。

经院汉子们整齐划一地嘶吼“女神求嫁我”，声音大得几乎要把田家炳大厅的天花板掀翻。姜铭一眼就在一群穿婚纱的女孩子里看到了穿着曳地纯白婚纱的南安安，她的裙摆繁复而漂亮，蓬得极开像一朵盛放的花，南安安低着头像是怕踩到了裙角缓缓在舞台上站定……

南安安深吸一口气默默复习歌词，这种晚上要演出下午被通知衣服借不到了的悲剧一上演，顾球球就果断地做了个决定——租婚纱，目前从大家的反响来看，效果出其不意地好。

头顶的灯全部都打开了，烘烤着她们，一层一层的裙摆热得她满脸汗。

南安安捏着婚纱的一角站在顾狸后面等着她们组的韩语版完了就轮到她们日语组。

婚纱很热，从穿上婚纱的那一刻南安安才真正理解了每一个女生的婚纱梦，纯白婚纱的神圣和美好真的是植根于每个女孩子心里的梦，就算她以前从没这种感觉，拖着裙摆走上台的时候，那种神圣感也油然而生。

轮到她们日语组的时候南安安小声地对着话筒唱着，目光无处安放地看向观众席却一下子就对上了观众席中央的姜铭。

她心里"咯噔"一下移开了目光，却有种被一道灼热的目光烘烤着的错觉，直到她们好不容易把词都记不清的歌唱完后这种感觉都没消散。南安安拎着裙摆的一角小心翼翼地最后下场，还没走下台阶就听到男主持人林墨站在舞台上请今天到场的所有经院老师都上台。

看着姜铭气定神闲地走上来，南安安小跑几步蹿到舞台下面找了第一排一个位置坐下，更衣室里还有人她们现在还不能去换衣服。

老师们已经在舞台上站好了，林墨拿着话筒对着台下道："起立。"

全场的学生唰地站了起来，林墨饱含深情开口道："鞠躬。"

大家还没弯下腰就看到舞台上站在最中央的何庆元立正"啪"一下一个九十度大鞠躬，他身边几个老师都不明所以也跟着欠了欠身子——最后南安安他们目瞪口呆地看着舞台上的老师们齐齐地给他们鞠了一躬。

在学生们集体惊呆中林墨摸摸鼻子解释道："同学们，鞠躬。"天知道他明明是对着台下说的啊。

乌龙事件后南安安坐在台下看着老师们说临别寄语，他们都穿得很正式，尤其姜铭还穿着一套笔挺的黑色西服，身姿挺拔的样子英俊得让人移不开眼睛。南安安正对着姜铭悄悄出神怀里就被塞了一大捧花，罪魁祸首班长从她身边经过，边走边急急地说："女神，我肚子疼待会儿帮我给老师献花。"不等南安安回应班长已经没影了，南安安抱着一大捧鲜花顶替了班长的位置来不及换衣服就站在了一长队献花队伍中。

老师们依次讲完话之后，她们献花小分队就抱着捧花依次序从右边走上台，走到台阶那里的时候南安安心里就隐隐地升起了一种不祥的预感，第一个女生在最左侧站定，第二个女生也站定，南安安一点一点跟着前面的女生往舞台中央移动，直到她左侧的女生在何庆元身边站定。

南安安就正对着姜铭……

她愣神的那几秒大家都已经一个学生一个老师地一一对应好了，众目睽睽之下她当然不可能跟谁换换位子，只能期待着主持人说句话她把花献给姜铭就赶紧下台。

也许是意识到刚才少说三个字就导致了乌龙，这次林大帅比拿着台本抑扬顿挫声情并茂，南安安抱着捧花只觉得怀里的花像是烫手山芋。

林墨讲了几句话她却觉得时间像是停滞了一样，像是过了一世纪那么长。



繁复的婚纱裙摆粘在她身上，南安安热得她鼻尖都是汗，她低着头像是要把手里的献花看出个洞来始终不敢抬头去看姜铭。看了好久捧花之后，南安安又把目光投向姜铭精致的袖扣，她的裙摆蓬得极开总让她有种她只要稍稍后退就会整个人栽到台下的感觉，南安安只能往姜铭那里稍稍靠近了一些。

他们交往的时间不长不短，但是亲密的接触只有数得过来的几次，现在明明分手了……南安安还是一靠近姜铭就觉得全身的血液都沸腾了一样，尤其是他们离得这么近还站了这么久。

低头时发现她的婚纱裙摆盖住了姜铭的黑皮鞋，南安安伸手拽了拽裙摆就露出了自己的脚踝，她松开手姜铭鞋尖不经意地一动就踩到了她裙摆的蕾丝边上……

南安安屏气凝神，小心翼翼地揪着自己的裙摆想把它从姜铭脚下扯回来就听到林墨终于说："让我们给我们敬爱的老师们献花。"

南安安如临大赦地双手抱着花举到姜铭那里，姜铭许久才伸手接了下来，接住花的手还不小心地蹭过了她的手。南安安在他拿好花之后赶紧松手就要往台下蹦就听林帅比笑道："让我们最后一次拥抱一下我们敬爱的老师……"

南安安：林墨我跟你有仇？

身边的女生都伸手虚虚地拥抱了一下老师，南安安深吸一口气脑袋都是蒙的，也跟着踮起脚伸手搂住姜铭的胳膊虚虚地抱了一下就想落荒而逃，被裙摆一带整个人就直直地朝后仰了过去……

半途中就被一双有力的手轻而易举地牢牢固定住，南安安向后仰着……姜铭的手就握着她的腰，这样的姿势像是探戈里的一个动作。

南安安耳尖发红，婚纱本来就紧紧地贴着腰身再加上头顶聚光灯的热度，她全身都是汗，感觉腰间薄薄的布料已经被汗湿了。姜铭的手握着她的腰，手心的温度直接透过了那层布料，像是最亲密的接触一样。

好在一切都是她自作多情，她刚刚一站定姜铭就立刻松开了手。

南安安垂着眼睛，目光始终落在自己的指尖上，她小心翼翼地拎起裙摆，看姜铭抬脚她整理好自己拖在地上的婚纱侧过身跟在前面的女生后面走下舞台。

还没在位置上坐定，眼前就伸过来一个单反，班长乐滋滋地指着屏幕上的画面："嘤嘤，这画面太美我不敢看……你俩这样像不像结婚，嗷嗷刚才我们全照了，三百六十度无死角地拍好了，叫声姐姐我就传给你……来，宝贝快来……"

南安安："……姐姐"

顾狸淡淡地看了她一眼："你也就这点出息，真的。"

毕业晚会散场的时候，南安安帮顾狸她们收拾东西走得有些晚，一番折腾下来她背着包正要跟顾狸一起走，就看到林墨屈着一条大长腿靠在门上懒洋洋地等顾狸。南安安借口自己东西忘了带又回了后台一趟，算着时间顾狸和林墨应该已经走了她才往田家炳外面走。

没走到门口就看到一道修长的影子被外面的灯光投到地上，她站在门后屏气凝神——

不知道从什么时候起，轻微脸盲的她连姜铭的影子都认得出来了。

田家炳的灯已经全暗了，南安安站在铺天盖地的黑暗里。

明明跨过门口的红毯就是灯火通明的大厅，她却站在黑暗与光的交界处，手里紧紧地抓着书包带，一步也没走。

直到那道修长的影子一点一点缩短，一点点消失，她听着姜铭的皮鞋踩在地上的声音越来越远才走出了田家炳。自分手那天起她就一直躲着姜铭，分手的当天也是，她说完那句话就头也不回地跑了，不敢去看姜铭的表情。

她完全陷入了一种矛盾中，她不愿意看到一向高冷的姜铭露出一丝失落的表情，那是她仰望已久的师父是她满心爱慕的男神；也不愿意看到姜铭无动于衷，就好像她全身心投入的这段感情于他而言不过可有可无。

南安安低着头走出大厅，夜风有些凉她抱着胳膊顺着大斜坡往下走，不经意地抬头就看到姜铭站在前面，手上搭着西服外套，见她走过来姜铭捻灭了指间的香烟，把外套递了过来。

微微俯身，顺手团了团她又红了的耳朵。

指尖的凉意非但没有降下她耳尖的温度，反而使她更热了。

这样不经意的小动作带着一丝亲昵，就好像他们不是分手了只是简单的吵架或者冷战，姜铭只是在哄跟他闹别扭的孩子。

南安安：“……”男神，我把你甩了啊，你不要再诱惑我了，我一向是个经不起诱惑的人。

她指尖蹭着西服外套，乖乖地把外套穿上就看到姜铭迈开长腿走向停在停车场的那辆黑色辉腾。

姜铭回到车子上一手搭在方向盘上，随手又点了一支烟深深地吸了一口，手机振动了一下，他划开屏幕就看到林墨的短信——哥，怎么样？

姜铭动动手指回了个短信——谢了。

林墨——客气，你有我有全都有哇。

姜铭：“……”

随手把手机扔到空下来的副驾驶座上，姜铭开车跟上去，目送着南安安穿着他的外套走进宿舍楼里才重新发动车子离开西大。

回到宿舍南安安就开始整理第二天毕业旅行要带的东西，第二天起了个大早跟着顾狸上了楼下等待的大巴车，还没找到座位就惊讶地在车上看到了姜铭。他被一群兴高采烈的妹子围着，南安安正要问顾狸就听顾球球凉凉地开口：“你不知道他是咱班班导？”

经院一向把学生安全看得极为重要，毕业旅行在提供经费的同时还要求班级导师和辅导员至少到一个，南安安记得这茬但是完全不知道姜铭居然是他们班导。她跟着顾狸从座位中间往安凝占好的座位那里走，哪知道他们班友好的孩子们自动给她分开了一条道，班长大人还兴高采烈地朝着她招手："安安安安，这儿，这儿……"

南安安骑虎难下，看姜铭也把淡淡的目光投向她，她不好意思当众说他们已经分手了只能拿着行李站到姜铭身边。姜铭坐在一排位置的外侧见她走过来只是朝后仰了一下让出了一点位置，南安安默默侧着身子从姜铭的大腿和椅背之间穿过去坐到靠窗的座位上。

一路上她都目不转睛地盯着车窗外的风景。

南安安看得正投入，班长大人突然从前座探出个头兴高采烈地扬着手机招呼她："安安，我昨天把我们全班拍的你俩的婚纱照全集中在一起了，喏，我传给你。"

南安安："……"姐，你一定要弄死我吗？

"婚纱照？"姜铭倒是饶有兴味地问了一句，男神三个字完全勾起了班长大人的小宇宙，班长大人跪在车座上探出半个身子扒拉着手机给姜铭展示她的成果："昨天你穿了黑色西服，安安穿的婚纱，你俩拥抱的时候我们拍了海量照片，老大，我们拍的好看吧？"

姜铭愉悦地嗯了一声。

班长得到表扬相当开心又看了一眼南安安："你倒是开蓝牙啊，害羞什么啊，昨天为了找我要照片都叫我姐姐了，啧啧……安安开啊，你还要不要了？"

南安安："不要。"

姜铭饶有兴味："给我一份。"

南安安想到了一个课题——论死于猪队友和神对手之手的必然性。

毕业旅行的项目中规中矩，上午漂流，下午在湖上撑竹筏。

两项活动下来南安安极有成就感，却没想到漂流的时候她没掉水里，划竹筏的时候她也没掉水里，但是……

他们一起爬山的时候路边挖了两条不深不浅的水渠，潺潺的溪流顺着水渠从山上一路流下来，溪水清澈见底。

被大太阳烤了一天的南安安突然就很想把脚伸下去涮涮，还没来得及伸就看到走在她前面的顾狸脚刚落水就打滑了一下，还好迅速地收了回来，顾狸回头看了她一眼提醒道："下面很滑，你可千万别掉下去。"

“怎么可能？我不信……”南安安果断地伸脚下去，一脚踩在青石板上湿漉漉的青苔上脚下一滑，整个人就不受控制地面朝着水渠扑了进去，“扑通”一声结束了一整天的全金工唯一一份干爽。

站在她一旁的唐圆拍着大腿：“噗哈哈哈哈哈哈……”

南安安上半个身子全泡在水里，起了好几次都被青苔滑得重新栽下去，她伸手按着旁边的石头艰难地想爬起来就感觉到两只手穿过她腋窝，托着她胳膊把她整个人从水里捞了出来。南安安湿漉漉的，被捞出来后整个人都在往下滴水……鞋还被水冲走了一只。



姜铭神色不明地看了一眼她身上被水湿透的白色雪纺短袖，湿漉漉的衣服贴着身体清晰地勾勒出漂亮的身体线条，他转过身背对着南安安冷声道：“上来。”

南安安低头看了一眼自己的衣服，身后倒是没怎么湿但是前面全湿透了，她乖乖地伸手搂住姜铭的脖子趴到他背上，姜铭伸手托了托她下滑的屁股……

南安安：“……”

吃豆腐不要吃得这么一本正经啊。

他们现在本来就已经到了半山腰更接近山顶的地方，所以姜铭没有背着她下山，而是继续背着她爬到山上准备待会儿坐山顶的滑翔机下去，南安安湿漉漉的衣服把他的衬衣也沾湿了，姜铭动作微微僵硬了一下。南安安整个人趴在他背上，拜两人全湿透的衣服所赐，他能清晰地感觉到蹭着他后背的两团柔软……

“老师……”大概是意识到这样挺尴尬，南安安欲言又止想说些什么打破这种沉默，“谢谢你。”

“嗯。”姜铭漫不经心地嗯了一声。

南安安晃了晃腿：“我……我还是下来吧。”

“嗯？”姜铭声音低沉，尾音上翘带着反问地发出了一个性感的气音。

南安安看着越来越近的大巴车，没什么底气，当初她答应过姜铭绝对不和他分手……但是她还是食言了，自己单方面地提出了分手而且这段时间一直躲着他，南安安下定决心地小声开口：“我们已经分手了，这样不……”

“我答应你了？”姜铭气定神闲地背着她，淡淡地反问。

他的嗓音是一贯的清冽，不带一丝温度的反问像是刚才浸湿她的冷冽清泉一样荡涤了南安安准备好的所有说辞，她一时间竟无言以对，却无法按捺心中悄悄升腾起的一丝窃喜，虽然明明是她提出的分手……

姜铭大概是把她当成了心性不定的孩子，把她这段时间自以为的分手当成了冷战。

“我……”南安安喃喃道，“师父”

姜铭修长有力的手托着她的膝弯，听到她的称呼淡淡地“嗯”了一声，顺手把她朝下滑的身子往上托了托。

南安安乖乖地趴在他宽阔的背上，有那么一瞬间她真的动摇了，她用脸颊蹭了蹭姜铭的肩窝……

南安安从小到大除了西大小巷子那件事情一直顺风顺水，没经历过什么刻骨铭心的挫折，没受过什么难忘的伤害，幸运得她自己都难以置信。

亲情上，她有最爱她也最相爱的父母和孪生姐姐；友情上，她有和她一起长大的小青梅。她不缺爱也不需要喜欢的男人给她多么强烈的感情回应，所以她可以勇敢地去追姜铭，哪怕姜铭反应淡漠也不会伤心失望，更不用说姜铭也喜欢她的这个认知让她多惊喜……

姜铭从未对她说过我喜欢你，他对她的纵容却比任何语言表达都要清晰。

他叫她小孽徒，却会熬夜帮她写作业做卷子，把解题思路清晰地一个步骤一个步骤写下来拍照发给她；他答应要送她的同心锁，被她当作了玩笑他却从未食言；他帮她复习考研，陪她度过考前最紧张的夜晚即使对于现在的姜铭而言，任何考试他都已经风轻云淡……

他们之间没有多么深刻的感情，没有生死与共的激烈。

连亲吻，都只有一只手数得过来的几次……

她还年轻，还能遇到形形色色的人，也许她一直走，还能遇到比姜铭更喜欢她的人，但是她清楚地知道，她再也不能喜欢一个男人，像喜欢姜铭一样。

"还记得，小小年纪，松开我的手迷失的你……"手机铃声却突兀地打破了她的遐想，南安安接过姜铭递给她的手机，看到屏幕上闪烁的南微微的大头照从姜铭身上滑下来接了电话："喂，姐……"

"安安，我后天到，来机场接我。"南微微的声音从听筒里传过来还带着欣喜和期待，南安安大力点点头反应过来开口道："好。"

"我有很重要的事情告诉你，关于那天晚上……"南微微压低声音，"那天晚上"这四个字从听筒传进她耳朵一路流窜进她全身的血液里，最后一下子狠狠地攥紧了她的心脏。

像一下子让她整个人都清醒了过来，她刚才就像被姜铭蛊惑了一样，她想和他在一起却忘了南微微因为她……

"好。"南安安答应了一声挂断电话，垂着头看着自己的脚尖，她单脚支着地松开了刚才扶着姜铭胳膊的手。

她站在那里，看着自己的鞋尖和姜铭的鞋尖相对，最后小声开口道："师父，我是认真的……"

认真地和他分手。

她那么无措，好像她才是被甩那个人。

姜铭随手点了一支烟夹在指间，送到口中后拨动了打火机点了几次才点着，还没抽一口就直接把烟捻灭了，香烟在空中划下一道弧线落入路边的垃圾桶里。

这一次，是南安安看着姜铭修长的背影逐渐消失在自己的视线里，她站在原地没动，明明是她要的结果，心底却是最浓重的悲哀。

她看着姜铭头也不回地走到山路的拐角处，吸了吸鼻子正要转身走就听到一阵脚步声，南安安还没反应过来整个人就腾空而起，被姜铭一手穿过膝盖抱了起来。

姜铭冷着脸面无表情地把她抱上了大巴车，看她踮着脚从行李架上取出薄外套穿上后才转身上山接金工的孩子们。

毕业旅行之后紧接着第二天就是大学最后的美好回忆——毕业典礼。

回到学校后南安安还是去找班长拷了所有的照片，毕业典礼当天南安安他们紧张兮兮地穿好学士服又戴了红领结排着队，踏着激荡人心的毕业歌入场。

四年大学时光结束得令人猝不及防，进场之后南安安扫视全场一下子就看到斜对面的家长席那里的安漾和南是。南安安从座位上站起来兴奋地朝着她爸挥手，可惜她爸爸始终没把目光投向她。

毕业典礼的第一项是一贯的校长寄语，接着就是优秀毕业生代表发言，南安安看着她家小青梅踩着红毯走到台子上朝着大家鞠了一躬就开始脱稿演讲，自信而张扬。

她坐在下面看着她家小青梅与有荣焉，顾狸下场的时候林墨冲过去送了她一捧戴着学士帽的小熊，南安安正羡慕肩膀就被人拍了一下，她一回头就看到从她后面传过来的一大捧戴着学士帽的小熊。南安安紧紧地抱着小熊们没有回头，直到轮到他们那一组去领毕业证和学位证才把小熊放在座位上。

他们排着队踩着学校铺好的长长的红地毯走上台，南安安站在最右边那位院士对面。“南安安，恭喜你毕业。”穿着院士服的院士笑眯眯地朝着她点点头，伸手和她握了手。

南安安握手后，激动地双手接过院士手里的毕业证和学位证转身对着给他们拍照的摄影师笑了一下，等闪光灯闪过一下之后排着队走下台。

毕业典礼一结束南安安就冲去了观众席给了她爸爸一个大大的拥抱，南是一下子把她抱了起来，安漾站在一旁凉凉道：“行了南是，你演电影呢！”

南是固执地抱着她转了一圈后把她放下来，认真道：“安安，你真是爸爸的骄傲！”目光落到她抱着的毕业礼物，南是微微皱眉，“男朋友送的，那小子在哪儿？”

南安安：“已经分了。”

南是：“安安，你真是爸爸的骄傲！”

安漾：“……你够了。”

南是耸耸肩：“真的，我家安安还小，我不认为早恋是一件正确的事。”

安漾：“你家安安十八岁了，大学毕业了。”

南是："我家安安十八岁就大学毕业了，真是我的骄傲！"

安漾："……说得好像她是你自己生的一样。"

南安安："……"

南是和安漾没陪她多久就被院长叫去喝酒了，南安安呆愣愣地看着院长"叔叔"和她爸勾肩搭背地走了，才想起来院长对他的照顾大概是因为南是以前也是西大的讲师。

走出会场的时候她下意识地看了一眼周围，大家都在兴奋地照相。



下午就可以离校了，大学四年的同窗这算是最后一次齐聚一堂，南安安跑去和顾狸在西大牌子那里照了相，最后她几乎和她们所有的老师都合了照，除了姜铭。

姜铭被一群穿着学士服的女孩子包围着照合照，南安安默默地转身走了。

第二天为了去接南微微，她起了个大早。

南安安还没学车，一向都是蹭她家小青梅的车。

从衣柜里翻来覆去找了大半天，南安安才换好了衣服跟着顾狸下楼坐进她家顾球球的路虎里。

一路上南安安不停地拿着小镜子照来照去，顾狸终于忍不住了抬手合上她的小镜子："南安安你够了，和姜铭约会你都没那么紧张，你好看极了不用照了。"

南安安重新打开小镜子，认真道："我有六年没有见到南微微了，我得好好适应一下照镜子的感觉。"一路上南安安不停跟顾狸念叨，六年不见，南微微一定长高了，不知道现在她俩谁更高，她记得南微微走之前她还比微微高两厘米。

她们本来是最亲密的人，但是隔着六年的时光，南安安才发觉她还是有些紧张，她们会生疏吗，她还能一眼认出南微微吗？

到了机场大厅，南安安才发现自己所有的担心和顾虑都是多余的，她一眼就看到了人群中朝着她走过来的南微微。

她们穿了一样的衣服。

南微微一头金咖啡色长卷发漂亮而张扬，微微侧着头和拖着行李箱的混血帅哥聊着天，南安安站在原地看着她重新走进自己的生命里，指尖都有些颤抖。

南微微在她眼前站定给了她一个大大的拥抱。

这个拥抱，她期待了太久太久，上次分别南微微甚至没让她来机场送就走了。

上次分别，她们还都是孩子，守着同一个秘密各自舔着自己的伤口疗伤。

南安安伸手搂着微微的脖子蹭了蹭，这是她曾经最喜欢的动作，还是熟悉的味道，还是那个最熟悉的人。

南微微拍了拍她的背松开手之后，南安安平定了一下自己的情绪抬头看了一眼那个个子高高的混血帅哥——微微这次是认真的？

可惜还没等她问，就听南微微轻飘飘地对那个大帅哥说："我妹妹来了，你走吧。"

你走吧！

这还真是招之即来挥之则去啊。

和南微微面对面坐在咖啡厅里，南安安许久都没平复下自己的心情。

六年没见，她还是和自己长得几乎一模一样，像是照镜子一样，却和照镜子不一样。

和视频、电话、短信都不一样，南微微如此真实地坐在她对面。

南安安叼着吸管就听到南微微开口："安安，那天晚上的事情我本来不想告诉你，听安凝说你因此和姜铭分手了，我想我应该告诉你当年的真相……"

*The world is always good*

# 第六章

## 红烧狮子头一生黑黑一生

“真相……”南安安吐出含在嘴里的吸管，有些错愕地抬头看向南微微——那天晚上不是巧合吗？因为她非要去见她师父才会遇到那些人……

南微微十指交叉抵着下巴，点了点头合上了手里的菜单，细长漂亮的食指把菜单推到一边才开口道：“我也一直以为那天晚上只是个巧合，是我们太倒霉碰上那群小混混，直到几天前一个男人联系了我……”

“他说幕后指使他们的人是梁瑶。”南微微丝毫没有拐弯抹角，看着她的眼睛认真地说道。

那个男人当初被南安安捅了一刀现在混得很落魄，找梁瑶狮子大开口被拒绝之后恼羞成怒干脆找上了南微微，如果不是这样她也一直被蒙在鼓里。

那件事情那天夜晚对于南微微一样是一生都不愿回忆起的过往，更别提去查当年事情的真相了。

南微微几天前刚知道当年的真相，她没有向安安提及，害怕再勾起安安不愿回忆的曾经。

南微微却没想到安凝打电话告诉她，南安安为了她跟姜铭分手了，所以南微微着急赶回来跟南安安解释清楚当年的事情。

“他说的是真的。”南微微肯定地点点头，没给安安再问一遍的机会，一开始她自己都不相信，她一向不喜欢梁瑶也不喜欢安可，但是也从没想到梁瑶居然是当年的幕后黑手。

咖啡厅的空调开得很足，足到南安安靠在沙发上也觉得有股凉意一下子蹿上来，她后背都有些发凉——梁瑶是她舅妈的名字。

南安安一直以为梁瑶对她和南微微只是不喜欢而已，却从没想过已经到了恨的地步——她小时候梁瑶也抱过她，再怎么看不顺眼她们也是有着微妙的亲戚关系的……更何况，梁瑶自己也有一个只比她们小一岁的女儿，身为人母是怎么想到用这样的手段去对付两个十二岁的小姑娘。

“安安……”南微微看她神情有些恍惚，抬手覆盖在她微微蜷起的手背上，用手心蹭了蹭她发凉的手指把她整只手都包了起来。

“发生那件事情其实一点都不怪你，你也不要再迁怒你师父了。”南微微握着她的手说，“那段时间爸爸出差了，那天妈妈也去国外谈判了……不是那一天，也会是另一天，他们是从那天起开始跟着我们的，总要找一天下手的。”

南安安垂着头，没开口。她甚至找不到一个情绪的宣泄口，所有的一切都堵在那里。

她背负着愧疚和沉重的自责一个人走得这么累，走了这么久，几乎被压垮……

很多时候，承受这一切的人是南微微，她却恨不得那个人是她自己，因为愧疚和自责比痛苦本身来得更可怕。

原来到头来造就这一切的不是她，而是她叫舅妈的那个人。

“说实话，最崩溃的时候我也暗自怪过你……”南微微深吸一口气，声音里带着浓浓的鼻音，“我想，如果不是为了陪你见你所谓的师父，我也不会遭遇这样的事情；我想，你又没有经历过那些恶心的手摸在你身上，那……你根本无法体会我当时的绝望，却忘了当时你怎样拼尽全力地救我……”

“更何况……”南微微顿了顿，“其实压根不是你连累我，而且恰恰相反……”南微微手指无意识地拨动着手里的马克杯，目光带上了一丝狠厉，“梁瑶要毁的人是我，你才是那个被连累的人。”

“当年她使尽手段逼走安凝的妈妈之后生下了安可，但是舅舅一直没跟她结婚。”

南安安愣了一下，她一直都不知道梁瑶和她舅舅不存在法律上的婚姻关系。

“没能上位的小三和小三的女儿能在安家生活得这么如鱼得水其实全仰仗外公，舅舅一直都不承认安可的身份，梁瑶就开始急了……

“我长得像妈妈，所以从小大家都说我像极了舅舅，也许因此舅舅打我很小就偏爱我，程度甚至远超过了对安可的，当时安家的人都说我才是舅舅选定的继承人……”

南微微低头喝了一口咖啡，稳定了一下心神继续说道：“她是为了给安可清路，我就是她眼里的阻碍。”

南安安低着头，甚至有些无法消化南微微的话，当年安漾嫁给南是的时候被她外公以南是只是个大学讲师无权无势的理由极力阻止，最后她妈妈几乎放弃了安家所有的财产继承权净身出户，南是在她们出生那年弃文从商，赶上了期权风暴一夜暴富。说实话，她们从没有想过再要安家任何东西，也不需要。

梁瑶却因为这样一个可笑的原因，几乎毁了她们。

南微微没有说出全部事实，比如梁瑶最初要的不止是她的崩溃……

她看着眼前的南安安，原本说起这件事时不自觉带上的狠戾一点一点被融化了，命运对她如此残忍，又格外开恩——那个和她一起出生的人，这么多年一直在她身边，多少个夜晚她反复的噩梦里南安安是她唯一的救赎。

她最绝望最无助最崩溃地被压在小巷子破旧的墙上的时候，她举着手电筒踩着水坑跑过来，

她要南安安走，南安安却坚定地摇头举着手电筒狠狠砸向她身上那个人，南安安一刀狠狠捅进去的时候。

南安安是自己噩梦的终结，自己却心安理得地离开了南安安，带着微妙的责怪，甚至离开的时候没让她去机场送自己。

南微微抬眼看着对面的南安安，她周身都沐浴在温暖的阳光里，像是带着一层暖黄色的光晕。

“其实这么多年来，我一直都欠你两句话……”南微微声音有些酸涩，握着南安安的手紧了紧。

“对不起——发生那样的事情之后，我把你一个人留在这里，自己做了逃兵，而且任由你自责愧疚了这么久。

“还有，谢谢你——我也是后来才知道，原来不是每一个人都可以在亲人遭遇那样的事情，自己也受到同样威胁时不逃跑不无动于衷不装聋作哑，谢谢你那么勇敢和坚强地跑来救我。”

南安安绕过茶几伸手紧紧地抱住了南微微，六年来，她从来没有一刻哭得这么如释重负。南微微的手缓缓地在她背上拍了拍，人来人往的机场咖啡厅她抱着南微微把眼泪全抹在南微微肩膀上，不顾经过的人向她投来的异样眼光。

包厢里，南安安一直握着手里的手机，解开屏幕锁之后的界面就是姜铭的手机号码，只要轻触一下绿色的图标就可以打出去，可是一晚上的时间她拿着手机划来划去始终没有勇气按下绿色的通话键。

南微微的接风宴设在她最喜欢的九重天，她吃着碗里被南微微夹得满满的肉，以往最喜欢的粉蒸肉却有些食之无味，她要不要再给姜铭打电话呢，姜铭还会接她电话吗？

这样反复无常的，她自己都觉得自己像是在闹着玩。

而且，就算姜铭接她电话了，她要怎么跟姜铭说？难道让她说：师父，我后悔了，我以前是逗你玩的，我们还是在一起吧。

这话，她自己都说不口。

“安安，”南微微食指叩叩桌子拉回她的思绪，“吃菜啊！”

“嗯嗯。”南安安点点头无意识地伸筷子夹了一块菜送进嘴里才发现她夹的是一块姜，吐出来之后灌了好几口水还觉得满嘴火辣辣的姜味。

南微微体贴地给她递过来一碗芋圆:“怎么了，一晚上都心不在焉的？”

南安安摇摇头，吃到一半她出了包厢想去阳台那里透透气，刚一走出门就听到有人叫她名字。南安安回过头看到一个高高瘦瘦的大男生朝着她跑过来，还兴奋地朝着她挥了挥手。

“安安。”男生跑到她面前站定，露出一个极灿烂的笑容道。

南安安也朝着他点点头，礼貌地笑笑。

见状男生有些害羞地挠挠头，还带着一丝稚气的脸上满满都是惊喜，开口道：“安安，没想到在这里遇到你，而且你居然还记得我啊。”

南安安不好意思说不记得，一般这种别人先跟她打招呼的情况，她就是不认识或者不记得人家了也都装着很熟的样子，所以这次安安也是点点头说了句：“是啊，好巧。”



男生凑过来，微微低头满脸期待：“那我是谁？”

南安安：“……”

见她不再说话，男生有些失落很快又晃着自己的手机兴奋地开口自我介绍：“我是简耀啊，那天在茶餐厅，你还给我充了话费……”

印象中好像是有这么个人，南安安点点头一脸恍然大悟的样子：“原来是你啊。”

男生开心地点点头，一边跟着她往走廊那边走，一边不停地跟她说话：“学姐，我们高考成绩昨天出了，我考了645分，这个分数能报西大吗，我不太了解西大的情况想问问你。”

南安安认真想了想以前了解到的情况回答道：“你是理科生吗，这个分数很稳的，抱西大最好的化学系也不成问题的。”

“真的吗？那太好了，我努力了这么久就是想考西大的，居然真的有希望做你的学弟。”大男生的笑容很有感染力，南安安不自觉地回给他一个微笑，正想跟男生道别自己去阳台上吹吹风，就听到不远处一声清晰的门响。

她回过头就看到刚走过的一个包厢门开了。

浅橘色的灯光下，姜铭站在包厢门口淡淡地看着她和她身边的简耀，面无表情。

他指间还夹着一支点燃的香烟，一手插在口袋里，长身玉立。

“老师父……”南安安一开口就想把自己舌头咬掉，姜铭气场太强，她站在那里垂着手像是个被老师叫到办公室的小学生，食指还不自觉地贴着裤缝了。

姜铭随手弹了弹指间的烟灰漫不经心地点了点头，南安安捏着自己的手指正不知道说什么好，抬眼就看到那个包厢里走出一个高挑的身影，漂亮的女人看了一眼她又看了眼姜铭，耸耸肩："阿铭，不介绍一下？"

四个人站在包厢门口，气氛有些微妙。

包厢的门被推开之后明亮的光线打在女人的脸上，南安安看清女人的样子心里一下子生出了一种危机感。



她长得很漂亮，身上是一件浅灰色的及膝连衣裙露出白皙细长的小腿，穿着精致的绕踝黑色细高跟鞋站在那里亭亭玉立，灯光下五官看起来很秀气，鼻梁上架着一副无框眼镜整个人看起来优雅而知性，笑起来也温婉大气，带着只有时间能沉淀下来的成熟韵致。

见姜铭没有介绍她的意思，南安安自我介绍道："我是他的女朋友。"这句话一出口，就带着她对男神的示弱和讨好，嗯，大概还有……反复无常。

美人闻言促狭地笑笑，拖长了带着笑意的声音："小女朋友啊……"

南安安点点头，眼角的余光捕捉到姜铭脸色有点黑，南安安急忙补充道："……前？"

美人扑哧一声笑了，大大方方地朝她伸出一只白皙细长的手："我叫游夏，是你男朋友的大学同学。"她没说发小，姜铭刚才被人问及女朋友的时候冷着一张俊脸，看起来可能两人正冷战，她就不赶着这时候凑这份热闹了，和南安安礼貌地握了握手，游夏就径直朝走廊那边走了。

剩下三个人，气氛还是一样微妙，南安安垂着头，暗自想着身边那个没眼力见儿的孩子怎么还不走，她真的其实不认识这孩子啊。

殊不知她那个"前"字一出口，站在她身边的简耀眼睛明显一亮。

南安安没看到简耀的脸色倒是小心翼翼地发现姜铭脸色反而更黑了。不等她再说话，姜铭直接把指间的香烟摁灭在岩石状的垃圾桶里，迈开长腿径直朝着她走过来揽着她肩膀把她带进了包厢。

南安安有些跟不上姜铭的节奏，姜铭的左手握住她的肩膀时她还没反应过来，连再见都没来得及跟那个男生说。握着她肩膀的手力道很大，她整个人都被姜铭揽在了怀里带进了包厢，姜铭和她牵过手却还从没用这么有占有欲的姿势搂过她，南安安整个人都轻飘飘的，心脏一下子大幅度地跳了一下，她屏气凝神地就听到姜铭低头在她耳边淡淡地开口——“回去再收拾你。”

收、拾、你！

他说话时凑得极近，温热的气息洒进耳蜗南安安觉得耳朵有些痒，

这样暧昧而亲昵的姿势蛊惑得南安安觉得那句话像是句让人脸红心跳的情话……男神你不傲娇一下我不习惯啊，真的，躺平任收拾……算了，她有病可能躺不平。

南安安乖乖地任姜铭搂着看，姜铭脚尖一钩把包厢门直接带上了。

简耀看着南安安被那个英俊的男人搂着进了包厢，有些失落地在门口站了许久，自我安慰没关系，暑假过后他们就可以朝夕相处了……

听到门响，包厢里的几个人惊讶地抬头看着南安安，其中一个男人把手里的扑克牌往桌上一丢起哄道：“啧啧，姜铭这是你小侄女？漂亮！”

小侄女：“……”

这次是姜铭先开了口：“我小女友。”

“噗——”刚才开口的男人夸张地喷了一口红酒，“不是吧，这草也太嫩了，妹妹，你多大了啊？”

嫩草南安安认真地回答：“我快十九岁了。”

男人捂着脸一脸悲痛：“我对这个看脸的世界绝望了，哥连女朋友都没有，你居然找了个这么鲜嫩的小美人！说好的为人师表呢！说好的天涯何处无芳草，老牛不吃嫩草，兔子不吃窝边草，好马不吃回头草呢！”

“没有，”南安安认真地袒护她男神，“是我追他的。”

“为什么没有小美人追我？”膝盖又中了一箭的男人转头看向同样是单身汉的何庆元，“大君，还好有你……”

南安安：“……”她好像打开了新世界的大门？

男人深情道：“……你连前女友的影儿都没一个，你真是治愈我这个万年单身汉的小天使！”说着男人深沉地吟诵，“我们都是单翅的天使，来这个世界上寻找另一半翅膀的天使，合二为一带我飞！”

何庆元：“滚！老子和你翅膀是顺边的！”

姜铭也直接忽略了他间歇性发神经，带着南安安到沙发那里坐下，随手接了其中一个人手里的牌继续玩。南安安看着他们六个人打四副牌看得眼花缭乱，感觉到了来自五湖四海的智商上的恶意，她连够级玩法的规则都没搞懂过，这群人一边聊着天一边出牌，玩得轻松随意。

姜铭懒洋洋地靠在沙发上出牌，见南安安看得懵懂，他玩得也有些心不在焉，出牌极快和何庆元配合得相当默契。

“妹妹，要来玩一把吗？”刚才说话的男人扬扬手里的扑克牌热情地招呼南安安，南安安还没来得及回答姜铭已经懒洋洋地摊开了手里的扑克牌——清一色的三，他已经赢了，何庆元跟着也赢了，只剩下四个人“四户乱缠”。

“我先走了。”姜铭玩完这一局直接起身带着南安安走了。

C 市的盛夏经过一场雨的洗涤还带着丝丝凉意，南安安跟在姜铭身后踩着他长长的影子往地下停车场走，她晚上喝得有点多被凉风一吹反而吹散了些许醉意。南安安今晚出来为了和踩着细高跟的南微微一样高特意也踩了一双漆皮的细高跟，脚后跟被磨得都不是她的了，自然走路就慢了很多。

姜铭走得很快，走着走着就听不到南安安高跟鞋踩在地板上清脆的叩击声，他一转身就看到南安安提着两只鞋光着脚走得悄无声息，目光一和他对上就连忙把鞋扔在地上弯腰把脚往里钻。

姜铭揉揉眉心——他真是栽到这熊孩子手里了！今晚本来是一个月前他们就约定好的同学会，当时他还答应他们把自己的小女朋友带来给大家看，结果不到一个月小女朋友没了。他今晚一个人来了提起的时候没一个人相信，结果小女朋友又回来了。

如果不是认识小卷毛已久，姜铭真觉得她是在耍他玩，招之即来挥之则去反复无常那种。

回到她身边半蹲下，姜铭一手拿起她的高跟鞋一手握着她白皙纤细的脚踝正要往上套，就看到南安安脚跟上明晃晃看起来一戳就破的大水泡。他放下手里的高跟鞋娴熟地一手穿过她膝弯一把把她抱了起来大步朝着他的车那里走。

南安安小心翼翼地伸手绕过姜铭的脖子：“……师父。”

姜铭冷着一张俊脸，凉凉地开口道：“别叫我师父，我对这个词有心理阴影。”

果然，男神傲娇了。

——师父，我们分手吧。南安安想到这里觉得这个称呼她也有心理阴影，她搂着姜铭的脖子试探地叫了一声：“阿铭？”

姜铭手一顿：“换一个。”

南安安绞尽脑汁：“小、小铭？”

姜铭：“你还是叫我老师吧。”

“老师，”南安安从善如流，很快叫了一声，姜铭淡淡地“嗯”了一声。

“老师，我错了。”一旦开了一个头，南安安就接得很快，“我以后再也不和你分手了，真的，这一次……是因为有一些不得已的我不能说的原因。”这话说出来，她自己都觉得挺没诚意的，像心不在焉地敷衍。

姜铭没说话，走到车那里打开车门把南安安放进副驾驶座，自己也坐进去之后发动了车子，经过一家药店的时候还停车下去买了一瓶紫药水和棉签。

晚上不热，开着车窗还有习习凉风吹进来，南安安坐在车里挺惬意的。

她以为她还要再追姜铭一次，没想到，时隔一个月，她又坐上了他的车，又回到了他的公寓。

深蓝色的大圆床上，南安安换好睡衣趴在床上被磨破的脚悬空着，等着姜铭洗好澡出来。

她的酒劲有些上来了，感觉自己脸都有些烫浑身也很热，南安安看了眼关好的浴室门放心地伸手扯了扯睡衣领子，感觉呼吸顺畅了一些才抱着笔记本继续看电影。她找到了部挺久以前的偶像剧，刚一点开第一集，男主和女主电光石火之间就……滚上了。

南安安看得面红心跳，拖着进度条把那一段拖过去脸上的热度还没散去。

隐隐地，她也觉得他们谈恋爱的节奏好像有些不太对，不算他俩中间冷战的这段时间，交往近半年来他俩最亲密的接触也就是几次接吻，连舌吻都只有一个，其余的数得过来的几次还都是蜻蜓点水一样碰一碰嘴唇，纯洁得像俩幼儿园小朋友。

这脖子以上的柏拉图式的爱情对于一个性冷淡而言挺美好挺舒服，但一个正常人能忍受吗？

等等……



南安安眼前亮光一闪，还是说姜铭他，真的也性冷淡？

"想什么呢？"南安安正想得出神就听到姜铭清冽好听的声音从她上方响起来，南安安一抬头，头就磕上了姜铭的下巴，她揉揉脑袋，摇摇头。

如果她说想你是不是性冷淡，男神会不会试试给她看，南安安摇头摇得更大力了，摇完也不知道是晃的还是醉的，觉得头有些晕。她朦朦胧胧地看到姜铭穿着薄薄的白色浴袍靠在床头，抬手握住她脚踝把她一条腿抬起来。他从床头重新戴上眼镜认真地看着她的腿，她的腿一跷到他身上睡裙就自然往上退了退，一条大白腿沐浴在姜铭的目光之下。

南安安不自觉地抽了抽腿，没能抽出来。

她这次是真的脸红心跳头晕眼花了，连呼吸都急促了起来，整个人在酒精的作用下晕乎乎热气腾腾的，血液奔腾着全都涌向头顶。

不是吧，她刚才只是想了想，不是真的想……

姜铭握着手里白皙的脚踝，看南安安圆润的脚指头在他的注视下蜷缩了一下。

他抬眼就对上了南安安红扑扑看起来快熟了的脸，她垂着头，长睫毛轻轻颤了颤，灯光在脸上打下了漂亮的剪影。

姜铭前二十六年都没怎么和女人亲密接触过，也没觉得有什么身体需要，他像是在和他少不了女人的父亲较劲一样，禁欲得他自己都怀疑自己是不是性冷感。

此时此刻，看着眼前的南安安，他完全打消了这种怀疑……

南安安是真的紧张，手下的床单都被她揪得皱成一团，她试图转移注意力却毫无作用。好在手机铃声突然响了起来，南安安一把抓起手机飞速地按下了通话键："喂，姐……"

“你到家了吗？”南微微的声音透过听筒第一次这么美妙，南安安觉得南微微头顶个花圈在她心里就可以扑棱扑棱飞了，她姐姐才是她的小天使啊，一个电话就打破了刚才暧昧的气氛。

“我今晚住顾球球这里。”南安安撒了个小谎，那边南微微将信将疑地拖长了声音“哦”了一声。南安安怕时间越久破绽越多，谁能保证南微微这丧心病狂的下一句话会不会是——“让顾球球接电话”呢？她不等南微微再说什么对着手机直接急切地说了句“再见”，把手机扔到了一边，这么多年她和南微微之间一向是等微微先挂。

可惜一个电话，似乎没能真的缓解现在的情况。

姜铭修长有力的手指还握着她的脚踝，她动了动反而被握得更紧了。姜铭手指一用力她整个人都被带得往前一栽，脚心就抵上了姜铭的小腹，脚心甚至隔着薄薄的浴袍清晰地感觉到了姜铭腹肌的形状和硬度。

南安安觉得她也是醉了，温度调得正好的房间里她觉得全身都很热，如果姜铭要……她应该怎么做才能不暴露她是个有病的人，她要主动吗，要亲他吗，还是一动不动矜持一些比较好？

隐隐约约地，南安安自己也发现，对于即将到来的事情，她的紧张似乎远远超出了一贯对这件事本身的恐惧和厌恶……

“我开始了。”姜铭淡淡地开口，一贯清冽好听的嗓音低沉带着些沙哑，像羽毛一样轻轻地扫过她耳膜。

“开？开始？”南安安一惊，磕磕巴巴地说道，“太、太快了，我还没有准备……好……”她发觉自己停顿得好像不对，努力地解释道：“我不是说好，是说没准备好，我……”

姜铭握着她脚踝的手指松了松，反问道：“会很疼？”

南安安想说我不知道啊，但是你这样轻飘飘的反问的语气真的好么？

“……我轻点。”姜铭等了几秒，轻描淡写道。

他话音一落南安安就伸手捂上了眼睛：“啊，啊啊，疼，疼疼，你轻点……”

完全没做好准备的南安安“嗷”的一声就叫了出来，等等……疼的地方好像不太对？

她手指张开了一个缝隙就看到男神握着她的脚踝，低头认真地看着她的脚，左手用无菌针头挑破了其中一个大水泡。

南安安脸更红了，天，是她想歪了。

南安安看着姜铭专注的侧脸，有种自己亵渎了男神的感觉，刚好姜铭抬头用带着淡淡疑惑的目光看着她，南安安局促地露出个笑容："不、不用了，剩下的我自己来……"

姜铭不置可否，捏着棉签把紫药水均匀地涂到她被戳破的大水泡上，南安安缩了缩脚，不疼。

可是她总有种姜铭刚才抬头那一瞬间带着些笑意的感觉——她的男神，不会这么蔫儿坏吧？

等到姜铭把她脚上的水泡一个一个挑破，虚惊一场好不容易放下心的南安安已经有了些睡意，她挣扎着不想睡，目光扫到姜铭床头柜上的玻璃杯子，她越过姜铭拿过杯子，大大地喝了一口——是杯酒。

南安安放下酒杯半靠在姜铭怀里，酒劲儿一上来，醉意叠加得她更睁不开眼睛了，看东西都是朦朦胧胧的。

"困了？"姜铭看她懒洋洋的样子问道。

南安安点点头，眼皮都在打架。

"先别睡……"姜铭看着她不明所以的眼睛，悠悠道，"我还没有收拾你。"

南安安："……"你是没收拾我，可是你玩了我一晚上！

困得不行，她干脆利落地把自己的睡裙拽下来扔到一边就往夏凉被里钻。

姜铭声音低沉沙哑，像是在压抑着些什么："……安安……"

姜铭拿起她的睡裙拽着南安安胳膊把她扯过来把睡衣往她身上套，他是个男人啊！

南安安靠在他身上歪着头懒洋洋地看了他一眼，像是要跟他对着干一样干脆利落地脱了白色的文胸。

姜铭正要默念为人师表逗比还小，就看逗比挺了挺胸，得意扬扬道："还满意你看到的吗？"

对你看到的满意吗？

姜铭看着眼前的风光，淡淡地开口道："满意极了。"

阳光透过厚重的天鹅绒窗帘的缝隙洒进来，照在她眼皮上。

南安安懒洋洋地掀了掀眼皮，伸手挡了挡刺目的光线。

最后还是抵不住刺眼光线的直射，刚睁眼的时候她就发现自己整个人都摞在姜铭身上，胳膊摞胳膊，大腿摞大腿，整个人趴在姜铭身上。刚起来那会儿脑子还不太清醒，整个人放空了几秒才好了点，她稍稍动了一下，就感觉到自己肚子好像被什么顶着，南安安反应过来一下子跳了起来，她完全清醒了！



跑下床换衣服的时候，南安安脑子里电光石火一闪——她昨天好像最后还是喝醉了，她说了什么来着……

南安安整个人都不好了——她一定是总裁文看多了病入膏肓了！

而且，昨晚她曲解姜铭意思的时候，几乎都没怎么反对，她简直不配做性冷淡！

南安安不等姜铭睡醒就想落荒而逃，就听到姜铭的声音在她背后响起："睡醒了？"

南安安收回腿："早安，我昨晚睡得很好。"她边说边回头，就看到姜铭大方自然地在换家居服——

晨光里，他懒洋洋地站在那里一手拿着一件黑色的家居服，修长笔直的大长腿，还有若隐若现的人鱼线，结实漂亮的腹肌一览无余。

南安安有些心神荡漾地别过脸快速找了一个话题避免尴尬："老师，你睡得怎么样啊？"

姜铭穿好家居服，抬手整理着领子，经过南安安身边时漫不经心道："不好，你压得我腿麻。"

"对不起。"南安安诚恳地道歉。

"没关系，"姜铭淡淡地回答，意味深长道，"我挺喜欢。"

南安安站在原地："……我先去刷牙。"

她不等姜铭回答就飞快地蹿进洗手间，刚往牙刷上挤满牙膏姜铭就进来了。他刚睡醒还没戴眼镜，微微眯着眼睛整个人看起来懒洋洋，黑色短发还翘起来了一撮，南安安看着镜子里反射出来的人影，他们都穿着黑色的衣服，看起来般配极了。

一不小心对上了镜子里姜铭的目光，南安安险些把嘴里的漱口水咽下去，她刷着牙目光通过镜子看着姜铭专注地刮胡子，洗漱完南安安从姜铭身边走过去的时候，他俯身轻而易举地亲了她一口。



淡淡的剃须水味道很清新，他的舌头撬开她的嘴唇，卷起了她的舌头……

一个缱绻的吻后是姜铭清冽好听的声音："早安吻。"

南安安胡乱点点头，心跳如擂鼓。

早餐是姜铭做的，南安安依旧完全没搭把手的机会。男神的厨艺绝对是突飞猛进，南安安吃着蛋饼满心都是欢喜。

和姜铭一起吃过饭，她打车回到家里的时候还不到九点。

南安安刚抬起手，还没把手指放到指纹锁那里，大门就开了。

南微微站在门口，南安安有些不明所以地朝她姐看过去，南微微却什么也没说带着南安安上楼去看她带回来送给南安安的礼物。一上午的时间，南安安都泡在微微房间里，包里的手机毫无动静。

偌大的家里只有她们两个人，南安安和南微微玩了一上午，吃午饭的时候南微微终于忍不住开了口："你和你师父，做了？"

"咳，咳咳——"南安安被一口西米露呛得险些背过气，摆着手澄清，"绝对没有！"

"啊，啊啊，疼，疼疼，你轻点……"南微微面无表情，学起她说话连标点符号都一样。

南安安百口莫辩："我脚磨破了，真的。"

南微微意味深长地拖长声音又"哦"了一声："真没有吗？我还想恭喜你呢！"

南安安摆摆手，你真是我亲姐吗，这消息让南是听到绝对是打断我腿的节奏啊，怎么到你这里就喜大普奔了？

暑假的时间过得飞快，南微微一回来，为了表达她对她亲姐的一片赤诚，南安安去找姜铭玩的频率和时间都缩水了。

快开学的时候南安安提前去了学校，她上学期就跟院里申请了辅导员的职务，所以要提前来做一系列迎新准备，学校里也有几个会要参加。

辅导员的办公室在经院方楼，南安安把一些必要的办公用品搬过去之后就着手找经院大二大三的孩子们明天去火车站接新生，一整天忙下来还是挺充实的。

新生报到那天，南安安站在校门口的经院展位给陆续到的新生们发新生资料和院衫，看到孩子们兴高采烈的样子，她就像看到了四年前的满怀期待来报到的自己。小孩儿们挺可爱的，南安安站在那里被叫了好几声学姐，她笑眯眯地答应下来心里却有些打鼓。

她和这些新生差不多大，看着大经院几百号人，现在才觉得辅导员之路不那么容易走。

“你也是经院的，大二的？”南安安站在那里，一个新生家长熟络地跟她交谈。

南安安笑眯眯地回答：“我是新生辅导员。”

“……你带得了他们吗？”家长看了她一眼，自顾自地摇了摇头，一脸不信任。

南安安也没反驳只是笑眯眯地送走了那位家长，一上午和新生们打交道下来感觉还好。中午她啃着火龙果看手里的新生名单，三百多个新生，上午已经报到的大概二百个，剩下的不多了。

中午没人过来报到，南安安趁着可以休息的空当正想跑去买个零食就听到有人喊自己的名字，她一抬头就看到不远处拖着个大行李箱朝自己走过来的一个高个子男生。

男生大步走过来对着她帅气地笑笑，笑容灿烂，眼睛也亮晶晶的：“安安！我来了！”

南安安思索了一会儿，才想起来眼前的男生是谁，她也笑笑把资料包递过去：“简耀，开学快乐。”

简耀擦擦额头上的汗：“好巧，还好我没报化学系，你是我们的辅导员吗？”

南安安点点头："是啊。"

"老师，多多关照。"简耀把行李箱立在那里，人也没走，从自己的书包拿出一瓶饮料递给南安安。

南安安正口干舌燥，说了声"谢谢"就接过来拧开喝了一口。

一下午，简耀都站在她身边帮她派发资料和衣服，忙得都没去整理宿舍。

多了个人帮忙确实轻松了许多，一天下来新生报到挺圆满没出任何岔子，南安安松了一口气，这件事算是完了，可是晚上还有新生家长会呢。她答应欠简耀一顿饭之后，简耀就拖着行李箱回宿舍了。

报到结束后，她跑去和姜铭一起吃了饭，顺便找姜铭晚上帮她镇场子。

即使有西大经院两尊学术大神陪着，南安安站在已经坐了三百多人的小礼堂门口，还是紧张得不能自已。她深吸一口气，身边的何庆元给他比了一个加油的手势："南萌萌，加油！"

南安安拍拍心口："我紧张。"

庆元大君继续鼓劲："别紧张，虽然下面人很多，但是——拿出你的威信来！"

南安安闻言晃晃自己的手机，更紧张了："可是，我还没装。"

"噗——"庆元大君无言以对，你萌成这样你家男朋友知道吗？哦，他知道。

姜铭不仅知道，他还抬手把自己手机递到南安安手里，轻描淡写道："我装了。"

南安安："……"

姜铭居高临下地抬手拍了一下她脑袋，轻飘飘地来了一句："现在，你可以拿出你的'威信'了。"说着就迈开大长腿往小礼堂后面走。

庆元大君一边愤愤地跟上去，一边嘟囔着："哼，秀恩爱的又出去拖死！我也想要一个萌萌哒的女朋友！"

萌萌哒女朋友拍拍心口走进小礼堂，台下三百多双眼睛一起朝着她看过来，她像是站在聚光灯下一样，南安安紧张得手都不知道往哪里放了。她刚一走到正中央正前方的家长直接就问她："小姑娘，你们辅导员呢，怎么还不来？”

南安安：“我就是辅导员。”

话音一落，台下的家长们就开始交头接耳，窃窃私语的声音传到南安安耳朵里，满是质疑，让南安安有些站不住脚。

辅导员这一职位在西大不同于班导师，不需要带课，在学生和家长心里也没什么威慑力，三百多号人杂七杂八各种事情，没有家长的信任和配合也挺难办。南安安之前有个学姐申请过上一届的辅导员，只做了半年就因为压力过大放弃了。

她知道自己的年龄是个挺大的问题，也做好了心理准备，但满满的质疑还是让她心里有些难过。

南安安正尴尬后面突然传来一阵噼里啪啦的鼓掌声，热情的掌声吸引了在场所有人的目光。南安安抬眼看过去就看到简耀和她今天接过的一群男生站在后面大力鼓掌，还有个男生朝着她吹了声口哨。

南安安感激地笑笑，目光掠过姜铭的时候他也正在看着她，明明面瘫着一张俊脸，南安安却觉得像是得到了鼓励一样，不那么紧张了。

“谢谢大家！”南安安很快顺着台阶下，微微对着台下鞠了一躬，等着小礼堂各种质疑的声音低了下去之后才继续自我介绍道，“我叫南安安，今年十九岁，是国经所研一的学生，未来的四年里将担任11级经院学生的辅导员。”

开完家长会已经十点多了，南安安在散场后就朝着后排那里走，还没走到姜铭面前就被简耀截住了。

南安安归心似箭，简耀热情似火：“老师，你不是说请我吃饭吗？我现在饿了。”

南安安还没来得及找好借口，就看到姜铭朝着他们走过来了。小礼堂的过道很窄，她被简耀堵在这里怎么都过不去，就见简耀回头看了一眼姜铭，然后转身对她压低声音说：“安安老师，你前男友？”

南安安真诚地回答他：“已经是现任了。”

话音一落，姜铭就走到了简耀身后，直接无视堵在他俩之间的障碍直接仗着胳膊长，伸手穿过南安安腋下把她从桌子那边轻而易举地抱得离地之后，一手穿过她膝弯把她抱了过来。

简耀："……"

南安安："……"

吃醋的男神就着抱着她的姿势和身高优势，居高临下地看着眼前碍眼的小子，淡淡道："她该睡觉了，明天我请你。"

这吃醋的姿势，实在是太帅了！





回宿舍的路上，南安安倒是被放下来了……然后又被姜铭背起来了，她原本以为姜铭还在吃醋，后来才想起来她今晚为了有威信还特意穿了一双高跟鞋，姜铭现在背着她可能是怕她脚再被磨出泡。

夜风习习，她趴在姜铭背上惬意地晃荡着腿，手搭在姜铭肩膀上凑近在他侧脸上轻轻地亲了一口。

寂静的夜把那"吧唧"一声放大到清晰可闻，南安安还没来得及收回那个吻，姜铭就侧过了脸，南安安蹭了下姜铭微凉的薄唇从姜铭身上滑下来，被他圈在怀里俯身亲了上去。

昏暗的路灯为无边的夜色染上了些许暧昧，南安安半靠在路灯的灯柱上有些笨拙地回应着姜铭的吻，姜铭吮吸着她的嘴唇，舌尖扫过她的上颚带起一阵酥麻……

姜铭的手顺着她的肩膀一路沿着她的肩胛骨滑到她脊背中间那道弧线，一路下滑到她腰窝。南安安只觉得他的手像是有魔力一样，手指经过的地方她的寒毛都竖了起来，有些战栗。心里也像是被投进了一颗小石子，激起了一层层涟漪，一圈一圈扩大。

她整个人退无可退，靠着那根电线杆，腰部由于被姜铭一只手搂着悬空着，他一只手按在她耳侧带着一种绝对强势的姿态。

夜太过沉寂，她耳侧又是熟悉的、夏日鼓噪的蝉鸣。

"老师……"南安安低低地叫了一声，一听到蝉鸣脑子里又是一片空白。

昏暗的路灯、鼓噪的蝉鸣、被压在墙上的南微微抬起脸——那张脸和她一模一样……

南安安有种回到那天晚上的错觉，她有些急切地想挣脱姜铭的手。

看南安安的样子，姜铭理智地收回了按在她耳侧的手，以为她会慌张地跑走却没想到下一秒他就被抱住了。南安安伸手搂着他的腰，姜铭舒展开紧锁的眉头，抬手搂了一下她的肩膀。

当晚他把南安安送回了研究生公寓，公寓楼下的路灯灯光很亮，他可以清晰地看到南安安被他亲得有些红肿的嘴唇，带着润泽的水光。

南安安朝他挥了挥手跑上了楼，看到她的身影消失在楼道拐角，姜铭才朝着经院那边走，手机就振动了一下。

他划开屏幕看到一条新短信，来自一个陌生的号码——

你知道南安安有病吗？

姜铭眸色深沉，动了动手指直接删除了那条短信，手机很快又振动了一下，还是那个陌生的号码，这次是肯定的语气——

她有病。

新生报到的第二天就是军训。

趁着孩子们踢正步的空当，南安安站在树荫下乘凉，她舒坦不过三秒就看到安可远远地朝着她走过来了。

“安安姐。”安可走近她和颜悦色地叫了她一声，就好像当初被南安安一雪球砸过去的人不是她一样。

南安安敷衍地点点头，没什么和她交谈的欲望。

安可倒是毫不在意地递给她一张樱花粉的请柬，安家大小姐的十八岁成人礼就在这周末。

南安安看了一眼请柬，淡淡地毫不客气地开口：“我没空，我不想去。”

安可咬着嘴唇，低低地叫了她一声：“安安姐姐……”

“我以后都不喜欢姜铭了，你别不理我。”安可说得有些急切，“你不是也和他分手了吗，我们以后好好相处……”

南安安不看她一脸委屈的样子，直接说：“我们又和好了。”

安可失落地走了。

一上午的军训算是有惊无险，南安安中午去吃饭的时候，简耀就顺理成章地又跟在她身后。为了一次性地把诚意表达完，南安安带着简耀去了馨香园，一路上简耀欢快地和她说个不停，南安安有些有气无力地没怎么回应他。

馨香园的消费比较高，除了婚宴之类的很少有学生来。

他们到楼上的时候没几个人，南安安找了一张桌子坐下正要点菜眼角的余光就瞥到了一个熟悉的人——她几乎要感慨一下她现在碰见熟人的频率了。

南安安还没来得及避开，就见何岳径直朝着他们走过来，居高临下地瞥了一眼坐在她对面的简耀，冷哼了一声，带着淡淡的嘲讽道："第十二个？"

对于他的讽刺，南安安视若无睹，低头专注地翻着手边的菜单对着服务生点餐。

她从不认为何岳还喜欢她，如果是真的喜欢，怎么会劈腿？

何岳对她不过是不甘心。

而简耀，对于这样的提醒或者说挑衅也不在乎，南安安的花心在西中是出了名的，在乎这个他也不会处心积虑地往南安安身边凑了。

看南安安淡漠的样子和那小子毫不在意的模样，何岳越发觉得有股郁结之气堵在心口——她明明在和他分手之后三年多的时间里都没再谈过恋爱，对于南安安几次拒绝，他也只以为她是嘴硬逞强或者在欲擒故纵，毕竟当初她那么喜欢他。

只是这么久过去了，南安安毫无动静，何岳终于沉不住气了。

得知南安安和姜铭分手之后，他几乎迫不及待，没想到还没来得及找她，昨晚就碰到他们在经院的路灯下接吻，还是南安安主动的。

那一刻，何岳心里升起了浓重的危机感——南安安和他在一起的时候，从没亲过他。

她和姜铭在一起是认真的，只是何岳刚有了这个认知，今天就碰到南安安和另一个小男生吃饭——她还是那个花心的南安安，既然如此，这小子可以，他也可以，更何况他们还有感情基础。

何岳站在那里，抬手叩了叩南安安的桌子低声叫她的名字："安安……"

南安安把目光从菜单上转向他，还微微皱眉一脸为难的样子。

这样示弱的南安安让何岳心里的不快消散了不少，何岳轻咳一声，抽出一把椅子坐在了大圆桌子，正是南安安和简耀正中间。

他就知道，南安安还是喜欢他的，她的犹豫和动摇充分验证了这一点。

何岳暗自得意地坐下，南安安就犹豫着开口了："何岳……"

"安安。"何岳深情款款地看着她，等着南安安说出服软的话，就听南安安开口道："我没带那么多钱……"

何岳正要说他有，就听南安安继续说："不会请你的，你去别的地方吃吧。"



"扑哧——"简耀看着何岳的黑脸终于忍俊不禁，不厚道地笑出声了。

何岳黑着脸压下心里的不悦，翻开一本菜单体贴道："没关系，我请你也是一样的。"说着兀自点了几个菜，还温和地看了一眼南安安。

上菜的时候何岳顺手用勺子给南安安舀了两颗红烧狮子头："红烧狮子头，我记得你高中时最喜欢吃这个，每次我陪你去西中餐厅吃饭你都要从我餐盘里抢……"

"那我现在还给你。"南安安眼睛不眨一下地夹起那颗大肉丸子放回何岳的盘子里。

何岳脸上的笑完全僵了，南安安一向不生气不摆脸色，笑眯眯的看起来脾气极好，但她想让你下不来台的时候，一定能让你摔死到地上。自他们重逢之后，他就一直这样。

南安安夹回去放到他盘子里的红烧狮子头孤零零地躺在青花瓷盘子里，何岳脸色很不好看。很快，狮子头不孤单了，因为南安安又夹起他放在她盘子里的另一颗狮子头往他盘子里放……

"南萌萌！"何庆元欣喜的叫声让南安安一惊，她抬眼循着声音的来源朝那边看过去，就看到姜铭站在不远处的隔壁桌，正要落座。南安安惊得手一抖，圆滚滚的狮子头本来就夹得不太稳，手一抖狮子头就蹦跳着滚下桌子，咕噜咕噜滚到了姜铭脚边。

姜铭冷着脸，踢开了脚边的狮子头。

南安安觉得，自己现在就像那颗狮子头……

她看了一眼自己桌上的简耀和何岳，再看看冷着脸站在那里的姜铭，满脑子都是那句诗——一枝红杏出墙来。

姜铭和何庆元走过来落座之后，整张桌子的气氛就更玄妙了。

就在这尴尬的空当，何岳还不死心地当着姜铭的面，重新给她夹了一颗红烧狮子头。

南安安发誓她这辈子再也不想看到红烧狮子头了。

姜铭云淡风轻地扫了何岳一眼，抬手用一支筷子轻而易举地戳了一颗红烧狮子头。南安安看着那颗红烧狮子头到自己这边的时候，已经想哭了，她不等姜铭把红烧狮子头放到她碗里，就直接就着姜铭的筷子示好地啃了一口。

整整一顿午餐，南安安都没再动一下筷子——姜铭就这么当着何岳和简耀的面，慢条斯理理所当然地喂她吃完了所有的菜，吃到撑。

当晚，南安安趴在床上发微博——

男神到我碗里了：妈蛋，红烧狮子头一生黑黑一生！

她发完微博点击了发送就感觉身下柔软的大圆床向下陷了一下，姜铭一身清爽地坐在床边一手擦着头发。

南安安有些心虚，姜铭会吃醋，却很少问及她和何岳的事情，包括她曾经交的男朋友们。

不像是不在意，也不像是一无所知。

有时候，南安安隐约觉得姜铭有些深不可测，她对着顾球球说这句话的时候，顾球球白了她一眼补刀："你看，你们虽然没有最萌身高差，但你们有最萌智商差。"

南安安总觉得，姜铭似乎太过笃定。

无论是在路灯下和他分手那次，还是毕业旅行时她又一次强调分手。

姜铭的表现都很镇定，像是意料之中一样。

后来她跑回去和他和好，姜铭甚至问都没问她分手的原因。

南安安跪坐在床上接过姜铭手里的白毛巾主动帮姜铭擦头发，他的头发很硬蹭着她手心有些痒，南安安擦着头发试图开口："老师……今天中午我是请简耀吃饭的，然后……"

她说着姜铭懒懒地回应了一声。

南安安有些小心翼翼地开口："老师，你生气了吗？"

“嗯，”姜铭回答得不带任何敷衍，回身看南安安跪坐在大圆床上的样子，继续说，“很生气。”

夜色正好，眼前的人秀色可餐。

他说着抬起南安安的下巴就亲了上去，她的嘴唇很柔软，姜铭抬手捏了一下她的鼻子，南安安很快因为呼吸不畅张开了嘴，他的舌头顺理成章地滑了进去……

亲吻到后面就变了味，姜铭往床上一扑，南安安整个人就被他压在了身下，短袖T恤被蹭起来露出一截白皙的肚子。 

她躺在床上看着压在自己上方的姜铭，他没戴眼镜，微微眯起来的眼睛眸子漆黑。

她听得清放大在自己耳边的呼吸，他漆黑如墨的眼睛里满满都是她的影子，姜铭的手指覆在她的肚子上，在她肚脐周围打了一个圈，淡淡地说了一句什么，南安安有些没听清，抬起身子凑过去就被他咬住了耳垂。

姜铭的声音很近很近，就在她耳边：“再有下次呢？”

南安安红着脸，觉得自己脑子有些供血不足，话都说得磕磕巴巴的：“再有下次，你、你揍我……”

话说到一半，她敏感的耳垂被包裹在温热的口腔中，南安安觉得她的耳朵这次是真的要化了，心里升起了一种英勇就义般大义凛然的情绪……这种情绪没能维持太久，姜铭的手机铃声就响了起来——他径直起身去阳台上接电话了。

南安安终于知道自己觉得姜铭深不可测的原因了——

就是这样，他和她的每一次亲密接触都像是精心设计好了距离和时间一样，浅尝辄止，逐渐深入，却在她快要无法接受的临界点一下子收手。

那个度，他把握得比她自己还要精准。

南安安隐隐地觉得，姜铭是知道她有病的。

他不说，她也没办法问。

有时候，她又觉得他不知道，如果知道，大概早就和她分手了。

南安安坐在大圆床上看着落地窗后姜铭隐在夜色里颀长的身影，心里的不安一点一点消散了。

第二天军训的时候，南安安还请了个假，去姜铭办公室开会。

她去得时间刚好踩点，到姜铭办公室的时候，姜铭今年要带的几个博士和四个研究生已经都到了。

南安安不好意思地走进去，还好，姜铭还没到，她也不算迟到。

等待期间，大家开始自我介绍。



互相了解了名字，其中一个人跟南安安说话的时候不经意之间叫了声“小安”，游秋闻言就瞥了南安安一眼，阴阳怪气道：“你可别叫她小安，这位可大有来头……”她顿了顿，在众人期待的目光中挑衅地看了南安安一眼，“对吧，师母？”

气氛骤然冷了下来，南安安清晰地感觉到大家看她的目光都不一样了，她几乎是条件反射地反驳了游秋：“不……”

“不是……”两个字还没说完，就感觉到一道目光牢牢地钉在她身上，她一回头就看到拿着一本书走进来的姜铭，她又小声说了句，“不是，我……”

这次是对着姜铭，姜铭迈开长腿走过来，在大家期待的目光中大方自然地开口，语气却坚定到不容反驳和质疑：“安安是我女朋友，不过师母就算了，她比你们都小。”

显然，姜铭是听到游秋那声阴阳怪气的“师母”了，游秋垂着头没再说话。

南安安也没和游秋多说话，游秋对她的恶意，似乎不减反增。

她开完会当着大家的面也不好意思留下，大中午就直接跑回体育场了，游秋斜她那一眼却让南安安心里有些不舒服。

BBS 帖子的事情，南安安当时没回应，不代表她真是游秋她妈，得一直惯着她。

漫长而煎熬的军训也终有尽时，军训会演前一天晚上，南安安还被经院副院长叫到办公室特意交代了一番——我们经院是西大分数线最高的、学生最多的、经费最多的，一向有着永远第一的优良传统，这次也决不能是第二！

南安安乖巧地答应了，她知道副院长专门找她说这番话的用意，这段时间军训南安安耳根子软，看到学生脸色苍白有气无力地跑来请假，都亲自去找教官各种说好话帮学生请假——隔壁旅管为了争第一，一个请假都不批，最后两个学生晕倒了。

她管得松这一点深得学生心，但也引起院领导的不满。

副院长是个三十出头的漂亮女人，这个年纪做到经院副院长也是手腕极强的。



她靠在办公桌上，话锋一转，别有深意道："我听说，你和姜铭在一起了？"

许是答案太过显而易见，她根本没等南安安回答就摆摆手语重心长地说："你不用紧张，我不是说不可以……但是师生恋说出去并不是什么光彩的词，之前我也听到风言风语了，当时想着你毕业了就没事了。现在你又读研又做了辅导员，你和姜铭的事情传出去，对你对他影响都不好。我只是提个醒，毕竟当时 BBS 的事闹得也不小，你考虑清楚……"

"嗯，我会好好考虑的。"南安安认真地点点头。

副院长露出一副我了解的表情笑了笑，挥手让她撤了。

南安安走出经院方楼就看到夜色里姜铭那辆车停在路灯下面，她走过去打开车门钻进去催促姜铭："快走！"

姜铭不明所以地看了她一眼。

南安安神秘道："副院长说，我们要低调。"

姜铭探过身子帮她系好安全带，漫不经心地"嗯"了一声做回应，黑色辉腾缓缓地驶出西大的东门，融入浓浓的夜色里。

南安安觉得今晚的姜铭和以前有些不一样，他穿了一件黑色衬衣和黑色西裤，从接到她开始就没说话。南安安看着他映在玻璃车窗上面无表情的侧脸，姜铭专注地握着方向盘，她莫名地感觉他周身有种冷峻和肃穆的气息。

南安安从小就挺害怕老师的，大概是因为小时候被老师告状挨揍太多。姜铭一旦严肃起来，对于南安安而言还是威慑力惊人的。

和此刻气氛极不相符的是车厢里浓郁的花香，南安安坐在座位上四处张望，目光一下子就瞥到了后座上的一大束香水百合花。她眼前一亮，眨眨眼睛探过身子伸手把后座的花捧起来，乐滋滋地对着姜铭道谢：“老师，这是送我的吗？”

红灯，姜铭踩了刹车看了眉开眼笑的南安安一眼，“不是。”

“……”南安安摸摸鼻子，把花束放回原位，安静了一会儿还是奈不住寂寞。

“老师，我们去哪儿？”南安安看着周围有些陌生的风景侧过身子问姜铭。

姜铭轻描淡写道：“见家长。”

南安安：“……”

这速度是不是太快了？

南安安白天陪着学生们军训了一天困得不行，歪了歪头就靠在柔软的真皮座椅上睡着了。到地方的时候，南安安才发现姜铭带她来的地方是墓园，她揉揉眼睛，看姜铭打开车门抱起了那束花。

C 市的郊区似乎刚下过一场雨，南安安下了车就被姜铭握住了手，带着她往墓园里面走，到水坑的时候姜铭都揽着她腰把她带起来，南安安感觉着腰间微凉的手，想起曾经她师父说的话，心里泛起淡淡的心疼。

那时她还小，根本不能理解姜铭的丧母之痛，那些轻飘飘的“你不要再难过了”现在想起来太过幼稚。

黑暗里她看不太清，姜铭带着她从路中间走过去，一路走到最后一个墓碑俯身把那捧香水百合放下，一回头就看到南安安站在他身后对着秦然的墓碑深深地鞠了一躬。

南安安直起身子，姜铭的表情在黑夜里看不清，她听到姜铭声音低沉地开口：“我带她来给你看看。”

他只说了这一句话，剩下的就是似乎无尽的沉默。

姜铭伸手触碰了一下冰凉的墓碑，秦然直到离世，都没亲口告诉过他姜洋和秦怡之间的事，她隐忍多年冷眼旁观。

他也知道，那场灾难对秦然几乎是毁灭性的，她从一个骄傲独立的女人变得走两步路都会气喘吁吁。

秦然郁郁寡欢了太久，那件丑事不过是压垮骆驼的最后一根稻草。

但这么多年，他从未释怀。

他记得他还小的时候，和他哥一起欺负一年级的小女生，把小姑娘弄哭之后，秦然搂着他问他，你为什么欺负她。

那时候他说，我喜欢她。

那是孩子表达喜欢的一种恶劣而常见的方式，当时秦然笑了笑，俯身搂着他的肩膀认真地对他说——如果你喜欢一个人，一定不要让她哭。



她像是在对他说，也像是在喃喃自语，他还问秦然，妈妈，你怎么哭了？

秦然离世之前，已经安排了一切，无论是秦怡还是姜洋，她都自己收拾了——她仗着姜洋对她最后的喜欢和愧疚，在病房里握着姜洋的手要求他娶秦怡，要求她的儿子必须是姜家唯一的血脉。

姜铭冷眼看着姜洋痛哭失声，看他终于如愿以偿娶到偷腥多年的女人，看秦怡哭着打掉她的孩子。

他姑姑姜和曾经感慨过，秦然她连离开都不愿把仇恨和报复留给你。

姜铭对着定格在照片上的秦然深深地鞠了一躬。

南安安不明所以地听他说了句话，像是低语，像是承诺："我不会像他一样。"

回到车上之后南安安还是屏气凝神，小心翼翼地没说话，姜铭伸手揉揉她头发，看她情绪低落的样子把她抱坐在自己腿上，低头用下巴摩挲了一下南安安的头顶，声音低沉地说了一句："乖"。

"嗯。"南安安脖子向后仰，安抚地凑过去在姜铭的唇上飞快地落下一枚吻。

她的瞳仁又大又明亮，在昏暗的车厢里亮晶晶的，像是唯一的光源。

南安安再接再厉，从他身上坐起来面对着他给了他一个温暖的拥抱。

姜铭在她眼里一向像南是一样，无所不能，坚不可摧。

可事实上，他也会难过，也会伤心。

南安安是个自愈能力很强的人，一路上她就调整好了心情，经过一家还没关门的花店时，姜铭还下车给她买了一束花。

回到姜铭的公寓时，时间还早，才九点多。

姜铭带着她从地下车库走到家里的一路上，南安安都一手抱着花，另一只手紧紧地握着他的手。

她的手柔软温热，手心微微汗湿，握着他的手时温柔而坚定。

像是多年前，她陪着他看鸳鸯时那样，只不过那时他们的手握在一起定格在屏幕上，背后是一串冷漠的数据，而现在她站在他身边。

南安安一路上为了活跃气氛还不停说着话："老师，我好饿呀，你今晚给我做饭吧。"



"好。"姜铭答应得很快，"不怕吃坏肚子？"

南安安牵着他的手，面朝着他倒着在小石子路上走："不怕，只要你管揉。"

晚餐姜铭给她做的酒酿小圆子，南安安吃了两碗，鼓着肚子躺在沙发上不起来，伸手正要揉肚子，手就被人握住了。身下的沙发向下塌陷了一点，南安安看着姜铭懒洋洋地坐在她身边，伸手覆上她吃得圆鼓鼓的肚子，于是南安安又被按了开关一样，哈哈大笑着在沙发上翻滚。

闹了一会儿，她才适应了姜铭的手，被姜铭带上了楼。

只要明天上午军训会演之后，南安安就可以松一口气了，她还和安凝她们一起约了明天下午的真人 CS，想想就挺期待的。

南安安生怕姜铭心情低落，晚上还主动搂着姜铭脖子送上嘴唇给他亲，有样学样地吮吸了一下姜铭的嘴唇，她虽然有病，但是亲还是可以给他亲个够的。

她贴得很近，刚洗完澡穿着薄薄的睡衣，隔着一层薄薄的布料，姜铭都能清晰地感觉到她的两团柔软。

沐浴露的甜香有着橙子味，淡淡的，在她呼吸之间。

南安安亲着亲着，姜铭就起身去洗澡了。

南安安自己趴在床上看微博相册里安凝传上去的她们高中毕业旅行时的照片，有一搭没一搭地跟浴室里的姜铭聊天："老师，我们明天下午玩 CS 你也来吧……"

"好。"姜铭的声音隔着玻璃门低低的，带着一丝沙哑和隐忍。

放着个这么秀色可餐的小女友，自己跑来打飞机，他也是为人师表、道德典范了。

姜铭心不在焉地回答着南安安的问题，修长的手指动作加快……

接着南安安似乎说了句什么，他没听清。

南安安问过一遍见姜铭没有回答她，猜着是他没听到于是从床上爬起来往浴室那边走了几步，大声问道：“老师，你射得准吗？”

姜铭修长的手指停顿了一下……不准了。

*The world*
*is always good*

# 第七章

十二岁的小卷毛对于姜铭而言
是铺天盖地的阳光，
隔着屏幕都带着温暖，
十九岁的南安安依然如此

“老师？”没得到回应，南安安站在浴室外面叫了姜铭一声，浴室的磨砂玻璃门开了，姜铭穿着白色浴袍走出来，神色清冷地经过她。不知道为什么，南安安觉得刚才那一瞥男神耳尖好像有些红，不知道是洗热水澡热的，还是……发烧了？

不过……男神刚洗完澡黑发湿漉漉，稍有些凌乱还在往下滴水，V 领浴袍里漂亮的锁骨若隐若现的样子，真的是说不出的英俊，还带着些莫名的性感。

南安安跟着爬上床，和姜铭一起靠在床头继续刚才那个话题：“你要是射得准的话，明天我们一队，我一定要打败林墨和顾球球！”

闻言，枕着手臂懒散地靠在床头的姜铭微微挑眉，意味深长道：“我射得不准的话……你就不和我一对了？”

这反问莫名其妙的，有些别有深意，南安安认真道：“嗯。”

姜铭：“嗯？”

那个尾音惯性地上翘，性感得一塌糊涂又带了一些压迫感，南安安认真解释道：“你要是射得不准的话，就去我对手那队，负责拖垮他们。”

姜铭：“……”

南安安：“这样我就能赢了。”

姜铭冷哼了一声，你明天输定了！



军训会演那天还是出了岔子，待会儿要演练军体拳的方队里一个男生中暑直接晕倒在体育场上了。好在校医就在一旁，但是他们经院的匕首操还有两分钟就完了，接着就得军体拳方队上场了，少一个人在主席台上看起来实在是太明显了。

南安安满体育场找他们经院走完方队已经散场的男生救场，急得满头大汗，偏偏大家都穿着一样的军训服，她和学生们相处的时间又短，看脸还认不出人。

想到副院长亲自交代下来的事情，南安安越是急越是一张熟悉的脸都找不到。

正着急的时候，有人拍了一下她的肩膀，南安安一回头就看到简耀，他好像刚走完方队还没换衣服，南安安像是抓到了一根救命稻草一样不等简耀说话就急切地开口：“快，帮我填个空缺。”

简耀给了她一个灿烂的笑容，比了一个手势，在南安安点头后“啪”地朝她敬了个礼，说了句“遵命，长官”就跑着穿过操场往方队那里去了。

整场会演总算有惊无险——就是她又欠了熊孩子一顿饭。

而且，如副院长所愿，经院这次不是第二而是第三。

南安安在会演散场之后来不及换衣服就去姜铭办公室找他了，她气喘吁吁地跑到电梯那里，电梯门一开她就看到了游秋，游秋冷哼了一声，不知道是有意还是无意地扬了一下手里的《高级宏观》。

南安安没理她，等游秋出来之后走进电梯上了楼。

“哇，南萌萌，你穿军训服也如此美丽！”南安安刚一敲门，就迎来了何庆元夸张的赞美，他一夸姜铭也跟着看了过来，南安安有些羞涩地扶了扶歪了的帽檐走进去。

“南萌萌，你是不是觉得我碍眼了？”何庆元一路跟在她后面，“其实，每次那个游秋来找阿铭的时候，阿铭都会叫我来，名义上是我懂得多，其实嘛，你知道的……”何庆元朝着她挤挤眼睛。

南安安被游秋挑衅后心里那一点点不愉快也烟消云散了，跑去姜铭办公室内间换了衣服之后，就和姜铭一起出发去市郊了，还带了何庆元，CS这种游戏还是人多最好玩。

她很快就想收回这句话了。

刚到高速公路口，南安安就接到简耀的电话，得知她去打真人CS没办法请他吃饭后，熊孩子跃跃欲试强烈要求参加以抵一顿饭。

南安安考虑了一下，现在带着他总比以后和他一起吃饭被姜铭逮到要好多了，侧过脸和姜铭商量了一下就答应了简耀。

即使返回学校又接了简耀，他们到得还挺早，南安安坐在入口的藤椅上给南微微发短信。南微微多年没回国卡在公园入口完全找不到路，她干脆跑出去接南微微了。

南安安和南微微并排回来的时候，何庆元整个人都激动起来了。南微微一头金咖啡色的卷发，和安安一样目测一米六五以上的身高脚上还踩着一双高跟鞋，一双桃花眼笑起来漂亮得夺人心魄。虽然五官相似，但是南微微的漂亮不同于安安漂亮得那么柔和，而是带有棱角一般，明艳夺目。

“天，这种美貌×2简直让我心神荡漾，我天……”他说着撞撞姜铭的胳膊，“阿铭，你能分清她俩吗？”

姜铭点了一下头，身边沉默许久的简耀出声道：“我能！她俩眼睛不太像。”

安安给简耀比了个赞，她和南微微唯一不像的地方就是眼睛了。

“你好，我是姜铭，安安的男朋友。”对于熊孩子的挑衅，姜铭不置可否，直接礼貌地和南微微打了招呼，倒是一贯冷静骄矜的南微微怔愣了一下。

南安安正拉着南微微的手，就感觉到南微微和自己十指交叉的手指微微颤抖了一下，不过她很快恢复了正常，快得像是刚才都是南安安的错觉。

南微微友好地笑笑，甚至主动伸手和姜铭握了一下：“你好，我是南微微。”

等到安凝、安奈和顾狸、林墨过来后，一群人就浩浩荡荡地去烤肉了，烤肉的时候南安安和南微微负责烤蔬菜，南安安正翻着生菜叶子的时候，南微微一手搂着她肩膀笑嘻嘻道：“二宝，你这次眼光不错哎。”

南安安得意地点点头，听南微微夸奖姜铭她也与有荣焉。

“他就是你帅父啊？”南微微摘着青菜叶子问她。

南安安点点头：“是呀是呀，隔了那么久我以为这辈子再也不会见到他了，真没想到，好巧。”



南微微把青菜叶子递给她，悠悠地道：“是啊，好巧……”

真人CS的时候，第一局，姜铭不太清楚规则没参加，站在一边观望，南安安黑白配幸运地和林墨分到一组，和射击超帅的国防生一组，南安安蹦蹦跳跳地赢得毫无压力。第二局的时候她和姜铭分到了一队，不得不说男神姿势超帅的，虽然没打中娴熟的林墨但是掩护她还是轻而易举。

而且姜铭他根本不打他们的最大威胁林墨，反而每次都把重点放在简耀身上。

每一次南安安从掩护物后面探出个头，都能看到姜铭姿势帅气干脆利落地把简耀一枪打死。

于是，断断续续几场下来，虽然输赢由他们是否和林墨一组来定，但是简耀每次都是妥妥地第一个被打死。熊孩子倒是一点都不难过，笑嘻嘻地跟在南安安身后问她什么时候再来玩。

南安安再也不想和他玩耍了，她是个有男朋友的人了啊，简耀对她的态度太过热切了，她自己都觉得很不对劲。

接下来的一周里，新生正式上课就没什么事情了，南安安的重点放在了自己的课程上。

研究生的课不多，一堂课上课的人也不多，老师们讲起课也和本科的时候不一样了，大多时候和数学推理相关的地方都会一句话掠过。

南安安本来数学就不好，上课听姜铭讲高级宏观经济学还是挺吃力的，又不想游秋再嚼舌根说她是靠着姜铭的关系才考上的研究生，平时也就努力了很多，连下课后跑去姜铭办公室都随身带着书。

姜铭看着他家逗比这天天向上的劲儿，一方面是为人师者的我心甚慰，另一方面就是……南安安这完全把他当老师认真好学的架势，让姜铭连亲亲她都有负罪感了。

办公室的门被敲了几下，姜铭低声说了声“请进”，南安安就抱着她的《高级宏观经济学》跑进来了，一手拖着椅子坐到他身边，下巴搁在他办公桌上期期艾艾地开口：“老师，我觉得我特别笨，现在什么都不会……”



“这样下去我就要挂科了啊，”南安安掰着手指头，“我现在画图不会，推算不会，建模不会……”

她说着娴熟地从姜铭桌子上抽了一张A4纸出来，翻开她的练习册开始了日常：“这个，这个，还有这个……”

姜铭倒没有像以往那样直接开始讲，指节叩着桌子漫不经心道：“交学费吗？”

“……”南安安呆愣愣的，看姜铭修长的手指摩挲了一下他的薄唇，脸红了一下，凑过去“吧唧”一口。

交了学费，她连着问了姜铭好几道题，姜铭一如既往耐心地给她讲，所有思路和演算过程都讲得很清晰，南安安却觉得自己脑容量都不够用了。

午后的阳光暖洋洋地洒在她身上，让人也跟着懒洋洋起来，南安安连着记了好几页笔记就想去睡觉了，还没站起来就被姜铭打发去翻译论文。

南安安耷拉着脑袋，嘴里低声安慰自己：“君要臣死……”。

姜铭双手交叉枕在脑后，看她懒洋洋的样子逗她：“不愿意？”

南安安连忙摇头。

姜铭悠悠地重复她刚才的低语：“君要臣死？”

南安安正色道：“君要臣死，臣……欲、仙、欲、死。”

她说着就去里间取笔记本电脑，被姜铭一把拽住手腕，轻而易举地按在了大腿上。他朝着她左耳恶质地吹了口气：“我决定，还是让你欲、仙、欲、死好了……”

温热的气息带着一丝危险和强势，让南安安不由自主地向后闪躲了一下，反应过来之后又重新主动往姜铭怀里凑了凑，侧过脸一手勾着姜铭脖子等他低头后专注地亲了一口姜铭的眉心……

“乖……”姜铭微微怔愣了一下很快就甘之如饴，他的小卷毛明明那么抗拒却小心翼翼地示好，克制着忍耐着又乖乖的。心疼的情绪一瞬间席卷了姜铭，他紧了紧搂着南安安腰的手，平静的心里像是被投进了一颗小石子，波纹一圈圈扩散开来，像是那天下午瑰丽晚霞下有着一对戏水鸳鸯的湖，波光粼粼……

南安安柔软的嘴唇蜻蜓点水般蹭了一下他的眉心，一路顺着他的鼻梁浅浅地吻下来，到鼻尖的时候还调皮地啃了一下，姜铭惩罚性地伸手挠了一下她敏感的肚子，南安安怕痒东躲西躲却逃不开他的禁锢，姜铭嗓音清冽地提醒她：“专心点。”

柔软的嘴唇蹭到他的嘴唇上时，她还小心翼翼地吸吮了一下，又飞快地抬头看他一眼，得意扬扬求表扬的小模样。姜铭赞扬地浅浅一笑，南安安看得有些呆了，他笑起来不似面无表情时那么高冷，眼角微微上翘，英气的眉眼舒展开来，一向冷冽的薄唇带着淡淡的笑意甚至有些惊艳，让人完全移不开眼睛。

南安安正呆愣地看着姜铭的脸，他的眉眼就靠近了，大拇指抵着她的下巴，修长的食指还带着淡淡的混合着粉笔和烟草的独特气息摩挲着她的下唇，捏着她的下巴重新掌握了主动权。他们额头相抵，鼻尖相蹭，午后的阳光从两人眉眼间的缝隙穿过去，逆着光美得像油画。

姜铭甚至没在她嘴唇上停留太久，手指一用力舌尖就探了进去，不同以往舌吻时的浅尝辄止，这次的吻简直是姜铭的攻城略地步步紧逼，南安安的步步后退丢盔弃甲，他的舌头摩挲着她敏感的上颚带起一阵酥麻，卷着她的舌头吮吸……

南安安脸色通红，被放开的时候大口大口地呼吸，拍了拍胸口，还没平复好受到刺激的情绪，姜铭的吻已经一路下滑，到她喉咙那里啃咬了一下引起南安安的一阵战栗。姜铭从她白皙的脖子一路吻到她精致的锁骨，情之所至，还在漂亮的锁骨上留下了红色的印记，暧昧至极……

南安安乖巧地一手搭着他的肩膀，一手紧紧地攥着自己的裙角，他的动作一路向下是她前所未有的新的领域，却又像潘多拉宝盒吸引着她任他为所欲为，带着从没有过的刺激……

周末的时候，南安安主动去那家心理诊所见了久违的年轻心理医生。

她一直对这段恋爱抱着一种小心翼翼的态度，没在一起的时候不敢奢望，在一起之后也逃避去想以后。

这种想法在姜铭带着她去了墓园之后，被打破了，姜铭是认真的，她的逃避却是极不负责任的。而那个午后的亲密也在南安安心里种下了一颗小小的种子，那颗种子一天天向上破土而出，像一颗青芽稍有风吹就微微颤动……

她想，她还是要再勇敢一次。

年轻帅气的心理医生在见到她之后倒是没太惊讶，示意她坐下之后就熟络地和她聊天："安安来了啊，好久不见，最近怎么样，和你男神相处得好吗？"

南安安笑眯眯地点点头，和心理医生熟悉之后她倒是不排斥了，不过她来了几次心理诊所，第一次注意到年轻心理医生有个相当独特好听的名字——游离。游这个姓倒是挺少见的，和什么名字搭配起来都很好听……嗯，除了游秋。

"很好啊，"南安安回过神友好地和心理医生打了招呼之后就表达了来意，"我想来治病。"

桌子后的心理医生略微惊讶地挑挑眉："你想好了？"

比起第一次的排斥和上一次的小心翼翼和跃跃欲试，这一次和前两次完全不一样了……

南安安认真地点头，目光坚定，她知道她的问题更多是来自十二岁那年的心理阴影。南安安靠在柔软的沙发上，耳边是轻缓的轻音乐和心理医生轻柔的低语，耐心细致地引导着她一点点挖开她陈年的心事。

即使如此，亲口描述那晚的事情还是让南安安靠在沙发上的脊背紧绷。

"放松，安安……"游离明明离她很近，声音听起来却有些悠远。

他的手搭在她的肩膀上，带着一种安抚和镇定的力量，南安安停顿了一下，清晰地描述那晚的场景："我很害怕……我觉得男人很可怕，微微被他们按在墙上，那天晚上很黑，路灯很昏暗，还有蝉鸣，我很自责。微微说即使不是那一天也会是别的时候，但是我还是觉得我有责任……”

“你很勇敢，也很坚强，你不是救了她吗？”游离顺着她的思路安抚她，南安安整个人都陷在柔软的布艺沙发里，微微合着眼睛，整个人安静而美好。

“他们扒她的衣服，有时候我分不清我的噩梦和曾经，她一抬头就是我的样子，一模一样。我宁愿那个人是我，又觉得那个人就是我……”南安安手指微微颤抖，语气急促起来。

“不是你，当时你还冲过去捅了他们一刀，那个人才是你。”游离声音温和，淡淡地安抚着她，引导着她。

南安安听进去了，攥着沙发垫的手放松了一些，停顿了一下继续说道：“我觉得那些男人很可怕，很恶心……我害怕他们碰我。”

游离沉吟了一下，缓缓开口：“你记忆里，最后拉着微微，一手抱着你带你们跑出小巷子的人，不也是男人吗？”

南安安半合着眼睛，点点头：“有时候，我也这样想，我想世上也有很好的男人，就像那晚救我们的那个人一样。可我后来交了好多男朋友，他们都不喜欢我躲开他们，我和别人不一样。”南安安有些语无伦次，“何岳……他还和别的女人上床了……”

“安安，那都过去了……”游离有些力不从心，很多事情当我们已经成年尚且难以接受，发生在年幼时更会是一生难以摆脱的阴影。

轻飘飘的安慰和语言太轻，太无力，他继续道：“你做得很好，不用自责，不用害怕，你很爱你的男朋友，他不是他们。”

“嗯。”南安安点点头，紧锁的眉头舒展开。

厚重的深蓝色窗帘被拉开，发出“刺啦”的声响。

南安安结束回忆，一睁开眼睛就被刺目的阳光刺激得赶紧捂上了眼睛，许久才适应了温暖的午后阳光。

说完这些，她是第一次对南微微以外的人说这些，话一出口有些如释重负。

她不知道治疗有没有用，但是一旦迈出这一步就像是有了希望一样。

走出心理诊所时，南安安步履轻快了很多，只是到大厅那里又看到了游秋。游秋提着一个精致的饭盒往里走，目光瞥到她之后有一瞬间的惊讶，上上下下打量了她一下，似乎难以置信……最后抬着下巴朝着她这边走过来。

南安安被那道目光扫射得心里有些不舒服，她们彼此都没说话，擦肩而过的时候向着相反的方向。游秋走进她刚才走出来的走廊，高跟鞋踩在大理石地板上发出清脆的声响。





南安安原本轻松愉悦的心情莫名地像是被蒙上了一层阴霾，游秋怎么也来心理诊所了？难道现在心里有问题的人真的有这么多吗？可是她提着饭盒……南安安晃晃脑袋，不愿多想。

她走出心理诊所的大厅，抬手搭在额头上片刻又放下，午后灿烂的阳光让人心情都敞亮起来。

原本南安安住校就全是因为她家顾球球，现在顾球球实习去市中心她的公寓楼下住了，学霸唐胖胖也和她一样担任商院新生辅导员，同时还在做挑战杯和国创，忙得完全不沾宿舍。孤独的南安安在姜铭的一次提议下，爽快地答应搬到姜铭的公寓里。

说是搬家，其实她也是刚住进研究生公寓，宿舍里的东西本来就不多，下午下课时姜铭跑了一趟就把她的全部家当搬去他的公寓。

全程南安安又是没搭上一把手，姜铭凭着老师的身份，轻而易举地得到了宿舍阿姨的许可到楼道上帮她搬东西。南安安拿着一瓶酸奶看姜铭把她的东西放好，以前顾球球就说过——真正的大男子主义不是逞强、自尊心爆表，而是妥善照顾好自己的女人。

南安安坐在副驾驶座上，心情美好地晃着脑袋哼着轻快的歌。

姜铭手搭在方向盘上，红灯的时候专注地听就听到她哼着：“我把全部都给你，不留一点余地，就算孤独寂寞伤心，也是刚好而已……”

初秋的风灌进车窗，把南安安的长发吹到他耳侧，带着微微的麻痒和淡淡的橙香。

他喜欢的小姑娘坐在他的副驾驶座上，白皙秀气的手指有节奏地叩着车窗，轻快地哼唱着：“我把全部都给你，因为这叫爱情……”

“安安……”姜铭在她唱完一段的空当淡淡地开口。

“嗯？”南安安侧过脸，男神叫安安两个字时尾音拖长，像是宠溺一样，声音好听到她耳朵都要融化了。

姜铭趁着红灯抬手屈指敲了一下她脑袋：“我下周一去德国出差一个月，要不要跟我过去？”

南安安思索了一会儿，她倒是跟顾球球去过好多次了，但是这一次可以说是她和男神两个人的旅行，南安安充满期待正要答应突然想到自己的课程，她听课已经很吃力了，再跟姜铭出去一个月回来就得自挂东南枝了。想到这里，南安安坚定地摇摇头：“我要好好学习。”

“真不去？”姜铭悠悠地又问了一遍，看南安安一边点头一边说：“真不去。”这架势，哪怕他再多问一句南安安就会马上同意。

姜铭见她好不容易下定决心，也就没再逗她，他的钥匙和门卡在安安考研的时候就给她了，当晚姜铭又带着她逛了一趟超市，把冰箱塞得满满的。

第二天，他起得很早，看南安安睡成一团，想到她周一上午没课就没叫醒她，俯身啃了一下她的嘴唇拖着行李箱下楼去机场。

姜铭出差了几天，南安安一闲下来还是挺想他的，好在作为新生辅导员，她闲下来的时候还真不多。

周三她去给学生们开班会，那群孩子以往见了她都各种开玩笑，师生关系很融洽。

这次……南安安隐隐地觉得有些不对劲，大家对她还是很好，但是却带着一丝小心翼翼。

往常孩子们都挺贫的，这次大家出奇地乖巧，其中一个迟到的同学看到她的时候开口正想说什么被简耀冲下来勾肩搭背地拽走了。

班会解散后，南安安刚出了圆阶教室的门就被身后的简耀追上了。简耀小心翼翼地看了看她的脸色，局促地挠了挠头：“老师，我们班晚上准备去 KTV 通宵唱歌……”

南安安还以为他小心翼翼地想要干什么呢，原来是金工的孩子们想去通宵，怕她查寝查到，当即摇摇头：“这么晚了你们出去也不安全……”

她一句话还没说完，简耀就兴奋地接口：“所以老师你去看着我们吧！”

南安安："……"

简耀跟在她身后苦苦劝导："老师，听说 KTV 晚上也不太安全啊，你跟着我们……"

南安安停下步子："我是大力水手波比吗？"

简耀笑嘻嘻地答："那我就是奥莉薇。"

"求你了，老师……"简耀双手合十，旁边几个学生也各种求陪伴，南安安拗不过他们最后还是被拉去了 KTV，她五音不全压根没唱歌，坐在沙发里被学生各种轮流灌酒，以各种千奇百怪的名义。

而简耀作为活动的发起人，倒是一首歌都没唱，一直拿着手机进进出出的，中间一次突然发火差点把手机都摔了。

南安安中途借口去卫生间，到阳台那里透气就看到简耀背对着她在那里打电话，还爆了粗口："你到底删掉了没有！你能干什么！BBS……"

南安安隐隐约约地听到了 BBS 和帖子几个词语，心里升起了一种不祥的预感。

今晚通宵的孩子们各种灌她酒，他们关系还算融洽但是还没到这种亲密的地步，而且小孩们都是一副拖住她的架势，中间南安安拿了一次手机还没解锁屏幕就被人嚷嚷着"玩手机多扫兴"扔到了一边。

南安安走近简耀，站在他身后。

简耀冲着手机那边刚发完火一回头就看到南安安，不由自主地往后退了一步，招呼着她进去继续玩。

南安安摇摇头，认真地看着简耀开口："BBS 怎么了？"

简耀摊摊手："嗨，就是一孙子在 BBS 上骂我，找学长删帖删不掉。"

"是吗？手机给我，我找人帮你删。"南安安淡淡地开口。

简耀神色有些慌张："别，不用麻烦……"

"是骂我吧。"南安安用的陈述句，摊开手心，"你们怕我看到吗？"

简耀挠了挠头发，下定了决心把手机递到了她手心："安安，你别生气我们都不信的，真的，我们全班都不信……"

南安安解锁了屏幕，眼前就是一个 BBS 热帖——《两位数前男友、学渣一秒变学霸、多年心理疾病——多图深度开八西大某女神》。

时隔几个月，楼主又回来了。

大家应该猜得出我八卦的是谁，没错我八卦的就是最近风头正盛、深得经院新生少男心、西大男神的女朋友——南安安。

……

先从两位数前男友说起吧，不得不说命好真是好。在我们为了高考生命不息奋斗不止的时候，某女神用高三一年的时间找了我们一生都消化不了的两位数的男朋友。某女神的前男友无论高低美丑都有一个共同点——学习好，其中一个还是当时我们西大的数学博士。最后南安安轻而易举地以高分考入西大最牛的专业，这一沓男朋友想必各个功不可没。

特地说一下，女神高考数学 140+。

附上，女神和她的男朋友们【图】【图】……【图】

不要说楼主丧心病狂，西中的应该都知道女神有多花心，我只是汇总了一下而已。

不得不说，南安安也是好手段，上大学还是本性难移，倒追经院男神到尽人皆知。然后，她又轻而易举地考上了我们西大最难考的国经所，导师还是经院学术大神。我真是替那些考研狗心寒。任你考研累成狗，不如人有男朋友。

这是南安安本科四年的成绩单【图】，这是南安安考研成绩【图】——真是学渣一秒变学霸，都不带眨眼的。这反差之大是在逗我们？

不过，我们的白莲花女神虽然有两位数男朋友，但人家可是一朵迎风招展的纯洁白莲花啊！人家愣是没和任何一个前男友亲密接触过，也不喜欢和男生走太近，纯洁吧，小清新吧？

你天真了！

我们女神是不得已的，我们女神有病！

这是病历【图】，我也不怕南安安知道我是谁，她在我哥的心理诊所看病，这份病历绝对是真的，我偷拍的。

当然，从十三岁就开始看病也是挺可怜的。

不过扒到这里，楼主想说上帝真是公平啊。

楼主不羡慕那张脸了，感谢我们父母给我们一张正常的脸。

再八一八女神她是怎么有心理障碍的呢？

我们纯洁的女神小时候被强暴了！对了，女神还有一个双胞胎姐姐也被强暴了。

所以说长得美不是你的错，你就别出去勾人了，男人说，怪我咯！

我就扒你了，我就挂你了，仗势欺人、潜规则上位、一脸走天下的某女神你来打我啊！

听说你爸很有钱，我也是醉了才敢来八你哟，土豪！

……

简耀小心翼翼地看着南安安的脸色，看她垂着头专注地看着帖子，面无表情。

灯光在她身后，像是照不到这个角落。

夜风有些凉，南安安站在阴影里看起来单薄而脆弱，她的脸隐在灯光照不到的阴影里，又被手机屏幕的荧光照亮。

她没哭，没愤怒，没崩溃，却比任何一种他意料中的表现更让他心疼。

而那一刻他心里除了心疼，还涌动着一种其他的情绪——他甚至卑劣地想，时间停留在这一刻也挺好，在她最伤心的时候，陪在她身边的人不是姜铭而是他。

简耀摇摇头像是想把这个荒唐又卑劣的想法从脑海里甩出去，他喜欢她，不能自私地这样想。

下午他发现这个帖子的时候，这个帖子已经被顶到了我爱西大 BBS 首页，那时候信息办已经下班了，怎么打电话都没人接。简耀得到通知要开班会后就找男生们串了口风，女生那边女班长也交代妥善了。南安安在军训时对他们很好给大家留下了很好的印象，不是一篇没什么根据的帖子可以摧毁的。

简耀一边故意拖着时间，一边找人删帖，却没想到他们紧张得太过明显还是被南安安发现了。

她远比他们想的要坚强——这个结果让简耀松了一口气，也夹杂着些许失落。

帖子看完之后，南安安翻着下面的回复。

前三页一片附和的骂声，夹杂着几声弱弱的辩驳。

我爱大西大：对整件事情完全不清楚，我只说一句话，我是个女生，实在不理解就算女生被强暴了，什么时候也变成女生自己的错了？楼主幸灾乐祸的嘴脸不要太难看！

路过：楼上加一。

看热闹：楼主你这么作死你哥知道吗？泄露病人资料要吊销执照的你造吗？



到第四页的时候，南安安就看到以前金工熟悉的整齐小马甲了。

——10金工01：楼主，我只关心，说好的直播吃翔呢！吃翔呢！翔呢！呢！

——10金工02：楼主，你不吃翔，人和人之间基本的信任已经没有了！

——10金工03：楼主，这酸爽，真够味，我也是醉了。

——10金工04：楼主，嘴脸太难看了！

——10金工05：大哥二哥别这么说，楼主这话一出口，看不出她已经吃过了吗？不过是没直播罢了，楼主，求直播！

——10金工06：楼上破坏队形的，叉出去拖死，顺便楼主嘴脸太难看！

再往后翻一页就看到了唐圆的回复——

10金工唐圆：你找不到男朋友是你丑！你考不上研是你蠢！你说强暴就强暴了，我说你死了，你特么现在就是鬼魂了！分分钟告死你，分分钟弄死你！

——壮哉我大西大我滴嫁：看到这里我心甚慰，我大西大还是三正直的人多！

楼已经盖得极高了，南安安全程看下来眼睛都有些疼，晚上被灌了太多酒头也有些晕。

她所想到的最坏的结果不过是游秋把她的病历发出去，却没想到……

强暴……

南安安握紧了手里的手机，游秋这次是真的惹到她了。

把手机还给身后一直没走的简耀，南安安走了几步趴在阳台的雕花栏杆上，夜风吹得她脑子清醒了一些。

简耀紧张地大步走过来趴在她身边小心翼翼地开口："安安，你别难过……"

南安安摇摇头。

这样的人身攻击和诋毁让她很生气很愤怒，但是看完整篇帖子后，她却没有她想象的那么难过伤心。

有人说，最可怕的不是来自敌人的攻击，而是朋友的沉默。

她金工的小伙伴们，她的唐胖胖，他们毕业后五湖四海各奔前程，他们还是在 BBS 上帮她说话，像上次一样。

还有，她的学生们。

这个世界上总会有人对你充满恶意，也会有人站在你身后。

你无法躲开那些恶意，却可以从那些善意中汲取温暖。

南安安趴在栏杆上吹了一会儿风就回包厢了，她推开包厢门的一刹那，整个包厢都安静了下来，大家的目光都投向了她。

南安安对着金工的孩子们鞠了一躬，扯了扯嘴角想笑一笑："谢谢你们，我会处理好这件事情的，大家明天还有课，还是回去睡觉吧。"

"老师……"金工的女班长走过来欲言又止，"我们很喜欢你，不管帖子说什么我们都喜欢你。"

南安安伸手抱了一个软妹子："老师也很喜欢你们，快回去吧。"

学生们成群结队地离开之后，南安安一个人坐在偌大的包厢里，抬手拿起一个酒瓶倒了满满一杯酒一口闷了。

连着喝了三杯，南安安整个人陷在柔软的布艺沙发里有些恍惚，她掐了掐眉心呼出一口气，包厢的门又响了一声。

南安安抬眼就看到简耀端着一杯水走进来，坐在她身边的沙发上把水杯递过来："老师，喝点温水，我送你回家。"

温热的水流滑过喉咙缓解了她的口干舌燥，南安安喝完了整杯水把杯子放回桌子上轻声说了声"谢谢"，她看着眼前的简耀都有些重影了。

她酒劲一向上来得慢，但是一上来还是挺难受的。

"走吧。"简耀轻声道。

南安安酒劲上来脸颊都是红的，乖乖地点点头自己往外走。

走出KTV的时候南安安头有点晕，脚落地的时候都踩得有些虚，深一脚浅一脚地朝前走。

简耀紧紧跟在她身后，想伸手去扶着她，但想到那个帖子里说南安安讨厌和异性身体接触又收回了手，只虚虚地扶着她。

C市华灯初上，路灯把南安安的影子拖长在地上。

简耀踩在她拖在地上的影子上，整个人走在她的阴影里，心如擂鼓。

明明夜风凉爽，看南安安深一脚浅一脚在前面走，他还是出了一鼻尖的汗。

夜色正好，这样的场景让简耀心里生出几分冲动。

“安安……”简耀快走几步和南安安并排走，终于下定决心开口，像是说给她听又像是说给自己听，“总有一天，我会出现在你家的餐桌上。”

南安安酒劲上来醉得不轻，听到他这样说歪着头看了他一眼，浅浅地笑了一下露出漂亮的小酒窝。

简耀心脏跳得很快，他几乎不敢去看南安安的眼睛，酒不醉人人自醉。简耀正沉浸在这个惊艳的笑容里，就听到南安安疑惑地开口道：“出现在……我家的餐桌上？”

简耀狠狠地点头。

南安安笑眯眯地点头，小酒窝若隐若现：“清……清蒸猪头！”

简耀沉默了一会儿：“……我想以另一种方式。”

南安安眨眨眼睛：“红烧？”

简耀：“……”他也是醉了，他不能以人的方式出现在餐桌旁吗？！

把南安安送到研究生公寓楼下，看她走进门里朝后面挥挥手简耀才离开，宿管阿姨怎么都不会放他进去的。

南安安掏出钥匙开了门之后，才想起来自己的东西都搬到姜铭家里了，她爬上唐圆的床整个人埋在被子里蹭了蹭。

第二天起床的时候南安安头还有些疼，她顺手掏出手机登录我爱西大BBS点开依然飘在首页的帖子，点了末页之后一拉到底就看到了庆元大君的最新回复。

——庆元大君：南萌萌，拿出你的微信来，对了，你没装，来，拿出你男人的微信来，弄死她！

南安安心里正流淌暖意，一看到“你男人”三个字整个人一愣，扒拉着手机就去找庆元大君的联系方式，好不容易找到之后南安安把电话打过去，何庆元很快就接起了电话：“南萌萌，不要伤心不要难过……”

南安安急切地打断何庆元的话：“庆元大君，别告诉姜铭……”

那边何庆元停顿了一下，歉疚地开口：“恐怕他已经知道了，刚才游夏还找我问他最新的联系方式，说要替她妹妹向姜铭道歉……南萌萌？”

南安安挂了电话，头嗡的一声炸开，姜铭看帖子了？他知道她有病了？

巨大的恐慌笼罩着她整个人，手机铃声又不停歇地响了起来，南安安接起电话：“喂？”

庆元大君松了口气：“南萌萌，刚才游夏给我打电话了，她没能联系上姜铭，你不想让他知道的话我让信息办封号。”

“谢谢！”南安安呼出一口气，她赌不起。

挂了电话之后，南安安暂时不想这些，直接去经院圆阶教室堵游秋。

刚到圆阶楼下南安安就看到了脸上洋溢着笑意的游秋，她和一个女生边走边说，不时夸张地笑几声。

南安安走近了几步，游秋瞪着她心虚地后退一步，想了想又重新趾高气扬道：“你来干什么？！”

她身边的女生瞥了一眼南安安一脸的同情讽刺。

南安安逼近了游秋几步，浅浅地笑了一下，“打你啊。”

看游秋勃然变色，她又走近一步：“你不是说等着我来打你吗？”

正值第二节课下课的时候，从教室里出来的学生们成群结队地背着书包走出来，来来往往的人很多，南安安站在圆阶外面听到路过的人低声耳语，她隐隐约约地听到“强暴”“可怜”几个字。

看帖子的时候，南安安尚且可以冷静，但是真的身临其境的时候她真的做不到，她站在来来往往的圆阶门口，整个人像是被剥光了一样任人评头论足。

南安安曾经看过一个关于强奸案的电视剧，在女主愤怒地要去告那个男人的时候，她找了很多和她有相同经历的人一起起诉，那些女人无一例外都拒绝了她。那时候南安安很不理解，她问安漾：“妈妈，为什么她们不告他？”安漾说：“告了之后是一时的快意，但是她一辈子都要忍受别人异样的目光。”

她现在就袒露在这样的目光里，无所遁形，才知道连最温和的同情有的时候也是一把最锋利的刀。

她和南微微经历那天晚上之后拉钩保守的秘密，连父母都不愿告诉、连那群混混都没追究想要保全的尊严，现在……

她最不愿回忆的曾经被添油加醋地摊开在所有人面前，而罪魁祸首得意扬扬地站在她面前欣赏着自己的杰作。

南安安知道她打了游秋会让事情更糟，可是她控制不住自己。

人一多，游秋反而有了底气，她抬抬下巴挑衅地看了一眼南安安，甚至主动把脸凑了过去：“人这么多，你有种就当着大家的面打我啊，让大家都看看我戳中你痛处你跳脚的丑样啊，来啊……有种你来啊……”

“我没有种……”南安安看着游秋得意扬扬的样子，“一样打你。”

她话音都没落巴掌就先落了，“啪”的一声清脆响亮，全场都安静了三秒，接着人群沸腾了。

不知道是谁的手机铃声响了，还是那熟悉的旋律，还是那动人的歌词——

“天空飘来五个字儿，那都不是事儿……就是这个 feel 倍儿爽，倍儿爽，倍儿爽，爽爽爽爽……”

游秋捂着脸足足愣了好久，“你居然敢打我！”她气得手都在发抖，南安安居然真的敢！南安安手劲不算大，但是大庭广众之下被人甩耳光更多的是屈辱。

游秋眼睛都红了，自己做了那么多就想看到南安安身败名裂，可是她站在这里，不见一丝狼狈。

就像那天下午在咖啡厅，她朝着南安安吼没有你爸爸你算什么时一样。

南安安心平气和，而她就是那个笑柄。

游秋松开捂着脸的手，尖叫了一声朝着南安安扑过来，扬手就要揪她的头发。南安安灵活地躲过了她的手，游秋扑了个空之后气急败坏一脚就狠狠地往南安安肚子上踹，围观的女生倒吸了一口凉气，这一脚下去……好在南安安小时候被安漾揍多了，力气不大身姿还算灵活，堪堪避了过去，但左腰还是被蹭了一下。

这边互殴事件一出，经院方楼那边的老师就来了，南安安从没想过自己也有打架被叫家长的一天，好在安漾不在国内。

南安安坐在院办公室的沙发上，等着游秋的家长来兴师问罪。

办公室门一响南安安抬头就见游夏走了进来，游秋鼻子被砸出了血，脸颊还有她的手印，看起来触目惊心。

游夏进来之后游秋并没有得到了依仗一样的表现，反而是恨恨地瞪着游夏。

游夏递了张纸巾给她之后就淡然地把目光投向南安安："安安，小秋还小，可能……"

南安安理解地点点头："我比她还小。"

游夏被噎了一下，还是心平气和道："这样吧，我们这边不追究你打游秋的事情，BBS 的事你也不追究游秋的责任，各退一步怎么样？看在我和姜铭的关系上。"以游夏的经验，游秋的帖子可以算得上网络诽谤罪。

南安安摇摇头，油盐不进："请追究我。"

……

谈判进入了一个僵局，从办公室出来游夏撂下游秋，坚持要单独请南安安喝咖啡，南安安坐在咖啡厅里看着对面游夏优雅地搅拌咖啡。

"我先对你说一声抱歉。"游夏刚才被南安安拒绝了依然态度很温和，语气很温柔地开门见山道，"设身处地来讲，游秋这件事做得很过分，给你的生活带来了很大的困扰。但作为姐姐，我恳求你不追究她。"

"我知道这个要求很无理，事实上，自从游秋回到游家之后，我就经常低声下气跟人求和。我父亲是个很重男轻女的人，继我之后终于有了游离他还是不满足，结果第三胎是女孩，我父亲就为了前途把游秋送给了一个远房亲戚。前几年我父亲退休了，为了他的良心就把小秋接了回来……我承认，她心里是扭曲的。

“说实话，如果这件事情单单扯到游秋，我不会这样恳求你。只是一旦你告她，势必会牵扯到游离，我弟弟在这件事情上有责任，但是也很无辜。虽然我们都想对游秋好一些，但是我也知道，她挺乐意看到我和游离不幸的，也许是因为小时候被父母放弃留下的心理阴影。

“我知道你可能想说这个世界上很多人遭受不公平的待遇，但并不是每一个人都会同样去恶意中伤别人。”作为一个法学博士，游夏头头是道，逻辑清晰地堵了她所有的话，“请你体谅我作为姐姐的心情，抱歉，我们对她有所亏欠。”



打完亲情牌之后，游夏又趁机抛出一个新的话题，她必须让南安安无暇顾及游秋的事情：“我把帖子的事情告诉姜铭了，他暂时还没有回复我……”

南安安手中的陶瓷杯落到桌子上发出一声清脆的响声，一阵风一样卷出了咖啡厅。

一件事情还没有发生的时候，人往往会惶恐害怕不安。平静之下酝酿的暴风雨总是让人胆战心惊。

但是暴风雨终于来的时候，南安安却有一种尘埃落定的感觉，她甚至松了一口气。

回到姜铭公寓的时候还早，南安安坐在沙发上蹭了蹭柔软的抱枕，细细地看整个客厅才发现这里和她第一次来的时候完全不一样了，沙发的颜色是温馨的米色，窗台上还依次摆着从高到低的仙人掌，还有被风吹起来的浅卡其色窗帘。

她在这里留下了很多痕迹，但是在姜铭那里呢？

南安安把手机翻到联系人那里，第一个就是姜铭的号码。

她没有丝毫犹豫地点击了通话键——没人接。

机械而甜美的女声在安静的房间里，清晰而坚定。

南安安打了多少次电话……

那个女声就重复了多少遍。单调重复到让人崩溃。

南安安把脸埋在沙发扶手里，像无数次坐在姜铭身上探着身子枕在沙发扶手看电视那样，姜铭总会捏着她腰把她轻而易举地拽回去。

天色暗下来的时候，南安安打开冰箱给自己取了一瓶酸奶，她几乎一整天都没吃东西胃里空空的。

刚走到客厅那里就听到了自己的手机铃声，她从没有一次觉得自己的手机铃声如此动听，南安安放下手里的酸奶冲到沙发那里探着身子把手机捞起来。

——不是姜铭。

南安安接起电话：“喂，妈妈？”

“安安。”安漾的声音从听筒里传过来。

客厅的灯没有开，南安安捧着手机站在光线昏暗的客厅里，低声又叫了声：“妈妈。”

安漾疑惑地嗯了一声：“怎么了？”

南安安把头埋进抱枕里：“妈妈，我有点难过。”

安漾似乎听出了她的不对劲，放柔了声音说道：“安安……乖……”

最后那个字她停顿了一下说得不太顺畅，南安安一直都知道安漾从来都不是一个温柔的妈妈，她一向对南安安和南微微要求严格。她小时候一哭安漾就会冷着脸对她说“收”，很少这样哄她。

她明明憋了一整天，像安漾一直要求的那样，要勇敢要坚强，现在却一点也忍不住了。

“妈妈，真的没有男人可以接受柏拉图式的爱情吗？”南安安问完之后，屏气凝神地等着那边的回答。

那边安漾沉默了很久，南安安捧着手机听安漾的声音从听筒那边传过来，她说：“……很少。”

姜铭走出机场大厅的时候天已经黑了，他抬手看了一眼手表，时间已经很晚了。姜铭还是开机直接给南安安打了个电话，电话那边出乎意料的是“您所拨打的电话已关机”。

姜铭招手拦了一辆出租车，坐在车上又给南安安打了几个电话，还是已关机。

他知道南安安晚上睡觉从来不关机，前几次他强制关了她的手机，南安安也要偷偷地重新开机抱着手机看笑话。久而久之姜铭就睁一只眼闭一只眼了，直接把她捞过来捂眼睛。

关机……姜铭心里生出一丝不安。

到了公寓后姜铭拿钥匙开了门，客厅里一片漆黑，他抬手按了开关。

灯火通明的客厅看起来空荡荡的，姜铭把薄风衣扔到沙发上，行李箱撂在楼下直接上了楼。

主卧里没人，书房也没有。

姜铭甚至还去客房看了一眼，也没人。

已经十一点多了。

姜铭开车去了趟学校，研究生公寓的宿管阿姨肯定地说南安安已经两晚没回宿舍了，怕姜铭不信，阿姨还摆摆手："二十一宿的丫头们我都记得一清二楚呢，她确实没回来。"

姜铭在找遍了学校后又开车去了一趟南安安家里，她家里所有的窗子都黑漆漆的，还是没人。

姜铭坐了十几个小时的飞机，又开车找了一夜，查学校通讯录找到唐圆的电话打过去，唐圆也不知道南安安去哪儿了。

姜铭靠在车门上有些疲惫地掐了掐眉心，南安安真的离家出走了。

"老师……"唐圆一路跑过来还气喘吁吁的，一手扶着车门拍着心口喘气，"我也打不通安安的手机。"

她犹豫了一下："老师，安安很有可能是回美国了，毕竟快中秋节了嘛。"那个帖子已经被删了，唐圆犹豫着要不要说出来，想了半天还是没开口，万一姜铭知道了和南安安分手……

姜铭看了连睡衣都没换下来的唐圆一眼，把自己的手机号告诉唐圆以便南安安一旦和唐圆联系他能第一时间得知，最后说了声"谢谢"就走了。

唐圆看着姜铭的车驶入夜色里，又给南安安打了几次电话还是没人接。

九月的C市已经不太热了，入夜后甚至还有些冷，纵使如此姜铭到家的时候还是出了一身汗。他走到餐厅那里从冰箱中取了一瓶矿泉水，正要拧开就听到手机铃声大作。

屏幕上弹出一条彩信，发件人是唐圆，彩信的内容是BBS上帖子的截图。

姜铭修长的手指划着屏幕，神情越发冷冽，向下拉到最后的时候抬手就一拳砸到了冰箱上。

唐圆说安安伤心了。

在她最伤心的时候，承受着来自别人的恶意的时候，他没陪在她身边。

姜铭收回砸到冰箱上的左手，力道太大他的手有些麻木。

他抽出一支烟，用打火机点了几次没点着，打火机砸到地板上发出一声清脆的声响。



这就是游秋口中的——我妹妹在 BBS 上发表了一些不太好的言论。

南安安一直欢快又逗比，那件事情却是她唯一的软肋。

姜铭早就发现了南安安对他们亲密接触的不自然，他以为不说破是最好的。

十二岁的小卷毛对于得知父母的事情而心理阴暗的自己而言，就像是铺天盖地的阳光，隔着屏幕都带着温暖。

十九岁的南安安对于姜铭依然如此。

在接受阳光的时候，他就做好了准备——有阳光的地方，也会有阴影。

每一次看南安安条件反射地躲开他的怀抱后，又小心翼翼地靠过来主动搂着他，主动亲他，他都有种冲动想告诉她他没那么在乎。

是没那么在乎，但也不是完全不在乎。

他是个男人，纵使家庭原因和对姜洋所作所为的厌恶让他像赌气一样洁身自好至今，他也不可能面对着喜欢的人无动于衷，清心寡欲没有任何生理需求。

他想抱着她，想亲吻她，想要她把全部都给他。

他一样期待着情到浓时的顺理成章，纵使知道南安安有心理阴影。

所以最终他还是没开口，一方面是她那么小心翼翼掩藏的秘密，他就装作不知道不去戳她的伤疤；另一个原因，大概就是他还是希望她能好的，他希望自己是南安安的那个例外。

却没想到……一星期的时间，那个给他哼唱“我把全部都给你……不留一丝余地”的小卷毛就走了。

她有多伤心呢。

姜铭手里的矿泉水瓶被握得有些变形，南安安再坚强再乐观也只是个不满十九岁的小姑娘……

多年来，姜铭像有强迫症一样习惯有条不紊地做每一件事，而现在他提不起劲。

扔在茶几上的手机不遗余力地响着，姜铭扫了一眼游夏两个字没接，他现在没有任何心情去听她为她妹妹开脱或条条在理地辩驳。

茶几上的手机一直响到耗尽了最后一点电才彻底安静了下来。



姜铭点了支烟抽了几口就捻灭在烟灰缸里，不多时烟灰缸里就满满都是烟头。

他是第一次发现这个房子这么大，客厅这么空。

沙发上还放着南安安看电影时最喜欢抱的抱枕，窗帘也是她挑的温暖的卡其色，一切像是和以前一样，又像是再也不一样了。

他刷牙的时候会看到她的牙刷杯，洗脸的时候会看到她的毛巾，用剃须刀的时候也会想起南安安第一次笨手笨脚地给他刮胡子。

她就这么招惹了他，又跑了。

去他的爱和性缺一不可！

“喂，我查到了，查了这几天所有的航班简直累成狗……你一定要请我吃饭，”电话那边的朋友絮絮叨叨的，“是飞往洛杉矶的，时间是……”

时间是那篇帖子发出来的第三天凌晨。

姜铭捻灭烟头，订了最近一班的航班从行李箱里直接拿出证件就要出门，走到玄关处的时候却听到了钥匙开门的金属碰撞声，在安静的空间里格外清晰。

姜铭站在原地，看着锁眼转动了一下……

南安安把钥匙插进锁孔转动了一圈，她走的时候明明还上了防盗，这次只转了一圈就听到了锁开的声音。南安安有些疑惑地开了门一走进门就咳嗽了起来，偌大的客厅里满满都是烟草味，呛得她差点眼泪都出来了。

南安安往里走了几步，就看到了姜铭站在玄关那里，他还穿着衬衣甚至没换家居服，这对于轻微洁癖的姜铭而言还是破天荒第一次。

他的黑色衬衣有些皱了，姜铭站在她几步之外眉头紧锁，莫名散发着一种生人勿近的气息。

几天不见，姜铭看起来像是憔悴了许多。

南安安笑眯眯地抬手朝他挥了挥，热情洋溢地跟他打了个招呼："嗨——"

姜铭没回应她，他站在几步之外，漆黑的眸子把她牢牢钉在原地。

南安安本来鼓起勇气回来了，看到姜铭这样不动声色的样子又有些不安，她生气自己骗了他吗？

她拖着行李箱的手紧了紧，正想开口说什么就被一道阴影笼罩住了，她一下子就被姜铭按到了墙上，他一只胳膊撑在她耳边把她禁锢在墙和他之间。离得太近南安安呼吸间都是姜铭身上强烈的烟草气息，她整个人被姜铭按在墙上一通吻，不像以前任何一次。

他第一次吻她吻得不那么小心翼翼，又不止是浅尝辄止那么简单，带着浓浓的占有欲，甚至还有一些惩罚的意味，疾风骤雨一般席卷了她所有的感官。南安安觉得自己嘴唇都要被咬烂了，姜铭都没放开她。

"唔——"南安安想说些什么也被堵回去了，许久姜铭才离开了她的嘴唇，却丝毫没放松对她的禁锢。南安安垂着头大口大口地喘着气就听到姜铭的声音从她头顶上方传过来，低沉喑哑："你去哪儿了？"

南安安好不容易顺过气，听他这样问有些莫名其妙，他不是应该先问她她瞒着他的事情吗？不过她还是乖乖地回答道："去找我爸爸了。"

"我走得很急打你电话你不接，我还给你留了小字条。"南安安看姜铭的手松了一下，拉着他的手就往客厅里面的小餐厅走，边走边解释，"我还怕你看不到专门贴到了冰箱上，咦，小字条呢？"

南安安看着干净的白色冰箱门摸了摸鼻子："我明明贴了呀。"

南安安说着弯腰在四周找："太久没用胶不粘了吗？"很快她就眼尖地发现了姜铭脚边的白色便笺纸，南安安指了一下姜铭脚下，"在那里。"

姜铭黑着脸，想到那天晚上他愤怒地砸了一下冰箱门，力道大到手都发麻了，这玩意儿应该就是那时候掉下来的。

姜铭弯腰捡起那张小便笺，便笺纸上的字龙飞凤舞，看得出写字的人写得有多急，内容也相当言简意赅——

老师：

我有病，去治了。

南安安

姜铭修长的手指弹了弹那张小字条，纸张在空气中发出的清脆响声传到南安安耳边。

南安安觉得她就像变成了那张姜铭指间的纸一样，他漫不经心地弹了弹，她的心脏就跟着颤了一颤。 

而这张字条的命运全掌握在他手里。

她既然回来了，就做好了接受一切的准备。她鼓起勇气把一颗心剖开摆在姜铭面前，无论他要还是不要，她都会努力欣然接受。

见姜铭的目光还没从那张便笺纸上收回来，南安安不由自主地双手交握。生怕姜铭希望越大失望越大，南安安不等他开口就抢先坦诚："虽然我去了，但是我其实还是没治好……"

姜铭："……"

"我可能需要很长时间才会好，也可能不会好……而且即使我好了，以后你可能也不会尽兴，我是说，ml 的时候……"南安安声音很低，有点小心翼翼的。

姜铭最见不得南安安低落的模样，看她这样小心翼翼地坦白就觉得胸口一滞，南安安离家出走这几天他最大的感悟就是留得青山在不愁没柴烧。无论以后怎么样，他们之间来日方长。他得把南安安先留在身边再从长计议，现在最重要的就是表态，想到这里姜铭不由得冷哼一声："ml 是什么，毫升吗？"

南安安："……"她好不容易鼓起的勇气！

南安安背好的台词忘了个干净，姜铭难道还没看帖所以还不清楚她到底得了什么病，应该是这样……南安安认真地补充："对了，我其实不是神经病，我是性冷淡。"

"……"姜铭无言以对，逗比孩子你真是赢了。

"其实游秋说得挺对，除了强暴那里。"南安安垂着头，鞋尖在地板上画了个半圆，她急切地补充，“我真的没有被强暴……”

“我知道。”姜铭的声音由于这两天抽了太多烟，不复一贯的清冽，低沉喑哑却有着让人心安的力量。

听他语气那么肯定，不是安抚性地敷衍。南安安吸了吸鼻子，姜铭从餐桌上的纸抽里抽出了一张纸覆盖在她鼻子上，捏住了她的鼻尖。南安安自然而然地就着他的手狠狠地擤了一下鼻涕，才后知后觉地抬起头告诉姜铭：“我这次是真哭了。”



姜铭捧着她的脸亲了亲她湿润的睫毛，南安安舔了舔刚才进门时被亲肿了的嘴唇：“他们都说你总有一天会不要我，以后会和我分手，还有离婚。”

姜铭打断她的话，眼神凌厉起来：“他们是谁？”难道他不在的时候秦怡又去找南安安了，还是姜洋？

“百度、谷歌还有天涯。”南安安交代得很快，“他们都说我明明有病还和你在一起很自私，但是我不想做一个高尚的人。”她说着抬头看向姜铭的眼睛。

“一开始的时候，我想着万一你也性冷淡呢？”南安安不好意思地笑笑，“我姐说手凉的男人肾虚我还窃喜了很久，我觉得这样多公平。”

姜铭脸上波澜不惊，心里却波涛汹涌，我记住你了，我总会让你知道的。

“后来我发现你不是，而且我发现我很喜欢你抱我，喜欢你亲我，”南安安摸摸鼻子，“我也喜欢亲你，我会努力好起来的。”

南安安直直地对上姜铭的眸子，说得坚定而认真：“我是想说，我还是想和你在一起。”她一只手抓着另一只手，忐忑地等着姜铭的回答，无论如何她终于全说出来了，而姜铭根本没让她等。

“我也想。”姜铭低头和她额头相抵，鼻尖相蹭，轻轻地啄了一下她的嘴唇，“安安，我爱你。”

南安安眨眨眼睛，她终于知道那么多女孩子执着于一声“我爱你”的原因。他在她耳边这么说的时候，她像是听到了花开的声音，她这段时间蒙上一层阴霾的全世界都被这句话点亮了，像拨云见日，她站在这里，看着他身后光芒万丈。

如果不是嘴唇疼她想好好亲亲姜铭。南安安红着脸，整个人轻飘飘的有种不真实感，一切美好得不可思议，就像是她曾经经历的所有不好的事情，都是为了和姜铭在一起。

他说爱她，他说也想和她在一起……

南安安喜滋滋的，伸手回抱住姜铭乐呵呵地笑，想到那天晚上她一遍一遍打姜铭电话又开口问道："老师，我走之前给你打了好多个电话，你都没有接，我还以为……"

"我给你打电话你也没接。"姜铭挑挑眉，指出事实。

南安安摸摸鼻子："我在飞机上。"

姜铭："我也在飞机上。"

飞机：怪我咯。

沉默蔓延开来，南安安任姜铭抱着，如此温馨甜蜜美好的气氛下，就听姜铭的声音从她头顶传过来："解决了这个问题，就该收拾你了。"

……收拾？

南安安正想着冷不防她屁股"啪"地就被拍了一下，力道还好，声音在安静的客厅里尤其响亮。南安安整个人被姜铭抱在怀里避无可避的，脸烫得能煎蛋。一下子就想到姜铭问她再有下次时，她说你揍我。

可是这种被人抱在怀里漫不经心地打屁股简直是……

而且姜铭的手在拍了一下之后没有立刻离开，还覆在她那里，修长的手指甚至漫不经心地在拍了一下后还揉了揉，南安安羞得差点跳起来，想到自己要说到做到才强忍了。

她垂着头："别……"南安安说着讨好地在姜铭身上蹭了蹭。

姜铭有些燥热，南安安抱着他和他贴得很近，蹭他的时候她胸前的柔软就压在他肋骨那里。而现在他一低头就能看到她被他亲得红艳欲滴的嘴唇，还有她领口精致的锁骨，一路向下还有若隐若现的米色的维密，带着勾人的弧度。

南安安也察觉到了不对劲，她胸不小所以穿文胸从来都是穿最薄的那款，刚才喜不自胜蹭姜铭的时候……简直就是没有阻碍啊。

他们刚才没开灯，天色暗下来后整个客厅昏暗得有些暧昧。

客厅太过安静她甚至能听到彼此交织在一起的呼吸声，南安安想到自己刚才承诺好的“我会努力好起来的”没有躲，竖着耳朵听姜铭原本有些急促的呼吸声一点点恢复正常，南安安左顾右盼：“我饿了，你饿了吗？”

“嗯。”姜铭说着就近越过南安安，从冰箱里取了两颗鸡蛋和一块牛排，“想喝粥还是吃面？”

危机解除，南安安欢快地接过姜铭手里的两颗鸡蛋，眼尖地看到了姜铭左手青了一大片：“老师，还是我来吧，我下面给你吃。”



姜铭低低地嗯了一声，好在那声“老师”让他收起了刚才歪了的心思。

南安安把鸡蛋放在桌子上跑到楼上换了舒服的家居服，经过书房的时候见姜铭站在书架前也跑进去，就看到姜铭把那张便笺纸夹到了一本书里。

姜铭刚把便笺纸夹进去就感觉到自己颈侧温热的气息，南安安整个人搭在他身上伸长手拿起另一张纸欣喜道：“咦，你还保存着我的请假条呀，你那么早就喜欢我了呀。”

姜铭点点头，南安安就更嘚瑟了，“我就知道我可是无往不胜的……”说道一半她看着姜铭似笑非笑的表情捂上了嘴，迅速跑下楼煮面。

一说到无往不胜她就想到游秋，想到那个帖子和还没有解决好的事情，南安安心里就有些乱，她是想考博想留校的，如果照她的原计划她还要在西大待好几年，而那个帖子带来的影响不说短期内，至少好几届学生都知道了。

见到姜铭并得到承诺的喜悦冲散了这几天一直盘旋在她心里的隐忧，而现在那丝情绪又浮了起来。

她是一定要澄清事实的，她没有那么强大的心灵背负着一个被强暴的名声继续在西大混得风生水起，但是想到游夏那天找她说的话她又有些犹豫。

一旦她告游秋，一来这件事情确实会牵扯到游离，游离是对她最好的一个心理医生；

二来，一旦事情闹大原本没看帖子的同学也会知道，这样就真的是全校皆知了，甚至为了证明游秋在那一点上是捏造事实，可能还会把南微微牵扯进来，安安自己毕竟还是目睹，而南微微是真切地经历了，即使那些人最终没有得逞。

最可怕的不是凭空的造谣，而是戳到你痛处的添油加醋。

南安安心不在焉地煮着面，她煮面的手艺相当不错，精致的青花瓷碗盛着细细的面，还浮着碧绿的青菜，连打在面上的荷包蛋都一个比一个圆。小时候她就指着这手艺赚零花钱呢，她第一次煮一碗软趴趴的面疙瘩出来的时候，南是赞不绝口，从此南安安就爱上了做饭并自认为在做饭这方面天赋异禀。

“我厉害吧？”南安安得意地把面条推到姜铭那里，得到姜铭称赞后眉开眼笑，“老师，你的手用筷子吃面方便吗？”

姜铭原本准备接筷子的左手停顿了一下，自然道：“不方便。”

然后，南安安一脸“我就知道”的表情递给了他一个叉子……

姜铭没接，直截了当：“你喂我。”

“好。”南安安答应后用筷子挑起一根面条伸长胳膊递到姜铭嘴边，隔着一张桌子的距离，面条还没到姜铭嘴边就掉到了桌子上。南安安有些尴尬正要再挑一根就见姜铭迈开腿走过来顺手把她抱起来然后坐到她的椅子上，抱着她指了指她眼前的面。

南安安坐在姜铭大腿上脸上发烫，不知道是害羞还是被眼前热乎乎的素面熏的。坐大腿这种亲密的事情真的是无论来几次都会让人禁不住脸红心跳，她捏着筷子好几次都没能顺利挑起一根面条，好不容易才成功了一次，她把面条挑到姜铭嘴边的时候热得出了一鼻尖的汗。

南安安正挑面条时姜铭的手机铃声一下子就打破了他们之间暧昧到极致的气氛。

南安安瞥了一眼屏幕，就看到手机上正闪烁着游夏的名字。

The world
is always good

# 第八章

最可怕的不是凭空的造谣，
而是戳到你痛处的添油加醋

想到那天下午她在游夏面前溃不成军的样子，南安安就心塞塞的。不得不说游夏口才极佳，那天下午她坐在咖啡厅里，游夏和颜悦色的几句话抛出来，说得她有种她自己才是罪魁祸首，她一旦告了游秋那就是罪大恶极仗势欺人的错觉。

还有那句，看在我和姜铭的关系上……

南安安看了姜铭一眼，直接把刚刚递到姜铭嘴边的面条转了个方向送进了她自己嘴里，就见姜铭伸出手指懒洋洋地钩过手机摁了通话键和外放。

游夏的声音从听筒里传过来依然不疾不徐，似乎这几天接连不断地给姜铭打电话的人不是她一样，她开门见山地说道："姜铭，南安安在你身边吗，我有话跟她说。"

南安安被噎了一下，姜铭把放在一旁的水杯递到她嘴边喂她喝了几口水，看她好一些了才悠悠开口道："你可以直接跟我说，她还小……"

那句话"她还小"说得有些意味深长，姜铭和游夏一起长大。从两人上幼儿园起就一直同班，乃至中考、高考、考研、考博都保持着一样的节奏。对于游夏也足够熟悉，她当时怎么帮游秋开脱他不用问也一清二楚。

游夏停顿了一下，听到南安安咳嗽的声音就知道她确实在姜铭身边也就直截了当地开口：“南安安，我们约个时间把这件事情彻底解决一下怎么样，游离想跟你道个歉，还有小秋也想。”

游夏那边应该也开的是外放，南安安清楚地听到了游秋朝着游夏尖锐反驳的声音，夹杂着摔东西的巨大声响。到最后似乎是没和游秋达成共识，游夏匆匆地说了声“抱歉”就挂断了电话。

所谓的“彻底解决”也就不了了之了。



结束了没头没尾的通话，姜铭起身拿起桌上的碗筷去厨房洗碗。

修长的手指转着青花瓷碗，姜铭眸色深沉，如果不是游夏提醒的话，他依然沉浸在南安安乖乖回来的愉悦中几乎忽略了游秋做的好事。

吃完晚饭后，姜铭懒洋洋地搂着南安安在沙发上看电影，南安安被他搂得很热又挣不开。她现在越发觉得自己是挖坑把自己埋了，以前她没跟姜铭坦白的时候姜铭都是点到为止浅尝辄止，有时候甚至她自己都觉得意犹未尽他就收手了。而现在她坦然告诉他她有病之后，姜铭反而总是漫不经心地搂搂她抱抱她亲亲她，南安安根本没看进去电影，看半小时连女主名字都没记住。

所有的神经末梢都感知着姜铭看似不经意实则煽风点火的手，电影里的男人手指沿着女人弧度漂亮的背沟一路下滑到女人的股沟时，姜铭的手指也懒洋洋地从她的脖子一路下滑。南安安缩缩脖子向后仰了一下试图躲避姜铭的手指，感觉到他带着凉意的手指离开她的脖子之后南安安刚松了一口气，就感觉到姜铭温热的鼻息洒在她颈侧，越来越近……

南安安呼吸急促起来，他们还没试过脖子以下的接触……简直就是柏拉图的忠实信徒。然后她就清晰地感觉到姜铭的薄唇触碰了一下她的颈侧，一点点加深了这个吻。

南安安指尖不由得蜷起来，感觉到姜铭的唇不止停留在那里，还吮吸了一下，那一串吻沿着她的颈侧一路延伸到她肩窝……

姜铭眸色渐深，他怀里的南安安是真的乖乖地任他亲。姜铭抱着南安安的腰把她转了个方向让她面对着他坐在他身上。南安安乖乖地任由他换了这个极尽暧昧的姿势，还对着他笑了一下。姜铭觉得他简直要醉在她漂亮的小酒窝里，他俯身在她精致的锁骨上印上了一枚吻，浅浅地噬咬，吮吸，满意地看她漂亮的锁骨上留下他的痕迹，染上了他的色彩……

姜铭见她紧张的样子低笑一声，他们贴得太近南安安都感觉到他胸腔的震动，姜铭的尾音上翘，懒洋洋地说："这么怕我？"

南安安果断摇头："哪有，一点也不怕，尽管来！"

姜铭一针见血："你抖什么抖？"

南安安："……"



夜深人静的时候，南安安从床上爬起来跑到阳台上给南微微打电话，她回美国那几天南微微正考试，她怕影响微微考试发挥没告诉南微微。但是一想到明天周一她要去学校面对那一堆烂摊子，她就想给南微微打电话倾诉一番。

这个世界上她真正可以全身心信赖的那个人，只有和她一起出生的南微微，而且从小到大南微微就是她的主心骨。

"喂，姐……"电话接通得很快，南安安站在落地窗前手指在玻璃窗上勾勒着自己的轮廓。

"安安宝贝，"南微微的声音很轻快，"怎么啦？"

南安安把帖子的事情全说了，她说完之后南微微沉吟了一下："她姐姐去找你了？游夏的意思是告她妹就罪大恶极不懂体谅了？"

南安安"嗯"了一声，南微微那边传来一阵键盘的敲击声，之后才是南微微一贯胜券在握的声音，南安安还听到她打响指的声音："安安，游秋有姐姐，你也有啊。来，这件事情交给姐姐，你先请个假在家玩游戏，我来玩游秋……"

南安安挂了电话正要回去，就看到了姜铭映在落地窗上的身影。

他穿着睡袍的身影修长挺拔，被映到玻璃窗上后却让人觉得有些孤独。

南安安莫名有些心虚，转过身不忘把手机藏在身后，她不知道姜铭在这里站了多久听到了多少。

姜铭没说什么，朝她招了招手带着她去卧室睡觉。

月光透过薄薄的一层窗帘洒进卧室里，姜铭看着南安安的睡颜伸手捏了一下她压在枕头上的脸蛋。他们之间还有很长的路要走，南安安现在没那么信任他，在她受委屈的时候不敢告诉他，解决事情的时候不想麻烦他。

他们的爱情像是还停留在恋爱最开始的阶段，南安安只愿意把她最好的一面展现给他看……

和你的导师谈恋爱的最大好处就是你想什么时候请假就什么时候请假，想请多久就请多久。第二天，南安安不用上学惬意地靠在床头玩游戏，在姜铭打领带的时候朝他勾了勾手，探着身子帮姜铭打好了领带附赠一个早安吻。



游秋大步冲进姜铭的办公室的时候，姜铭正在整理论文。夏日的清晨，阳光洒满整间办公室，姜铭的轮廓在明媚的阳光里有些不真实。

他似乎一直离她很远，无论她怎么努力。

游秋在一得知自己被转手之后就急匆匆地跑过来找姜铭，但是在看到他人之后所有的来势汹汹都被收了起来，她站在那里有些委屈地哽咽："老师，你不要我了吗？"

姜铭抬眼冷冷地看了一眼她，干脆直接没有给她留一丝念想："对！"

那一眼看得游秋心都凉了，自始至终她都不在姜铭眼里。

游秋吸吸鼻子强忍着眼泪，走近两步质问道："那我怎么办？我以后没有导师了，我不想去何庆元那里。老师……"

她说着语气急促起来："就因为我在BBS上发帖说了南安安的事情，你就剥夺了我站在你身边的权利吗？你就可以完全否定我所有的努力吗，我为了考研拼命学习了那么久，就因为发一个帖子就什么都没有了吗？"

"对"

游秋倔强地咬着下唇，她心心念念喜欢的那个人因为另一个女生对她这么残忍，她继续道："哪怕你说是你忙，忙得不想带我……这种原因，我都愿意去相信。"

姜铭的沉默让游秋的心一点点沉了下去，她心脏都揪着疼，姜铭对她的冷眼远远比当初南安安当众甩她那一耳光更让她难堪。

游秋胡乱抹了一把眼泪，直直地看进姜铭眼里："公平吗？老师，这对我公平吗？”

世间哪有那么多公平，爱和不爱摆在一起的时候谈公平就更可笑了。

南安安趴在床上嗑着姜铭给她拿过来的松子，手机铃声就响了起来，南安安懒洋洋地划开手机屏幕，“喂……”

“安安，我和你爸爸回国过中秋节，到时候你带男朋友回来见家长吧。”安漾的风格一向简单直接。



“我……”南安安咽下一颗松子，还没得来及说什么就听安漾道：“听话，要准时。”

电话那边还能听到南是的反驳：“我一点都不想见那小子，安安还小得很……”

可惜她爹的话完全被安漾忽略了。

南安安挂了电话还如梦似幻的，这节奏好像太快了一点，她还没来得及把手机放回去手里的手机就又响了起来，南安安直接按了键放到耳边乖乖道：“我知道了，妈妈……”

“南安安！”电话那边是游夏的声音，她的声音还是第一次这么急促，“我让游秋向你公开道歉，你让你姐停手！”

南安安有些莫名其妙，突然就想起了昨晚南微微的保证。

短短时间内直接惹急了一向沉稳的游夏，南安安都好奇南微微到底做什么了。

游夏顿了顿：“南安安，你不是不齿小秋的所作所为吗，你们现在……你们现在……”游夏说到这里的时候停顿了一下，南安安握着手机竖着耳朵等着听下文。

听筒那边很嘈杂，她模模糊糊地听到游秋歇斯底里地冲游夏喊：“我不道歉！我死都不会去的！”游夏压低声音安抚了句什么，然后南安安就被耳边巨大的碰撞声吓了一大跳，手机那边也沉寂了——应该是游秋直接把游夏的手机摔了出去。

其实南安安能感觉到游夏并不喜欢游秋这个妹妹，但是不得不说游夏是一个相当理智的人，游夏能压抑着对游秋做法的不赞同和对游秋的不喜，看在亲情的份上来和她谈判，即使左右为难也履行到了长姐的责任。

南安安把手机扔回床上，听游夏刚才的话，她的第一反应就是探着身子把床头柜上的笔记本搬过来打开收藏夹登录我爱西大 BBS。我爱西大 BBS 主页上左右各飘着一个大热帖，左边那个是游秋当初发的……

南安安有些疑惑，当初已经删掉了啊，是谁把帖子重新恢复了？

右边的帖子前面飘着一个 new 和一个 hot，回复和点击量已有赶超左侧帖子之势。



技术帝还把帖子标题也加粗了——

这样一个卖萌的标题简直不符合南微微凶残的画风，南安安滑动着鼠标滚轮，相比游秋那个嘴炮，南微微显然是个考据党。

主楼只有一句话——

是我是我就是我我就是南微微：我只放图，不说话，没错我就是找人黑了你电脑。

【截图 1】是游秋在学校的 IP 和那天发帖人 IP 地址的对照。

【截图 2】是游秋的 QQ 聊天记录，南微微厚道地给游秋小伙伴们打了码。

游来游去：我趁我哥没注意拍到南安安的病历了。

马赛克：小秋，其实我不赞同你这么做……

游来游去：我不止要曝光她的病历，我还要让全西大的人都知道她小时候被强暴了！

马赛克：真的吗，你怎么知道？

游来游去：我编的，这样才有爆点。被强暴一说出来就是一辈子的黑点啊。

果然最帅不过她姐，南微微直接用一张截图最简单明了地证明了“强暴”是子虚乌有的事情。

一路看下来，南安安终于明白游夏说的停手是什么意思了，南微微不是一次性放截图的。截图 1 和截图 2 之间间隔了几分钟，她的帖子是一波一波来的，南安安刷新了一遍帖子，果然，主楼又被重新编辑了。

【截图 3】还是聊天记录。

游来游去：老师，我真的很喜欢你。

姜铭：我已经有女朋友了。

游来游去：我不在乎，我喜欢你比南安安喜欢得早多了，我努力考研就是为了你，老师你给我一次机会好吗？为什么南安安可以我就不可以？

姜铭：我不喜欢你。

几分钟后，主楼又增加了新的内容。

【截图 4】

马赛克：这样你哥也会受牵连啊，你不是说南安安她爸挺厉害的吗？

游来游去：呵呵，我巴不得他受牵连，不是因为他我怎么会被送走！

【截图 5】可能是游秋的微博小号

游来游去的小秋：游夏那贱人烦死了，要道歉你自己去！

评论还是个马赛克：小秋，你姐姐也是为你好。

游来游去的小秋回复马赛克：我稀罕她为我好，看到她那副嘴脸我就恶心。他们把我丢给别人那么久，现在知道为我好了，晚了！

……

ps：关于你说我妹妹花心的问题，我看你也是醉了哟。

【图】【图】【图】【图】【图】【图】

你主动告白的男人还真不少啊，也有两位数了吧，不过都被拒绝了也挺可怜的哟。

再 ps：生气吗，我就侵犯你了我就挂你了，你来告我啊，来啊！

……

回复五花八门：

看我 id：妈蛋，简直神转折。

我只看热闹不说话：有人的地方就有江湖，有女人的地方就有宫斗。

我只说一句话：所以……游秋这是求爱不得恼羞成怒，一怒之下直接黑了南安安？

金工威武：我就是想给楼主表个白，微微美人不能更帅，我从高一就暗恋你了。

就是这么帅：妈蛋，南安安被黑好惨，女神我是爱你的。

哇塞：人家也想要一个威武霸气的男神……

南安安把帖子看完已经快中午了，这一次游夏再也没有打电话过来，不知道是因为手机被游秋摔坏了，还是因为被那张截图伤了心。毕竟南微微发的后几张截图看似不重要，却直接把游秋置于了孤立无援的地位。

南安安趴在床上给南微微打了个电话，电话那边微微声音听起来懒洋洋地，她拖长声音“喂”了一声：“怎么样，安安宝贝，我做得漂亮吧？”

“漂亮！”南安安真诚道，“你一直没睡啊？”

南微微打了个响指：“没有，我刚刚一直兴奋得睡不着。她姐姐不是说她还小吗，我也小啊，我就喜欢以牙还牙。然后我就等着游秋来告我啦，这样我就可以告她啦。这样我们也可以站在道德的制高点上了，我只是不懂事我只是被激怒了不择手段我只是还击而已，不是我揪着游秋不放，是她不宽容我，不体谅我还是个孩子。”南微微惬意地打了个哈欠，“噢，让我和她尽情地撕吧！”

南安安：“姐……”

南微微笑了一声：“中秋节我和爸爸一起回去，然后我就不走了。”

南安安点点头，想到南微微又看不到大声嗯了一声：“我想你了。”

挂了电话之后，南安安觉得神清气爽，翻身下床跑去厨房做了红烧排骨去找姜铭。

她提着餐盒走到西大西门那里就听到有人叫自己的名字，南安安回过头就看到简耀大步跑过来，脸上洋溢着灿烂的笑容：“安安，我看 BBS 最新的帖子了，太好了，嗯，我们大家都看了。”

“嗯，好久不见，简耀。”南安安笑眯眯地跟简耀打了个招呼，好像从那天晚上开始，简耀就不再叫她老师，而是直接叫她安安了。

简耀有些羞涩地挠了挠头，热情地指了指西门外面：“安安，我们正要去吃饭，要不要一起来？”

南安安摆了摆手：“我不去了，我正要吃……”她说着晃了晃手里的餐盒。

简耀有些失落，又巴巴地追问：“那中秋节呢，我们班好多人不回家大家一起聚餐怎么样？”

南安安简直都要被他期待的眼神弄得有负罪感了："那天我爸爸要回来，所以真的没办法。"

简耀失落地"嗯"了一声："没关系，家人最重要。"

告别了简耀，南安安欢快地往经院那边走，那两篇帖子今天正火，她一路上难免还是成为焦点，但是那些目光却不再是那天一样，夹着同情和不屑了。

她跑进经院高层，走进电梯摁了14之后正要关门就看到有人也往电梯这边走，南安安按着开门键一直等那人走近……居然是游夏。

游夏还是穿着得体的西装套裙，漂亮而知性，但是南安安眼尖地发现游夏的眼睛有些红。

游夏碰到她显然也是一愣，走进来看了一眼被点亮的楼层没再按键，电梯上升的过程中游夏轻轻开口，声音带着些沙哑："让你见笑了。"

南安安不知道游夏指的是看到她哭，还是看到游秋骂她，南安安没多说话。

"之前的事情，对不起，"游夏沉默了一会儿还是开口道，"我当时真的急了，你和姜铭之间还好吧？我是说……没有因为帖子的事情闹别扭吧？"

"很好。"南安安说了两个字，电梯"叮"的一声就到了，她走出电梯见游夏也跟着她往姜铭的办公室走。

"安安，你姐姐也澄清事实了，而且也攻击了小秋，这件事情就到此为止吧。"游夏这句话说得挺无力的，她上午的时候一心为游秋着急，看到帖子里那张截图的时候一颗心唰地就凉了，像是整颗心都被泡进了冰凉的水里，没有一丝温度。

她没指望过游秋和她有多深刻的感情，但是她始终把游秋当自己的妹妹，甚至为了游秋挺卑劣地去和南安安谈条件，消耗着她和姜铭多年的交情。

但是却没想到血浓于水的亲情也敌不过游秋对她的恨意，游夏有种深深的无力感。

游夏为游秋收拾烂摊子收拾得太多，起初是妹妹回到身边失而复得的欣喜，后来就成了一种对于亏欠她的弥补，再后来就成了一种麻木的习惯。她为了游秋一次一次地退让，一次一次放弃自己的原则，而游秋不仅当作理所当然……还因此厌恶嘲讽她。

游夏自嘲地笑笑：“我还挺羡慕你和你姐姐之间的感情的。”

南安安闻言没说话，她不知道和游夏说什么。安安站在门口敲了一会儿门，姜铭应该是还没下课。

安安索性从包里拿出钥匙把门打开坐在沙发上等姜铭，游夏跟着她一起进来坐了一会儿，两人都沉默着，直到办公室的门被姜铭推开。

游夏先于南安安迎了上去：“姜铭，我不想因为这件事伤了我们之间这么多年的交情。”

“已经伤了。”姜铭一手开门，一手随意地将风衣脱下来，声音凉凉的不带任何玩笑的成分。

游夏苦笑了一下，没再多说什么，看着姜铭直接从她身边走过去，一手把风衣随意地丢到沙发上刚好准确地罩到了正要起身走的南安安。游夏站在原地，看着姜铭走过去单膝支着沙发，撩起黑风衣的一角亲了一下南安安。

时间改变了他们每一个人，曾经带着她玩沙子的小男孩也找到了那个让他沉沦的人，她也不是当初那个可以勇敢跟在姜铭身后叫哥哥的小姑娘。

她曾遗憾过从未说出口的感情，想着如果她勇敢一些会不会是另一个结局。

游秋倒是勇敢，结果又怎样呢？

游夏浅浅地叹了一口气，低到她自己都没听清，然后毫无留恋地转身……

南安安眨眨眼睛，黑色风衣遮挡了正午的阳光，适应了昏暗的光线之后她能看到姜铭近在咫尺的眸子，那双眼睛像是幽深的漩涡，把她吸引进去。

南安安发现，她明明讨厌黑暗却喜欢黑暗中的姜铭，他们罩在风衣里有种神秘感，姜铭若有似无的气息扫过她的鼻尖。南安安舔了舔嘴角，昨天被姜铭亲肿的嘴唇还有些疼：“老师，下次换我亲你吧，你劲儿太大了。”

姜铭低声笑了，捏着她下巴把她带得更近一些，亲她带着水光的唇，笑着说："那我可能劲儿会更大。"

他的声音低沉，带着笑意有种莫名的性感……

南安安一把掀开风衣，明明空调开得那么足她却热得鼻尖都冒汗。好在姜铭被人叫出去谈事情，南安安松了一口气，正好看到手机上顾球球给她发了一坨她做出的泡芙。南安安得意扬扬地给顾球球回了彩信嘚瑟——你看，我做的红烧排骨，我真是出得厅堂，入得厨房……

顾球球回短信一向稳准狠——你上得了床吗？

南安安——杀得木马，翻得围墙……

顾球球——你上得了床吗？

南安安——斗得过小三，打得过流氓……

顾球球——你上得了床吗？

南安安——你不爱我，看我的时候太冷清！

姜铭回来的时候出得厅堂入得厨房的南安安放下电话招呼姜铭来吃饭，发现她只带了一双筷子……

如果用一句话来谈一谈她中午啃排骨的感想，南安安只想说——那姿势太美，她不敢看。

作为西大的大土豪，国经所今年给每个学生都发了一盒月饼。下午的时候南安安去领了自己的那盒月饼后，突发奇想地打电话订了几百盒月饼给经院孩子们发下去作中秋福利。

一时间她的手机被突如其来的那些短信轰炸到死机，也就没看到夹杂在众多"老师，节日快乐"节日祝福中那句"安安，我有话想对你说，我在老图书馆门口等你"。

见家长那天，南安安在客厅转来转去，姜铭看着她的样子有些好笑："是我去见家长，你紧张什么？"

南安安摆摆手："你无法想象我爸爸有多难搞定，其实我也无法想象我爸爸有多丧心病狂……"

南安安说着在姜铭眼前来回走："我妈妈说，我们出生时我爸意味深长地说了一句话——终于轮到我了。他当时娶我妈妈的时候，我外公百般刁难，而现在……”

“……”姜铭朝着南安安招招手，他穿着一件白色的衬衣，剪裁流畅的黑色西裤越发衬得大长腿修长笔直，天气有些热的缘故黑色西服搭在手上，南安安一眼看过去，就觉得他身姿挺拔颀长，站在那里让人移不开眼睛。

姜铭不光自己穿得极为正式，连带着她的衣服也准备了。

南安安换了白衬衣和黑色及膝花苞裙走出来，看看姜铭再看看自己，悠悠地叹了口气：“其实，我们穿得这么像情侣装，我爸爸也不会觉得我们相配……”



“嗯？”姜铭靠在沙发上看了换好衣服的南安安一眼，白衬衣黑裙子显得她小腰更细了。

南安安一边挽着自己的衬衣袖子把扣子系在手肘处，一边解释：“我爸爸会觉得，这是挑衅。”

姜铭：“没关系，我觉得我们很配。”

南安安家姜铭已经轻车熟路了，到了大门口安安刚下车就看到了南微微和她小男友，南安安一见靳斯就笑眯眯道：“哟，还带着你小童养相公……”

靳斯懒洋洋回击道：“小安安，快叫姐夫，不然我告诉你男人你小时候一天尿几次床，那个数字取决于你睡几觉……”

南安安：“你已经说了，我也就不介意告诉我姐，你那个陆虞姐姐有多么情深似海……”

“你真是长大了，忘了小时候被我揍得哭得跟唱歌一样。”靳斯正得意扬扬，就听南微微道，“够了，你当时揍哭的是我。”

靳斯愣了，还有什么比脸盲症遇到双胞胎更可怕的。

南微微说完友好地跟姜铭打了个招呼：“你好，大家一起进去吧。”

“你好，”姜铭点点头，就迈开腿带着南安安一起往里走。

南安安夹在中间莫名地觉得他俩之间的气氛有些不一样，南微微不会喜欢姜铭这一点她可以肯定，但是南安安敏感地察觉到南微微每次对姜铭的态度都出奇地好，甚至带着一丝感激？

南安安一走到客厅那边就冲去餐厅那里找她爹，刚好听到南是压低声音跟安漾说：“安漾，我一点都不喜欢他……”南是说着朝着客厅那边看了一眼，“还有他。”

“爸爸！”南安安叫了一声，南是转身给了她一个大大的拥抱：“宝贝”

南是嘴上说不喜欢，对着姜铭的时候还是风度翩翩的，再加上南是做操盘手之前也是西大的讲师，和姜铭之间不怕找不到话题。

姜铭礼貌地和南是聊着天，可以看出来南安安的性格随南是，眼睛和酒窝也像南是。



这样幸福美满的家庭，确实更容易教育出南安安这样性格温和大气的孩子。



姜铭虽然不喜欢多说话，但是情商向来不低，他和小卷毛聊天那一阵，南安安各种崇拜地提及她爸爸。他以此为切入点，每说起这些来南是都心情愉悦，目光跟着一旁和南微微聊天的安安，眼底满是怀念：“安安这孩子从小就黏着我，微微更亲近安漾。安安小时候是我一手带大的，双胞胎生下来本来就特别小，我抱着她连衣服都不敢给她穿……”他靠在沙发上用手比画了一个高度，“安安还不会走路的时候就喜欢抓着我小拇指，啊啊叫着不让我走，这孩子连一开口先叫的都是爸爸……”

南是目光悠远，悠悠地叹了口气：“一转眼，她就这么大了。”

“我总觉得她还小，”南是笑笑，“这种心情只有你也有了女儿才能体会。”

“……我能理解，”姜铭点点头，“您把安安教得特别好。”

南是弹弹指尖的烟灰：“太便宜你了。”

“谢谢您。”姜铭说得很郑重，不带一丝敷衍。

南是一高兴起来就给姜铭看南安安小时候的照片，满月照的南安安伸着小爪子像是要抓什么，完全没看镜头，眼眶里满满都是泪。“这张她满月，第一次带着她去照相，小家伙吓坏了一直伸着手要我抱，照了几十张她都不看镜头，没办法就这样了。”南是说着，脸上却满是骄傲。

“还有这张，说起来我那时也恶趣味，就喜欢拍她哭。”照片上的南安安一手扶着树，哭得眼睛鼻尖都是红的，南是解释道，“她吃太多了肚子疼，被我们嘲笑了还委屈。”

"安安从小就漂亮。"姜铭翻着南安安小时候的相册夸赞着他家逗比，南是听得相当满意，如果不是到了吃饭的点大有和姜铭再畅谈一场的冲动。

南安安跑去厨房帮安漾做饭，安漾从小就是大小姐，做饭这种事情极少动手，嫁给南是之后生活也是更养尊处优，做起饭难免手生。安安洗着牛排就听安漾开口道："安安，妈妈想对你说一句话。"

"就像不要把你所有的鸡蛋放在一个篮子里一样，不要把你的一切放在一个男人身上……"

"要放在很多个男人身上？"南安安一开口就被安漾弹了下额头。

"任何时候，都要有后路。"安漾语重心长，"即使我和你爸爸感情这么好，我都有自己的后路，一旦他离开我，我也能一个人好好地生活。"

南安安认真地点点头。

午饭才是南安安最悲伤的时刻，当全家人加上靳斯那货一人一句比赛一样爆她的糗事的时候，她简直想去捂住姜铭的耳朵。

好不容易吃完饭她带着姜铭去她的卧室午休，安漾还友情赠送了她小学时老师要求做的成长档案给姜铭。

明媚的午后，她被姜铭抱着坐在飘窗的藤椅上一起看她成长的轨迹。

翻到一张五分的卷子时，姜铭终于忍俊不禁了，题目是这样的：

高山对大海说："你是如此波涛汹涌，让人心神澎湃，你是如此宽阔辽远，让人……"

大海对高山说："……"

南安安稚嫩的笔迹写的四个大字——谢谢夸奖。旁边还有老师画的一个大大的零蛋。

姜铭低笑了一声，南安安解释道："我小时候语文不好，但是我英语特别棒，因为我听力很好。"

她说着翻到另一张英语卷子："你看，全对吧，我有特殊的听力技巧。"

她神秘兮兮道："我小时候简直是聪明到没朋友，那时候考试坐在我姐前面，竖着耳朵听她做题……"

"听她做题？"姜铭愣了一下。

"对啊，A的笔画是3下，C是1下，B和D虽然都是两下但是B声音更长。”

姜铭扶额：“……你听力真好。”

南安安点点头主动翻着自己的成长档案指给姜铭看：“你看，这张里面有我和南微微，你能分清我俩吗？”

小时候的南安安和南微微还是很像的，尤其是小孩儿的气质没出来，五官又像是一个模子刻出来的，远看眼睛的形状也看不清，南安安有的时候自己都分不清。



姜铭只看了几眼就指着左边那个肯定地说：“这个是你。”不等南安安惊讶就补充了一句，“你看起来比较傻。”

“……”南安安指着右边地反驳，“你才傻，明明这个才是我。”

看姜铭那么肯定，南安安又凑过去看了几眼：“好像你说对了。”

她往姜铭身上靠了靠，惬意地伸了个懒腰赶紧转移话题：“老师，你什么时候给我看你小时候的照片啊？”

姜铭回答得很快：“十一带你见我爷爷的时候。”

午后的阳光晒得人懒洋洋的，南安安抬手遮挡着了一下眼睛，身子向下滑了滑。

“困了？”姜铭合上手中的成长档案放到茶几上，南安安向后仰了一下头靠在姜铭肩窝，刚好姜铭一低头就亲到了她的鼻尖，南安安一回到卧室就把衬衣裙子换成了一件宽松柔软的睡衣，姜铭眸色幽深地托起南安安的胳膊把她转了个方向让她面对面坐在自己腿上。

他把她托起来的时候，大拇指刚好就有意无意地按压在南安安柔软的胸侧，南安安没来得及躲闪。俩人的姿势已经调整好了，她张了张嘴姜铭就吻住了她的嘴唇，南安安身后是悬空的，被姜铭一压身体自然而然地向后一仰还好她用手肘支了一下，两手按在玻璃茶几上堪堪稳住了身子。

她一紧张手心就全是汗，手一滑整个人就躺倒在了茶几上，姜铭欺身而上捏着她的腰啃了一下她的下巴，他的大拇指摩挲着她的嘴唇，声音低沉沙哑，漆黑的眼睛里是化不开的情欲：“我不做到最后，可以吗？”

南安安仰躺在茶几上被姜铭压着起不来，整个人沦陷在他的目光里毫不犹豫地点点头，任由姜铭的手探进她的睡衣里，微凉的温度没有一丝阻隔地接触到她的锁骨再往下画了一个圈，刚好绕着那个点，带起了南安安一阵战栗，连寒毛都竖起来了……

“害怕吗？”姜铭在她耳边轻飘飘地吹了一口气，南安安侧过脸诚实道：“是你的话，不害怕……”

“有时候我也觉得很奇怪，”南安安露出一个笑容，“好像只要是你……”她刚说到那里，姜铭的手指就按压到了他刚才画圈范围的正中央，从未被人触碰过的地方一经按压，整个人升起了一种奇妙的感觉，像是那次他抬起她一条腿给她挤水泡那时一样，南安安明明被压在冰凉凉的玻璃茶几上，却觉得身体的温度骤然升高，“姜铭……”



“嗯，”姜铭看着她的眼睛，“我在这里。”

窗外阳光正好，入秋的季节早已没有她最不想听到的蝉鸣，最重要的似乎就是眼前的那个人是他。

南安安探起身子亲了一下姜铭的喉结：“老师，我喜欢你。”

姜铭的手指一顿，南安安吮吸了一下他的喉结，几乎是同时她就感觉身体一轻整个人腾空而起被人扔到了大圆床上，不等她做出任何反应姜铭已经覆了上来……

姜铭的手一路下滑到南安安腰上的时候，南安安条件反射地吸了一下肚子，然后不好意思地解释道：“你手凉。”

姜铭似笑非笑：“手凉的男人……肾虚……”

南安安眼神乱飘：“哪有，我看你挺好的，真的。”

“不试试你怎么知道？”

南安安全身都绷紧了，她伸手推了推姜铭，得到一个反问的眼神后瞬间萎了：“你压得我喘不过气。”

姜铭闻言抬起身子，一手按在南安安脸侧……

一阵敲门声最直接地打破了他们之间旖旎的气氛，南安安从床上爬起来看姜铭整理好衬衣就赶紧跑过去开门，南是倚在门上朝着南安安扬扬手里的钓鱼竿：“爸爸好久没钓鱼了。”

南安安：“……”你真是我亲爸。

姜铭还陪着南是钓了整整一下午鱼，他完全看不出南是还有这样的爱好，而且南是钓鱼钓得还相当不错。

傍晚的时候姜铭带着南安安回学校，大学都是外地的学生多，经院还专门办了一个非官方的中秋晚会，也正因为非官方，开场前半个小时女主持人被男朋友约出去直接跑了，南安安被临时抓过去顶替，连台词都没串好。好在这种院里的晚会本来就是各种凑热闹，大家一起开心开心就可以了。



南微微的帖子基本上抵消了游秋那个帖子的影响，唯一的后遗症就是南安安和姜铭的关系这下完全公之于众了。

晚会上南安安没少被那群小崽子调戏，到最后游戏环节的时候南安安正站在舞台中央喊加油，灯光骤然一暗，整个小礼堂就陷入了一片黑暗中。好在大学生们都比较镇定，在台下学生们除了一开始惊慌地叫了一声后就都坐在原地等着来电，而台上的孩子们也没动，各自站在原地。

南安安站在原地就感觉到有人似乎离自己越来越近了，黑暗中她看不清来人，只能听到他的呼吸声。那人一点点凑近过来南安安躲了一下恰逢整个小礼堂骤然亮了起来，眼睛一适应突如其来的刺眼光线，她就看到眼前站着的简耀。

简耀目光牢牢地定在她身上，不顾大家已经准备重新把晚会继续下去。

“你昨天没来。”简耀声音低落。

南安安有些不明所以，简耀自嘲地笑笑：“我早该知道的。”

“我在老图书馆门口等了你一晚上。”简耀垂着头说完这句话转身就走了。

话说到这里南安安再不懂她就真是个蠢货了，简耀看起来对她很失望，南安安却没想去安抚，让他的感情冷却下来是最好的选择。

她已经和自己导师在一起了，再和自己学生纠缠不清就真的是罪不可赦了。

可惜她想象得很容易，真正做起来却很难，在南安安下定决心的一周之内，她就不得不去找简耀了。

The world
is always good

# 第九章

他的身上明明夹杂着雪，
却有着最让她安心的气息，
从开始到现在

一个人决心不让别人找到的时候，你找他就像大海捞针一样难。

南安安想说多么痛的领悟，从接到简耀宿舍同学的电话到现在她已经找遍了西大东门附近所有的饭店、网吧、KTV，简耀就像人间蒸发了一样完全找不到。最后南安安还打了电话给姜铭，她把目标锁定在了最后一家KTV里，上次她跟金工的孩子们k歌好像就是来的这里。

为了提高效率她和姜铭是分开找的，南安安一间一间包厢地推门找，到了走廊最里间那里她敲了敲门，包厢里很安静，南安安说着抱歉推门而入一阵酒气扑面而来。她往里走了一小步就看到仰躺在沙发上的简耀，南安安绕过一地的啤酒瓶走到沙发那里，伸手推了推简耀："简耀，醒醒。"

简耀全身都是酒气，掀掀眼皮："你来找我了？"

南安安嗯了一声："你室友说你好几天没回去了，又没有请假，大家挺担心你的。"

"你呢？"简耀可能是在KTV通宵了，眼睛布满血丝，他的目光牢牢锁在南安安身上，南安安被他看得浑身不舒服。

看南安安不说话，简耀锲而不舍地追问："你呢，你担心我吗？"

南安安点点头："嗯，学生在我眼皮子底下丢了，副院长一定会把我弄死。"

"只是以辅导员的身份吗？"简耀突然冷笑了一声，"南安安，你就一点都不喜欢我吗？"

"不喜欢。"南安安回答得很直接，"给你妈回个电话，她急得都要飞过来了。"南安安说着就抬腿往门外走，冷不防身后的简耀从沙发上一跃而起从她身后抱住了她的腰，喃喃道："我喜欢你，我那么喜欢你……"





任何时候，女生的力气都和男生差远了，简耀一下子抱住南安安的时候，她完全挣脱不开。他从她身后紧紧地抱着她，短发在她后颈蹭了蹭。

南安安全身的汗毛都竖了起来，真的是有种毛骨悚然的感觉，她几乎是条件反射地捡起茶几上最近的啤酒瓶，手指收紧在心里倒数三、二……

简耀松开了她。

南安安松了一口气，头也不回地冲出了包厢。

姜铭过来的时候南安安还有些心神不定，一路在车上的时候南安安都有些心不在焉。

握在手里的手机不时振动一下，南安安一直没看手机。

"安安，手机在响。"姜铭握着方向盘提醒了一句，南安安啊了一声低头划开屏幕就看到一堆来自陌生号码的短信——

对不起，我喝醉了。

老师，你别不理我。

安安，我再也不会了。

……

简耀的短信一条接一条，南安安看了几条正想删除就听姜铭漫不经心地问道："谁？"

南安安下意识地用手捂住了手机屏幕："刚才丢的那个学生。"

姜铭没再说什么，南安安却有些心虚。

晚上回到姜铭公寓的时候南安安在浴室里待了挺久，她躺在按摩浴缸里泡得手指都发白发皱了也不想出来，听到浴室门被敲响南安安应了一声："等下。"说完，南安安急急地想从浴缸里出来，脚底一滑整个人又栽了进去，半跪在了浴缸里发出了一声巨大的水声，身子往前一探连下巴也磕在了浴缸沿儿上。

南安安一手捂着下巴，就被不知道什么时候冲进来的姜铭揽着腰捞了起来。

一离开温水，皮肤接触到微凉的空气，南安安不禁打了个寒战才发现自己光溜溜的被姜铭抱在怀里。

如此壮烈的投怀送抱的姿势，南安安简直要给自己跪了，她刚才已经跪了。

“疼吗？”姜铭把她放到地上让她靠墙站着，自己半蹲下来看她磕红的膝盖。

浴室的灯光是刺眼的白色，明亮到南安安无所遁形，她只觉得有些头昏脑涨，全身都凉飕飕的靠在浴室的墙壁上更觉得后背发凉：“姜铭，我冷……”

南安安声音有些颤，浴袍就在姜铭身后的洗手台上，姜铭却像没听到她说冷一样完全没有帮她拿浴袍的意思，修长的手指按压了一下她的膝盖听到她倒吸一口凉气后站起身来。南安安本来以为姜铭要抱她去床上上药揉膝盖，却发现姜铭一步也没动，他一手撑在她耳侧的墙上。

南安安整个人被圈在他和墙之间，这种姿势以前被姜铭强吻的时候有过，但南安安这次是心如擂鼓，毕竟那次她穿着衣服……

“姜铭……”南安安叫了声他的名字，情急之下她都忘了自己什么时候改的口。姜铭手指轻触着她磕到的下巴，修长的手指指尖带着凉意摩挲着她因为疼越发敏感的皮肤，然后低头亲了亲她的下巴，湿润的舌尖扫过的地方带着凉意，他低着头，把面前的一切尽收眼底。

“姜铭……”南安安又叫了一声他的名字，姜铭懒洋洋地用鼻音嗯了一声，收回了目光。

被放到床上之后南安安迅速地卷了一圈被子，把自己裹成一个粽子似的滚向床里侧，身下的床向下一陷姜铭也靠在了床头，有些懒散地枕着胳膊，低低地喘息了一声，性感得不行。

南安安莫名的就从心底升起了一丝愧疚，她往姜铭身边滚了滚：“老师，你还好吧？”

姜铭面无表情：“我要被你玩坏了。”

南安安：“……”

南安安：“对不起。”

南安安：“我压到它了吗？”

姜铭：“嗯。”



南安安更愧疚了：“要不我帮你揉揉……”她说着就伸手过去，隔着姜铭的浴袍摸了一下又迅速地收回手，被姜铭面不改色地抓着手按回了原地。

如果一定要用一次词来形容她此刻的感觉，南安安想说四个字——烫手山芋。

南安安隔天再回到学校的时候，简耀也回了学校，而且没再突然失踪。

南安安适应了研究生生活之后，就开始跟着姜铭做课题，平时不怎么去圆阶，也就很少再见到简耀，这也让她松了口气。

她去上课的时候再也没碰到游秋，不知道是她刻意避开自己还是因为那个帖子在家休息。一次姜铭出差南安安回研究生宿舍住，听唐圆说起来好像是游秋主动退学了。

无论如何，南安安还是挺开心的，直到姜铭出国开会，她去金工帮姜铭代课……

《博弈论》不是一门必修课，但是在经院是考研必修。所以对南安安而言，说起来是带金工的孩子们，但是选这门课的基本上都是经院各系的学霸们，南安安不由得压力山大。

姜铭一向是不用课件的，这次让南安安代课之前姜铭还专门连夜做了课件给她。南安安收到课件之后背了一晚上，第二天提前半个小时就到了经院圆阶楼下，站在那里默背了一会儿才不那么紧张了。手机铃声一响，南安安就划开屏幕——

姜铭：考前最后三次课。每次课前都要全班点名，按ppt串讲一遍重点，下课前15分钟随堂测，题目在PPT最后。平时分按照点名15分随堂测25

分分配。

南安安：你确定你是让我帮你代课，不是让我帮你受死？

姜铭：乖。

南安安：╭(╯^╰)╮

姜铭：反正我们谁来都是要被那群小崽子问候全家，最后还是一样的。

问候全家……

虽然是被调戏了，但是南安安也只能这样安慰自己了，顺便也为学霸们默哀一把。南安安深吸一口气抱着厚厚的《博弈论》准点走进教室，刚一进去就听到了一声口哨，然后整个教室就沸腾起来了，"师娘"和"师母"此起彼伏。



南安安好不容易不那么紧张了，被那群孩子叫得手都不知道往哪里放了。

除了那篇帖子的事情，南安安和姜铭一向很低调，现在她来帮姜铭上课简直是燃起了学生们的八卦之魂，前排二货还唱起来了："师娘师娘，师父去哪里啦？"

南安安汗："出差了。"

学生："师娘，你真的答应了，棒棒哒。而且传说中的师娘好漂亮啊。"

南安安："谢谢。"

学生："不用谢，师娘，求透题。"

南安安："……"这才是你的目的吧，哼。

她快消受不了这热情了，南安安拍了拍手，做了一个安静的手势，在众目睽睽之下清了清嗓子："我来点个名。"

于是，此起彼伏的"师娘"和"师母"后面加上了"不要啊"。南安安无动于衷地拿出花名册点了名后，整个人都舒畅了许多，她把u盘插到电脑上就开始读课件，一开始还因为紧张读得有些磕磕巴巴，到后面就越来越顺畅了。南安安认真地读着课件，一边解释一下重点，一边用余光不经意间瞥到坐在她正对面第一排的简耀之后，就没再和学生互动。

简耀坐在第一排，抬头就能清楚地看到南安安的脸，他喜欢了那么久的小辅导员看起来唇红齿白赏心悦目。她今天穿了卡其色的经典款风衣，同款的风衣他也见姜铭穿过，也许是为了看起来成熟些，南安安今天没扎头发，长鬈发散下来的样子很漂亮。

《博弈论》这门课难是难，但是讲起来也能妙趣横生，南安安讲到某些例子还会笑一下，露出好看的卧蚕和小酒窝。

像那天下午在茶餐厅里，他们初见的时候，他帮她结账，她就那样对他笑了一下。





简耀听得有些心不在焉，不知道南安安是紧张还是为了避开他，全程和他这个好学的而且还不时附和她的学生都没有任何的目光交流。

简耀心烦意乱，他本来是下定决心要放弃的，这种无望的爱情，他不光和姜铭差很远，而且南安安对他也没有任何想法……

但是南安安一再出现在他面前，他才发现他下定的决心有多容易动摇。

他不甘心，一点也不。

南安安认真地按照PPT串着重点，讲了十几分钟她也逐渐放松下来了。

可惜事实上，她到底还是低估了简耀同学，南安安原本以为以简耀的性格，他俩以后也算形同陌路了。

她没想到的是接下来的短短二十分钟里，她被简耀打断了五次。简耀提出的问题一个比一个尖锐，南安安一开始还能根据课件对答如流，到后面简耀的问题就已经脱离了博弈论的范畴。她答不上来只能说了一句教师界万金油句子："这个，我们课下再讨论好吗？"

简耀满意地坐下了，之后的四十分钟里都没再打断她。南安安把重点讲了一遍之后开始在全班的哀号中随堂测，收了卷子后她正准备走就被简耀叫住了。

简耀是很认真地要和她进行学术交流，南安安只能尽一个老师的责任和简耀谈论了一个小时博弈论。整个讨论过程中简耀都是心不在焉的，炙热的目光一直牢牢地锁在她身上。

南安安被他看得浑身不自在。

连着两周上《博弈论》她都过着这样的生活，上课被刁难，下课被探讨。终于在最后一次课，她趁着简耀整理书包时说了声"下课"拔腿就跑，她才不要跟简耀讨论博弈论和搭便车的问题。

可惜南安安刚跑到楼梯口，简耀就拿着《博弈论》追过来了，还冠冕堂皇道："老师，你上课讲的那几个问题我还没弄懂，下周就要考试了，你再给我讲一下吧。"

无言以对，南安安只能从容地点点头，在简耀亮起的小眼神里给姜铭打了个电话，然后把手机递到简耀耳边："你问吧。"

简耀："……"算你狠。

听筒那边传来姜铭低沉好听的声音："安安？"

他的声音一向清冷，但是对着南安安的时候声音是温和的，带着宠溺。简耀心里有些发酸。

拿着电话，简耀无奈之下也只能顺竿往上爬："老师，我是您的学生，有几个问题想请教您。"

姜铭："你说。"

简耀抱着手机和自己情敌讨论了半个小时博弈论，本科生对上国际金融博士，他毫无疑问地溃不成军了，只能匆匆地说了句："谢谢老师，我都弄懂了。"然后看着南安安接过电话对那边的姜铭说了句："哇，老师你好厉害，我都不会。"

她拿着手机往楼下跑，压低声音对那边道："姜铭……我想你了。"她跑得很快，长发扬起，声音轻快。

简耀手一扬，那本厚厚的《博弈论》就直接落到了楼梯口的垃圾桶里，发出"哐当"一声。

搞定了简耀，南安安欢快地抱着书回宿舍，她是个群居型动物，姜铭在C市的时候就和姜铭一起住，姜铭一出差她就去找唐胖胖，好在这段时间唐胖胖都在学校。

南安安走到二十一宿楼下就看到一辆低调的黑色奥迪，她刚经过车前，车门就打开了。

一个高个子的男人从后面走出来，对着她友好道："你是南安安吧？"

南安安礼貌地开口道："我是南安安，叔叔，您好。"她对姜铭的父亲还有些模糊的印象，之前在安老爷子的生日宴上见过一面。

姜洋开门见山道："我是姜铭的父亲，你有时间吗，我想请你吃个饭。"

话是这么问，但他用的完全是陈述的语气。

明知道是鸿门宴，南安安也只能点头跟着姜洋上了车，她和姜洋都坐在后座。车厢里没放任何音乐，有些压抑。

南安安坐在那里有些拘谨，和自己男朋友的父亲坐在一起难免拘束，尤其这个父亲还和姜铭关系微妙，再加上姜洋气场很强大，给人一种压迫感。

好在姜洋很快就跟她谈起了姜铭，避免了这个尴尬，他的语气带着些怀念和遗憾："姜铭小时候跟我比较亲近，男孩子嘛，总是比较崇拜父亲。那时候我们关系好得连秦然都吃醋。可惜，我最终还是让他失望了……"

"姜铭这孩子很固执，眼里容不得一点沙子……这么久了，我们甚至没有好好在一起吃个饭，连年夜饭的敷衍也没有。"

南安安乖乖地听着并没有插话，她不知道怎么去宽慰姜洋。

姜洋的语气中透露出的更多是对于自己背叛姜铭母亲这件事被发现的后悔，而非对这件事情本身。

她尊敬姜铭的父亲，但她不认同他的做法。

对于姜铭和他父亲之间如履薄冰的关系，她没有立场去评价什么。

好在姜洋也只是自己在感慨怀念，并没有让她搭话的意思。

到了酒店之后，南安安跟着姜洋走进包厢，姜洋直接把菜单递给了她："安安，点些你喜欢的。"

"谢谢叔叔。"南安安点了几道菜和两道甜品之后把菜单还给姜洋，姜洋点了餐之后侍者就出去了。

"吧嗒"一声响之后，南安安就知道，她预料的对话来了。

两个人坐在偌大的包厢里挺冷清的，姜洋轻轻呷了一口茶，把茶杯推开开口道："我听说秦怡之前去找过你，我替她向你道个歉。"

"没关系。"南安安也只能这样说。

"你不用紧张，我没什么恶意，我来找你也并不是想让你和姜铭分手，"姜洋对她的态度很温和，带着对小辈的友好，"从各方面来讲，你们在一起都挺般配。"

“我和姜铭的关系已经这样了，当然也不想再做出些什么让他生气的事情了。”姜洋看着她认真道，“姜铭很喜欢你，我对你也算满意。”

南安安礼貌地说了句“谢谢叔叔”，关于那件事，关于她的病，甚至关于那个帖子，秦怡一定没少给姜洋吹枕边风。所以南安安对于姜洋这番话还有些难以置信，他专程在姜铭出差时找她出来就是为了表明他支持他们在一起？

姜洋像是看穿了她的想法，笑了笑道：“专程趁姜铭不在才来找你，是因为他已经习惯用最坏的恶意揣测我了。”



他说着把一个精致的木盒子递给南安安：“也算是传家宝吧，是我母亲的手镯，当初一直在秦然那里，她离世的时候也没交给姜铭……”秦然离世之前，坚决地把手镯还给了他。

“你今年快满 20 岁了吧，你家里的意思大概什么时候结婚呢？”姜洋往后靠了靠，“你应该知道我们家到姜铭这一辈也算是单传了。我父亲的身体近年来不太好，老人家总是很期待抱重孙，你们有这个计划吗？”

“对不起，叔叔，我还没考虑到那么远。”南安安坦诚道。先不说能不能，她今年才 20 岁，并不是一个适合成家立业的年纪，最起码在她的人生规划里还没翻到结婚生子这一页。

姜洋笑笑，闲适地靠在椅子上开口道：“那现在我提起了，你可以现在考虑一下……”

南安安有些无言以对，这种年龄差带来的压迫感让她无所适从。

“好，先不说这个。”姜洋拿出一张名片递给她，“这是我认识的一个心理医生，很有经验也很有职业道德。”

姜洋意有所指：“你可以和姜铭一起过去，毕竟这件事情也拖不得。我想哪怕你现在没考虑到以后的事情，也应该做好准备。毕竟我们做长辈的还是希望你们可以家庭美满，没什么遗憾。”

“这也是……我作为一个父亲的私心。”姜洋说得很诚恳。

“好，谢谢叔叔。”南安安接过名片。

菜上得很快，姜洋还点了两瓶红酒，本着礼貌的原则，南安安倒了酒还敬了姜洋。两人之间一没话说，南安安就敬酒，最后她觉得两瓶酒有一瓶半都进了她肚子里。

一顿饭吃得挺久，完了之后姜洋还重新把她送回了学校，南安安摸着衣服口袋的名片心里有些压抑。

姜洋说的都是人之常情，但是她这段时间被逼得太紧，无论是来自于她自己的还是别人的，南安安上楼的时候有种深深的疲惫感，偏偏他们说的都对。

酒劲儿一上来，困意也就上来了。南安安掐了掐眉心，把自己撂在床上，摊平成一个大字。

刚合上眼睛感觉还没休息多久，手机铃声就又欢快地响了起来。

南安安困得有些睁不开眼睛，也没看来电显示直接接起电话，有些懒洋洋地“喂”了一声。

“这么早就睡了？”姜铭的声音从听筒那边传过来，南安安揉揉眼睛翻了个身，“我有点困，你现在在哪里啊？”

姜铭低低地笑了一声：“楼下。”

南安安趴到窗台那里看了一眼，急急地拿着手机跑下去，就看到姜铭站在路灯下，还拖着个行李箱。

他穿着风衣站在那里，身姿挺拔。

南安安跑过去笑眯眯地抱了一下姜铭，明明才几周没见，却感觉像是隔了很久。

姜铭顺势把她抱了起来：“很困吗？要上去继续睡还是跟我回去？”

南安安头磕在姜铭肩膀上：“嗯，跟你回去。”

姜铭一手拖着行李箱一手拉着她的手往西门那边走，南安安困得整个人都扒着姜铭的胳膊任他把自己往前面带。

夜风清凉地吹过来，姜铭感觉一身的疲惫都消散了。快走到西门那里的时候，南安安突然站直了身子一边认真地看着脚下走路，一边跟他解释道：“这边有个缺了一半的井盖，上次唐胖胖就是卡在这里……呃，我不是不相信你啦。”

南安安摸摸鼻子，有些不好意思：“你不是近视吗，我怕你看不清。”

姜铭按了一下她脑袋说了四个字：“下不为例。”

不被信任的感觉……还真是不好。

姜铭的公寓离西门不远，好久不见南安安，姜铭也不想打车就这样一手拖着行李箱一手拖着南安安往公寓那里走。

C 市的夜景很漂亮，姜铭看南安安困得走路好几次险些磕到，干脆直接把她背了起来。南安安趴在他背上，两手搭在他胸前，尖下巴摩擦着他的肩窝，温热的鼻息就喷洒在他颈侧，带着酒味儿。

明明是再普通不过的场景，姜铭却觉得温暖而安心。



“姜铭……”南安安一说话下巴就磕着他的肩膀，“我认识一个心理医生，你陪我去看吧。”

姜铭步子停顿了一下，低声问道：“怎么了？”

“我们一起去，”南安安很认真，“好吗？”

“好。”姜铭最终还是答应了。

南安安得到他的回应就又趴在他身上睡了，姜铭把她背回家的时候这孩子睡得不省人事，姜铭去浴室洗完澡过来叫她去洗澡，南安安软软地趴着，他怎么叫都叫不起来。

“安安，去洗澡。”姜铭的洁癖发作得相当是时候。

南安安哼唧了一声继续拽着他：“困……”

“听话，去洗澡。”姜铭此时此刻完全不想为人师表了，不能一口吞他解下馋总可以吧。

南安安挠挠脸：“不要，我困。”

“不洗澡不能睡觉……”姜铭在南安安耳侧吹了口气。

南安安拖长声音：“我累了。”

姜铭声音低沉，用心险恶：“那我帮你？”

南安安马上弹起来乖乖去洗澡了。

隔天姜铭带着南安安去找了那个心理医生，那个心理医生是个挺有意思的老外，喜欢做一些夸张的表情。

南安安坐在他对面总被他层出不穷的怪表情逗笑，整个人也就放松了下来。

一年的时间，南安安从研二升到了博一，也看了一整年的心理医生，只能说是稍有起色。

南安安甚至有些急切起来，还是不行，每次到最后一步的时候就不行了，第一次看姜铭无奈地去浴室她还笑得出来，再后来她就真的愧疚了。

她觉得，她的大招势在必行了。

周末，南安安回安家找安凝拿神秘武器，顺便参加家宴，中途她出去透气，刚刚走到小花园那边就听到了低低的压抑哭声。





大厅里觥筹交错，而黑漆漆的树林里安可一个人蹲在地上捂着嘴，还是有哭声不时从指缝流泻出来。

南安安一向不待见安可，但也不想幸灾乐祸。毕竟除了失手把她推游泳池里然后她俩一起掉进去那次，很多时候安可都只是嘴上说说，没有对别人造成过实质性的伤害。她舅妈做的那件事情是为了安可，但安可也不是罪魁祸首。

时间除了让人变老，也会让人成长。

她做不到雪中送炭，最起码可以做到不落井下石。

南安安放轻步子正想离开这边，就听到安可不确定地低声叫了她的名字："安安？"

"嗯。"南安安还是答应了一声。安可声音沙哑，不复曾经的趾高气扬："我现在很狼狈吧。我妈拼命帮我守住的东西都没了，我被取而代之了，一无所有了……"

"我其实最不喜欢让你看我的笑话。"安可穿得很单薄蹲在地上，室外毕竟不比室内，已经飘起了雪花，安可却连大衣都没披。

南安安憋了半天也只憋出了一句话："这里太冷了，你回去吧。"

然后她整个人就被安可从背后抱住了，安可把头埋在她背上哽咽着说："我只抱一会儿，我实在……找不到一个人。她们都很开心，她们都不理我，安安。"

她的声音被大衣捂得瓮声瓮气。

南安安没有推开安可，也许是因为她抱得太紧，也许是她的声音……太过凄惶。

"安安……"安可吸吸鼻子，"我以后要怎么办？"

安可颤着声音，天真冷，像那个冬天的大年初一，她蹲在雪地里朝南安安砸了一个大雪球，南安安也蹲在她身边抓了一把雪团了团，然后远远地砸到她身上。那时候南安安砸她也许因为讨厌她，但是她却一直记得那年冬天，记得每一个细节。

"我怎么办……我什么都没有了。"安可抱着她腰的手紧到似乎要把她的腰勒断了，但南安安没去掰开她的手。这样的飘着雪花的夜晚，这样压抑着哭声的安可，给南安安一种安可只剩下她的错觉，安可就像那个溺水的人，而她就是安可拼命抓住不放的浮木。



浮木不能承载她的重量，却可以承载她的希望。

所以南安安站在小花园里任安可抱了很久……久到宴会散场，她舅妈找过来，南安安不想和那个女人碰面直接抽身走了。

晚宴结束前，安安去找安凝拿了药。

南安安回家的路上都是哼着歌的，一药在手，希望无穷了。她一直拖着没考驾照，姜铭的工作又很清闲，只要不出差一般都可以随叫随到，南安安也就每次都能享受着她男神的服务。

南安安给他们的第一次选了一个有纪念意义的日子——除夕夜。

南安安翘首以盼的除夕终于来了。

除夕那晚雪下得很大，南安安在家里给姜铭做了一桌子菜，继出得厅堂，入得厨房之后，她终于要成为一个上得了床的人了。只是她可能会成为第一个给自己下药的女人了。

南安安趴在落地窗那里等姜铭回家，除夕夜的烟花零零散散地在空中绽放，偶尔还有噼里啪啦的爆竹声，热闹而温馨。

南安安等了一会儿太无聊就跑去小区里堆雪人，天太冷她戴着大手套蹦蹦跳跳地取暖，还不忘在地上滚雪球。

手机铃声响起来的时候，南安安下意识地伸舌头舔了一下就想起了她第一见到姜铭的时候，她站在他的办公室门口，舌尖飞速地划开通话键，然后自顾自地接电话一抬头就对上了姜铭的眼睛。

"喂，是我，安安，新年快乐。"安可的声音弱弱的，那边还夹杂着冬夜的风声和爆竹声。

南安安愣了一下，也回了一个："新年快乐。"

安可没挂电话，低低地叫了一声："安安……"

南安安"嗯"了一声继续堆她的雪人，"你在外面啊，我听到爆竹声了。"

"嗯。"安可看着自己呵出的白气低低地应了一声，"我不想回家，那已经不再是我的家了。"



"呃。"南安安也不知道说什么了，自那天晚上之后安可就时不时给她打电话了。她似乎变了，不再是那个无忧无虑不谙世事的安家大小姐了，也像是没有变，她依然会黏着南安安，就像是她五六岁时那样。

南安安对安可的态度很微妙，不会很亲昵也不会恶言相向，每次她想挂电话时安可语气骤然就低落了下去，不忙的时候她也敷衍地跟安可聊几句。

"没关系……"安可解释道，"我不是要你收留我，我只是没人说话了，我想听听你的声音。"

又来了，南安安有一句没一句地跟她闲聊："你在干什么呢，那你猜我在干什么？"这种无聊之极的话难为安可也能跟她聊下去。

"我在跟你讲电话啊，"安可回答得自然，"我猜……你在堆雪人。"安可似乎认真思考了一下才说出答案，"你应该穿的红色大衣，我记得你一直很喜欢在过年的时候穿红大衣。还戴着手套，连指的那种，那样暖和一些，你比较怕冷。"

"哈哈。"南安安被惊了一下，因为安可全说中了。

她没跟安可说太久，因为听到新来电提示音她就匆匆地挂了电话，重新给姜铭拨了过去，姜铭接得不算慢："抱歉，安安，我今晚不回去了，爷爷病危了。"

南安安愣了一下："没关系，那我要过去吗？你们在哪个医院？"

"我在A市总医院，你自己在家别过来了，明天我回去接你。"姜铭交代完就挂了电话。

南安安有些失落地拍拍身上的雪，想了想还是决定自己去A市一趟，听姜铭的意思，姜家还是希望她过去的。

南安安回去围了一个大围巾，临出门的时候才发现手机电量只剩下百分之五了，她想了想把充电宝也带上就锁了门往外走。

姜铭住的这套公寓这边大家基本都有私家车，久而久之这边的出租车就少了，再加上今晚又是除夕夜更是打不到车。南安安一路走到西大西门那边，那边还是比较容易打车的。

可惜她等了老半天都没一辆空车，南安安站在西大门口被吹得脸都生疼，呼出的气体都是白色的。

大年夜她当然不可能找顾狸来送她，只能站在这里等。

她捂住脸哈了几口气才感觉暖和了一些，就看到一辆车在自己眼前停了下来，简耀懒洋洋地靠在驾驶座上朝着她勾勾手指："你去哪儿？我送你。"

南安安摆摆手："不用了，我要去 A 市。"

简耀直接开了车门："上来吧，我家就在 A 市，反正我正要回去也顺路。"他说着抱怨道，"我姐今年回家过年，我妈命令我现在就赶回去。哎，突然想起来前几天我姐还跟我说起你了，我姐跟你是一届的，你认识她吗，她叫简睫。"

"你姐姐是简毛毛？"南安安惊讶了一下，说了声"谢谢"上了车。在西高的时候南安安和简毛毛住一个宿舍，之所以叫她简毛毛是因为简睫当初自我介绍的时候，冷艳高贵地做了一个他们班最简短的自我介绍——我叫简睫，睫毛的毛。

简耀看她裹得严严实实只露两只眼睛的样子调高了温度，还随手放了一首舒缓的轻音乐。

南安安把绕在脸上的大围巾解下来终于呼吸顺畅了一些，一路上简耀有一搭没一搭地跟她聊着最近的学习和出国申请的事项，也不算太尴尬。

车子上了高速速度就快了起来，南安安有些犯困地靠在车座上半眯着眼睛迷迷糊糊之间就听到"咔嗒"一声车门落锁的声音，她掀了掀眼皮四处张望了一下，高速路总是那样，两排路灯长得一模一样一路向前延伸……

"困了吗？"简耀看她揉眼睛开口问道，说着还递给她一个柔软的大抱枕。

南安安抱着抱枕，下巴枕在抱枕柔软的枕肚上昏昏欲睡，车厢里似乎有淡淡的酒气，熏得人睁不开眼睛。

简耀看了眼身边的副驾驶座，狠踩了一下油门，车子疾速在高速路上奔驰着，驶入深沉的夜色……

南安安整个人昏昏沉沉的也不知道自己睡了多久，醒过来的时候他们还在路上。



她揉揉眼睛，兴许是车厢里温度调得太高她有些不舒服地把脸贴在车窗上，才感觉凉凉的，整个人清醒了一些。结了一层白雾的车窗被她的脸一贴清晰地透出窗外倒退的夜景。



南安安眼角瞥到车窗外陌生的夜景，手指微微收紧了一下。她对A市不算太熟，但顾球球外婆的老家在这边。南安安暑假也经常和顾球球一起过来，对市郊这一片还有印象。

简耀在下一个路口那里拐了一下……和她们常走的那条路背道而驰，那是C市通往A市必经的唯一的路。

南安安心里隐隐地升起一丝不安。

回忆起简耀出现的时机和她半睡半醒间车门落锁的声音，南安安心里那种不祥的预感越演越烈……

怕简耀发现她的异样，她揉完眼睛懒洋洋地哼唧了一声继续靠车窗睡，简耀俯身过来扶起她的脑袋在她身后垫了一个柔软的抱枕。陌生男人的气息一下子扑面而来，南安安手指揪着真皮座椅强忍着不适没有避开简耀的亲昵，装出一副刚睡醒迷迷糊糊还没睡够的样子。

这种胆战心惊的情况下装睡装不好反而会引起简耀的怀疑，南安安脑子里一个个念头飞快地闪现，又一个个放弃。

思考间，简耀在她额头落下了一枚吻，南安安哼唧了一声抬手软软地挠了一下，拖长声音懒洋洋地道：“困……”

简耀低笑一声，声音带着宠溺：“我不逗你，那你继续睡。”

南安安头一歪枕着抱枕半合着眼睛，简耀重新起身继续开车。

车厢灯光昏暗，刚才他动作间羽绒服口袋露出了精致包装袋的一角，就算再无知，durex五个字母她还是知道的……

南安安脑子里嗡的一声炸开，一下子只剩下一片空白。

耳边似乎都是嗡嗡的声音，她压抑着心里的恐惧不动声色地头一歪重新贴着车窗半合着眼睛假寐，做出她又睡过去的假象，脑子飞快地转着想办法。脸贴在玻璃窗上久了被冰得半张脸都麻木了，她心里更是一片冰凉……

这种寒冷似乎直达心底，那种久违的恐惧席卷了她身体的每一个细胞。

那种恐惧又无力的感觉她此生再也不愿经历一次，却没想到……



南安安拼命保持着清醒，在事情发生之前她必须抛掉这些消极的想法，在简耀真的跟她撕破脸之前，她得拖时间。在高速公路上她不可能跳车，何况简耀已经锁了车门，报警也是远水解不了近渴。

他们现在在一个她完全不知道地点的陌生地方，而且车还在向着未知的前方奔驰着。

雪越下越大，前面一段路似乎不太好走，南安安靠在车座上都感觉到了颠簸，她皱着眉咳嗽了一声捂住嘴，低头在自己包里翻找。简耀侧过头关切地询问她怎么了，南安安声音都有些虚了："找药，我没吃晚饭坐车有点晕车……"

C市，南微微正和靳斯在九重天吃饭突然一阵心悸，握着筷子的手一抖，那块红烧肉就"啪"地掉在了桌子上。南微微晃晃头，耳边像是在轰鸣，而心里像是被压了一块大石头一样，整个人都不好了，看着头顶华丽的大吊灯都感觉它摇摇欲坠。

她在靳斯诧异的目光中站起来跑到衣架那里掏出手机，按下快捷键。

……

南安安说着头晕继续在包里翻找，手机铃声却骤然响了起来打破了车厢里的安静，南安安自然地接起了电话："喂，姐……"

简耀握着方向盘的指节有些发白，他今天无论如何是一定要……的，他不能再接受任何意外了。

简耀竖着耳朵，在听到南安安只是乐呵呵地跟她姐聊天之后才放松了下来。是他想多了，南安安应该没发现。

“嘿嘿，姐，恭喜发财，红包拿来，你把给我的压岁钱放我枕头下面嘛……”南安安喜气洋洋的，“我啊，我在去A市的路上，很安全的，你放心。我没坐出租车，是我学生啦。”

听她这么信任地说，简耀心里又浮起一丝愧疚，她会上他的车……还是因为对他存在信任吧。他却要辜负这份信任了。

当初BBS事件流言满天飞时他拼命想保护的女孩子，现在他却要亲手毁掉了。



就像一件美丽的瓷器，它有可能是他的，那他就会珍惜保护，一旦确定属于别人，他就恨不得砸碎了不留一丝念想。

至于南安安会恨他，反正她也不喜欢他。

简耀再一次坚定了有些动摇的决心，南安安还在讲着电话，他从后视镜里可以看到她苍白的脸色和脸上洋溢着幸福而满足的笑容，那么生动，却从来不属于他。

“嗯嗯，阿毛的弟弟啊，阿毛是我最好的朋友你忘了？”

“那我挂了，手机快没电了。”

“姐，我爱你……”

南安安尽量稳住自己的声音，说完后挂了电话把手机放回包里，拍了拍胸口，感觉空空的胃里有什么在翻滚一样，她捂住嘴，难受的呜咽还是从指缝里漏了出来。

从后视镜里看到南安安的脸色苍白，捂着嘴难受的样子，简耀有些紧张地侧过脸看着她：“安安，你还好吧？”，

“不太好……”南安安摆摆手，声音虚弱，“简耀，你有晕车药吗？”

简耀摇摇头，他车上从来不备这种东西。看南安安难受得紧他又挺心疼，现在前不着村后不着店也没有地方买药，他探过身子伸手拍了拍她的背：“你是想吐吗？”

南安安点点头，难受得眼睛都湿漉漉的，眼圈也红了。

简耀被那双鹿眼看得心塞塞的，他挣扎了一下：“要不你直接吐吧。”

南安安坚定地摇头：“车里都是那个味儿的话，我会恶心得吐一路，你把车窗开了，我吹吹风透下气。”

简耀担心她冷，看她又难受成这样还是降下了一半车窗。南安安扒着车窗干呕了一阵，就看到他们车后面有一辆白色的车离得不远不近，南微微绝对来不了这么快，但是……她没有下一个机会了。

“呕……”南安安捂着嘴看向简耀，眼泪汪汪地朝着车门抬抬下巴示意他自己要出去吐。简耀犹豫了一下，看南安安强忍着怎么都不愿吐在车里又实在难受，还是把车停在了路边，绅士风度地绕到了副驾驶座那边帮南安安打开了车门，实则是靠在车门那里挡了南安安跑路。

他本来没想这么做的，但是既然已经下定了决心，简耀就一定要做到底。

简耀靠在车门上俯身看南安安蹲在那里干呕，她蹲着的时候整个人看起来缩成一团可怜兮兮的。简耀有心想去拍拍她的背就听到一声剧烈的碰撞声，后面一辆车不要命地撞到了他的车上，简耀原本是靠着车门，这下被带得整个人一个趔趄栽倒在地上……而南安安一下子站起来沿着马路飞奔。

简耀从地上迅速爬了起来朝着南安安追过去。

极度的恐慌之下，南安安的爆发力还是惊人的，她深一脚浅一脚地在雪地里狂奔着，迎着夹杂着雪花的寒风朝着前边不要命地跑，而简耀刚才被撞那一下脚崴了，跑起来影响了速度。但是男生身高腿长，加上体力远胜于女生，很快他和南安安之间的距离就越来越近。

南安安大口大口地喘着气，脚步越来越沉重，喉咙里被灌入冷风，疼得像是被撕扯着一样。南安安只是机械地朝前跑着，她自己踩在雪地上的脚步声间隔越来越长，而身后简耀的脚步声越来越近，每一步都像是踩在她心上。

一只手大力抓住了她的胳膊，南安安整个人被扯得脚步一滞。

路灯下简耀的脸有些狰狞，他冷笑了一声：“你知道了？”

南安安弯腰扶着膝盖大口喘气，简耀声音也有些急促：“我不想伤害你的，安安，你说你喜欢我。”

“呼，呼……”南安安喘着气乖巧道，“我喜欢你。”她没什么骨气，这种关头更不会去激怒简耀。

简耀闻言得意地笑了笑，凑近她，两手握着她的肩膀力道大得像是要把她肩膀生生捏碎了："我不相信，你看着我的眼睛说。"

南安安抬眼看着简耀的眼睛一字一顿："……我喜欢……"她说着蓄力一脚狠狠地踹向简耀两腿之间，简耀身子一偏那一脚狠狠地落在了他的大腿上。简耀被那力道激怒了，一下子红了眼睛一拳狠狠地砸向她的肚子，南安安顿时觉得五脏六腑都要移位了，半边肩膀被简耀握着才没栽倒在地。

"你冷吗？"简耀摩挲着她的耳垂，"我带你去暖和的地方，我们来做，我舍不得你难受，安安，安安……"

南安安被他紧紧地拥抱着，下巴磕在简耀的肩膀上，她一抬眸就看到刚才撞了简耀的那辆白车开得不太稳，朝着这边开过来，刺目的白光下那辆车朝着简耀疾驰而来。灯光越来越近，车轮摩擦着雪地发出碾轧的声音，南安安拼尽全力屈膝稳准狠地一击砸向简耀的蛋蛋，在简耀疼得下意识去捂的时候往旁边一滚……

简耀疼得脑袋一片空白被南安安推得倒在地上，刺目的车灯在雪夜里发出森森的白光，简耀一手支着地想撑起身子跑。那辆车却在即将撞上他之前往左侧狠狠地偏了一下，堪堪碾着他支着地的手压了过去……

"呃啊……"剧烈的疼痛一瞬间冲击了简耀所有的理智，左手传来的疼痛钻心蚀骨，那声惨叫从喉咙里发出来又生生地截断，在雪夜里悲凉而瘆人。

车里，安可握着方向盘的手指节发白，她往后倒车的时候手指颤抖得有些握不住方向盘。除夕夜本来是一家团聚的日子，但是那个家却不是她的，她站在那里看她父亲对安凝近乎讨好，她压抑了太久被他忽视了太久终于鼻子发酸忍不住朝着他吼了一声："我也是你女儿，你为什么这样对我？！"

然后，她才知道她妈妈当初对南安安她们做过什么。

难怪每次她讨好南安安，南安安都那么厌恶她。

安可和她妈妈大吵了一架，一气之下开着车出来在路上晃荡，路上几乎没什么行人。

她无家可归就想去看看南安安，最后看她急匆匆地出门鬼使神差地跟了上去，看她上了陌生男人的车。

安可一路小心翼翼地跟着前面那辆车，心里暗暗地希望只是她想多了，却发现前面那辆车越开越偏。她正担心着就看到南安安从车窗里探出头，过了一会儿车门开了，那个男人绕到车门那里一手撑着车门，南安安蹲在路边看起来想吐。

安可狠踩一下油门撞开那辆车，带得那个男人一个趔趄，然后就看到南安安飞快地跑了出去。



安可心乱如麻想下车去帮她拖住男人，又想到她们两个可能都不是一个高大男人的对手，只能艰难地把车倒回去重新朝着那边追，想找到时机开车吓唬一下那人就看到那个男生一拳狠狠地砸向南安安的肚子……

那一瞬间，她失了理智也失了控制。

直到现在，看眼前鲜红的血在白茫茫的雪地上越发触目惊心，简耀的手软趴趴地抬不起来，她推开车门跑下来小心翼翼地想去看看简耀的手和他是不是还有威胁。

南安安捂着肚子离简耀远远的，看车主打开车门小心翼翼地去看简耀。刺目的白光下，女生脸上的狠绝退去，只剩下惊慌失措。看到安可的脸南安安心里惊讶了一下，随即想到了晚上她堆雪人时，安可对她那一番精准的描述……

当时她敷衍着安可，也没去想安可怎么可能猜得准每一个细节。

南安安整个人疼得昏昏沉沉的，也想不出安可奋不顾身来救她的理由。但是，心里却松了一口气。

她被简耀砸的那拳极狠，刚才拼命提起劲撞简耀那一下已经用尽了她所有的力气，现在一解除简耀的威胁，心理上的紧张消散后腹部的疼痛就叫嚣起来，南安安抱着肚子蜷缩在雪地里眼前一阵阵发黑。可能她刚才装吐装得太投入，现在真的头昏脑涨，胃里泛酸，眼前也模糊一片。

安可一小步一小步走过去，刚走到简耀一步远的地方正想看他的手，冷不防脚踝被简耀没受伤的那只手狠狠地一扯，整个人重心不稳被拽倒在地上。简耀眼睛充血，他的左手刚才还钻心地疼现在却像是失去了知觉一样，他狠狠地踹了安可一脚想回车里拿手机打120，眼角余光瞥到了抱着肚子蜷缩在雪地上的南安安。

他当时背对着车，但是南安安被他抱在怀里一定看得到疾驰而来的车，她居然……她是故意的！

简耀强忍着疼打完急救电话后从车里钻出来，朝着南安安走过去，他的手还在往下滴着血。

南安安眼前模模糊糊的，只听到皮鞋踩在雪地上的声音越来越近，越来越近，简耀冰凉的手指沾着雪花扼着她的脖子收紧……



缺氧的感觉让南安安眼前发白，简耀手指松开，到这种时候……他居然还是舍不得。

南安安剧烈地咳嗽着，隐约间她听到刺耳的刹车声。南安安掀了掀眼皮模模糊糊地看到刺目的车灯和逆着强光的人影，那道人影逆着光只有一个模糊的轮廓，朦胧中她只看到简耀整个人被揪着领子狠狠地摔了出去……

模糊的轮廓和逆着光的剪影一点点和那晚的记忆契合在一起。那个人一手抱着南微微一手拽着她的手腕，带着她穿过幽深得像是没有尽头的小巷子，耳边是鼓噪的蝉鸣和夏日的风声，她边哭边跑眼泪糊了满脸。跑出小巷子后那人把她们带到明亮的路灯下，俯身用手背蹭了一把她湿乎乎的脸，大拇指抹了一下她的眼角，声音清冽好听："没事了，乖。"

"没事了，安安……"南安安整个人被紧紧地抱住按在他怀里，"没事了。"

他的身上明明夹杂着雪，却有着最让她安心的气息，从开始到现在。

"师父。"南安安深吸一口气，额头抵着他胸口，声音闷闷的。

"嗯，我在……"

"老师。"她又叫了一声，像是想确认他在这里。

"我在这里。"

南安安吸吸鼻子："姜铭。"

"嗯。"

他的怀抱温暖而熟悉，像是期待已久。

南安安一声一声地叫着他名字，声音渐渐低下来，姜铭抱着她一声一声地应着，声音低沉沙哑。

“姜铭……”南安安一手扒着姜铭肩膀，头埋在他怀里又叫了一声，她一晚又冷又饿又疼又怕，此刻有千言万语堵在嘴边终于，“嗝……”

姜铭：“……”

南安安：“嗝……嗝嗝……”

南安安觉得头越来越沉重，强撑到现在终于再也撑不下去了。



南微微是直接去的医院，正赶上姜铭抱着南安安往里走。

南安安一手搭在肚子上脸色苍白如纸，南微微听到自己声音都变了：“她肚子怎么了？”

跟在后面面色一样苍白的安可回答道：“简耀打了她肚子一拳。”

南安安半睡半醒地被姜铭抱着去拍片子、做b超，检查结果是轻微的内出血，南安安睡着的时候一手还是捂着肚子。

姜铭在病床旁边站了一夜没合眼，南安安脸色苍白，睡着的时候还皱着眉。

姜铭伸手用手背蹭了蹭她的脸颊，脑海里却是南安安第一次去他公寓里的时候，吃他做的土豆炖牛肉吃坏了肚子，躺在沙发上乖乖地摊平任由他给她揉肚子，他一碰她她就笑得不能自已。

姜铭甚至不敢去回忆接到南微微电话时他当时的感觉，他站在爷爷的病房里，一大家子交谈的嘈杂声似乎都离他很远，那种……心脏紧紧地揪成一团撕扯着的感觉。

南微微靠在沙发那里没走近，那通电话南安安讲得像是她们平时亲昵聊天一样，但是她一下子就听出了南安安的异常。南安安叫了她姐给她拜年，但是简耀绝不知道她们是双胞胎，从没有安安给她拜年她给安安压岁钱这一说。

她当时一颗心提到了嗓子眼，听着南安安用最自然的语气把重要的信息简要地传达给她——简睫的弟弟、A市的路上，还有她强调快没电的手机以及那句“很安全的”的暗示。

从挂断电话南微微就开始一边根据南安安的提示先定位她快没电的手

机，一边让靳斯查简睫弟弟的信息。除夕夜让南安安跑到 A 市的理由也只有姜铭，那么姜铭一定会离南安安所在的地方更近，她一刻不停地给姜铭打了电话……

南微微有条不紊地做每一件事情，试图压下心底强烈的无法忽视的不安，南安安说："姐，我爱你。"

听起来像是撒娇，又像是告别。

挂断手机的时候，南微微手都在颤抖，好在……

南微微捂住脸，手放下的时候指尖抹了一下眼角。

病房的门被轻轻叩了一下，南微微打开门就看到安可站在走廊那里，她走过去请安可进来，安可摇了摇头没看她，目光直接绕过她看向病房里的南安安，欲言又止。

南微微见状说了句："她没事，还没睡醒。"

安可闻言点点头，低头绞着病号服的一角声音有些沙哑："那我走了。"

"你呢，你还好吗？"南微微关心了一下安可，她昨天看到安可白色羽绒服上的脚印了，只是她完全无暇顾及安可。

安可摇摇头。

"谢谢你。"南微微朝着安可深深鞠了一躬。

"不用，我知道我妈妈对不起你们。"安可没抬头，轻轻说完这句话就回了隔壁病房。

南微微愣怔了一下，这是安可救了安安的原因？

赎罪？

她印象里安可从来不是一个三观如此正直的人。

南微微看了眼病房，出去给南安安买粥，想了想决定给安可也带一份，无论安可是出于什么目的，这一次她真的应该谢谢安可。

姜铭绕过病床去那边拉开了窗帘，阳光透过玻璃窗洒满了整个病房，浅金色的阳光下南安安掀了掀眼皮，被刺目的阳光刺激得眨了眨眼睛，她抬手捂住眼睛翻了个身就疼醒了。

南安安刚醒的时候总会有那么一会儿完全放空的状态，她揉了揉眼睛感觉腹部牵扯着疼，往窗户边一看就看到姜铭站在窗前的身影。

*The world*
*is always good*

# 第十章

## 路途遥远，
## 你嫁给我好吗？

明媚的阳光里，连空气中的尘埃都无所遁形。

刚醒过来昨晚的所有记忆全部归档，南安安脑袋像炸开了一样，她甚至不知道怎样去面对姜铭。

那些信息一下子灌入她的脑海，来不及消化。

原来，一直都是姜铭……

南安安垂着眼睛，病房的温度不低，她的被子上还搭着姜铭的黑色大衣，压在她腿上比起柔软的被子温暖而沉重，而姜铭只穿了一件烟灰色的薄毛衣站在那里。

清晨的阳光正好，窗外还有叽叽喳喳的鸟鸣。

南安安沐浴在晨光里，有种恍若隔世的感觉，像是昨晚的一切是很久以前发生的事情了一样。

可她却突然不知道怎么面对姜铭。

她明明有那么多话想对他说，现在却一点也开不了口。

姜铭一手绕到她另一边的肩膀上把她扶起来，拿一个柔软大枕头垫到她背后，起身往病房外面走。

南安安眼角的余光看到姜铭的黑皮鞋鞋尖转了个方向，有些紧张地抬眼看过去，她伸手想拽拽姜铭的衣角，指尖还没接触到他的烟灰色薄毛衣就放了下来。南安安手指蜷了蜷，听到那声门响的时候心里空荡荡的。

她眨了眨眼睛向下躺了躺缩回被子里，一手把被子向上扯了扯盖住脑袋，睫毛蹭着柔软的被子……被子却一下子被一只带着凉意的手掀开了，光亮透进来，南安安朝着上方看过去目光正对上姜铭漆黑的眸子，原来他没走。



“你去哪儿了？”南安安吸吸鼻子，一句话脱口而出。

姜铭坐到柔软的大病床上，两手托着她胳膊把她从被窝里抱出来放到腿上搂着，让南安安整个人靠在他身上，抬手用大拇指拭了一下她湿漉漉的睫毛：“给你买饭。”

这样被人抱在怀里的姿势，南安安曾经觉得暧昧而紧张不已，现在却觉得姜铭身上的气息包围着她让她无比心安。

刚才她疼得没注意，现在姜铭一开口她才听出来姜铭的声音沙哑得不成样子，南安安转过头搂了一下姜铭的脖子。

明明他们只是几天不见，她却觉得像是隔了好久。

虽然病房里的温度很适宜，但是姜铭似乎从昨晚找到她之后就把大衣裹到她身上了，一直都只穿了那件单薄的毛衣，在这样的雪夜里。

他似乎有些感冒，声音沙哑得不成样子而且还带着鼻音，英俊的眉眼间都带着疲惫。

姜铭微微皱着英挺的眉，眼底带着淡淡的青色，南安安细细地用心描摹着他脸上的线条，把头埋进他颈窝那里讨好地蹭了蹭，姜铭脖颈那里凉凉的。她心里说不出什么滋味，正窝心一勺粥就到了她嘴边，南安安摇摇头：“我有很多问题。”

她从昨天下午就没吃东西，医生来问的时候她只觉得胃里空荡荡的，饿得不行。

现在小米粥递到她嘴边了她却没一点胃口，像是饿过头了一样，反而闻着谷物的香味有些反胃，就一点也不想吃了。

“嗯。”姜铭一边答应着一边强势地把勺子送到她嘴边，抵着她的下唇，

“喝一口就可以问一个。”

南安安犹豫间，勺子已经把她紧抿的嘴唇撬开了，温热的粥水湿润了她干裂的唇，缓解了嘴唇上的不适。

南安安索性张嘴乖乖地喝了一口：“第一个问题，那天晚上是你救了我们？”

说是问题，她问得完全没有疑问的语气。

“嗯，是我。”姜铭回答得也丝毫不拖泥带水，修长的手指握着勺柄，又重新舀了一勺粥放到嘴边吹了吹，“那时候我给你发了好几条消息说把时间提前，你没回复我，所以我推掉了会议一开始就在校门口等着。”



姜铭当时倚着校门抬手看了看手表的指针，不经意间抬眸就看到一个小女生撒腿往小巷子里跑，他漫不经心地又看了一眼手表，当时校毕业晚会正到了放焰火的时间，腾空而起的焰火点亮了西大半边天空。一安静下来，他就听到隐隐约约的女生的尖叫和一个男人粗粝的惨叫声。等待小卷毛时被压在心底的不安浮了起来，姜铭毫不犹豫地冲进了小巷子。

姜铭继续把勺子递到南安安嘴边，见她飞快地喝光了一勺粥继续道：“你什么时候认出我的？”

“认出你是小卷毛……”姜铭说得慢条斯理，逻辑极强，“你写的请假条上的字和我的几乎一模一样。小卷毛说过她要拿我给她做好拍照发过去的题目当字帖；你找我求情要平时分的时候，我看到了你的同心锁，小卷毛以前给我发过缺了一个口的同心锁照片；补习那次安可来找我时亲昵地叫你安安姐姐，小卷毛说过安可摔了她的同心锁，她最讨厌安可，而且安可这个名字并不多见。”

南安安艰难地咽下口中的小米粥。哼，就这三件事她就妥妥地暴露了，而姜铭那么早就知道她是小卷毛了。

难怪顾狸以前说，你和姜铭没有最萌身高差，但是你们有最萌智商差哟……

“至于认出我救过你……”姜铭重新把勺子送过去，“货银考试那晚，你喝醉了我送你回家看到了你卧室里你十二岁生日的照片；完全确定是那天知道你有个双胞胎姐姐。”当时他抱了一个扯了一个，把她们带到路灯明亮的地方，甚至还帮其中一个小姑娘抹过眼泪。南安安和南微微都是极漂亮的长相，足够让人过目不忘，所以他很容易跟照片对上号。得知南安安有个双胞胎姐姐就更让他确定了他的猜想。

在此之前他从没把南安安和小卷毛以及被他救了的小姑娘联系在一起，也是托了南安安求他帮忙做高一试卷的福。

他一直以为那时候小卷毛上高一，十五岁。

南安安悲愤地喝粥，不是最萌智商差，是最虐智商差，南安安脑子转得飞快试图找回主场优势："那你什么时候喜欢我的？"

姜铭低笑了一声："小卷毛再也不理我之后。"

比她还要早，南安安志得意满，声音轻快："你那么早就知道我是小卷毛，还要我追你那么久……"南安安补充了一句，"老师，你闷骚又傲娇。"

"你交过十个前男友。"姜铭淡淡的一句话结束了南安安的志得意满。以他对小卷毛的了解，她从小到大一帆风顺，得到的爱太多太容易，所以就不会珍惜，"而且你说过，分手了从不复合。"

自作孽不可活的南安安："……"

一口吞了到她嘴边的粥，南安安心虚地摸了摸鼻子，如果姜铭轻易被她追上的话，她也不知道然后会怎样……

可是，老师你这么聪明这么腹黑这么鬼畜真的好吗？！

一问一答的模式，南安安很快喝完了那碗粥，她有些不舍："老师，再来一碗吧。"

说着南安安咳嗽了几声，昨晚还是着了凉，她鼻子都有些呼吸不畅了，闷得难受。

"没喝饱？"姜铭从床上站起身，用被子把南安安裹好，连人带被子地把她抱腿上坐到沙发上，受宠若惊的南安安乖乖地回答道："没问完。"

姜铭不为所动地往沙发上懒散地靠了靠。

南安安心虚地低下头，姜铭俯身用下巴摩挲着她头顶，温暖的气息像是可以融化一切。南安安是如此贪恋着这样的温暖，即使她知道她有病，即使她知道她这样和姜铭在一起对姜铭不公平，但她还是不想走。

安安凑过去亲了一口姜铭，被姜铭脸上的胡楂刮了一下，她搂着姜铭小心翼翼地啄着姜铭的薄唇，姜铭一手按住她的后脑勺将她的嘴唇压到他唇上反客为主，强势地撬开了她的牙齿……

冷不防南安安一把推开了他。

姜铭的心一下子沉到了谷底，他们一整年的努力付诸东流，现在完全回到了原点，甚至……南安安现在连一个吻也不愿意接受了。

“我去抽支烟。”姜铭起身出去了。

“呼——”南安安松了口气，揉揉肚子正想躺回去再睡会儿，就听到一阵有节奏的敲门声。

南安安说了声“请进”就看到安可走了进来，站在不远处欲言又止。

南安安不由得捏了捏手指，昨晚如果不是安可，她可能已经……

安可沉默着走近她的病床，然后站在她病床前面没出声，只是用一种略带悲伤的目光凝视着她。

南安安被凝视得毛骨悚然，起了一胳膊鸡皮疙瘩，她抬眼看着安可小心翼翼道：“呃，昨晚谢谢你救我，我……”

“我就要走了，”安可出声打断她的道谢，垂着头移开了目光轻声道，“过完寒假我就要出国了。”

南安安沉默了下来，消化了好一会儿才组织好语言：“一路顺风。”

她和安可之前一向这样，每次安可趾高气扬的时候南安安就能愉快地顶回去，但是当安可和颜悦色或者对她示弱的时候，她反而不知道该如何相处。

安可扯了扯嘴角：“坐飞机一路顺风会出事的，”安可半开玩笑半认真道，“不过，我要走了你是不是很开心啊，以后再也没人跟你抢男朋友了？”

南安安脱口而出：“反正你从来没抢到过。”

看，又来了，这就是南安安和安可不对盘的原因——她们好不过三秒。

安可深吸一口气，努力继续她们之间的话题：“我废了简耀一只手。”

闻言，南安安也努力让自己友好而客气，道：“谢谢你，你真厉害。”

“……”话已至此，安可完全无法再客气了，“所以我要出国避难了！”因为你！

南安安捏着自己的手指，轻声说了句“对不起”。

病房里一下子安静了下来，安可垂着头看着自己并在一起的鞋尖，看着自己迈出了一只脚更靠近了病床一些，她垂在病号服旁边的手指蜷起来又伸展开：“我就要走了……姐。”

她的声音很轻，压得很低，那声“姐”几乎听不到。

南安安有些无言以对，安可语气里的哀伤那么明显，连她都清晰地听了出来。可是十多年来她和安可就是那样的相处模式。，多年的习惯延伸至今，即使她再感激安可昨晚的出手相救，也无法一夕之间变成一个知心姐姐搂着安可哭着说：不要走。

安可低着头，看自己另一只脚也并了过去，“我以后都叫你姐，你会答应吗？”

听到她这样说，南安安有些不明所以地点点头，安可以前和颜悦色的时候叫她安安姐姐，气急败坏的时候对她直呼其名，还咬牙切齿的，无论哪种她也从来没那么亲昵自然地叫过她“姐”。

“……我可以抱抱你吗？”安可说着不等她回答，俯身张开手臂抱住了她。

安可说不清那种感觉，南安安像是她一个遥不可及的梦想，南安安轻易拥有所有她可望而不可即的东西。

儿时她被爷爷抱在怀里，羡慕南安安坐在南是的肩膀上，羡慕南安安被南是抱着宠着，甚至羡慕南安安被南是揍得两眼泪汪汪的……

父母吵架她无处可去到她姑姑家里的时候，她羡慕南安安拥有那么恩爱的父母，那么美满的家庭……

后来，安可羡慕南安安有双胞胎姐姐不像她那么孤独，羡慕南安安轻易跳级不像她那么努力才能考得好，羡慕南安安漂亮不像她完全没继承安家美貌的基因，羡慕南安安性格好不像她总和同学相处不好。

她羡慕南安安，忌妒南安安，她对着空无一人的操场喊——南安安，我讨厌你。

喊到酣畅淋漓的时候，她对自己低声说：南安安，我想变成你。

也许她去救南安安是因为血缘，毕竟血浓于水……

也许她去救南安安是因为那场晚宴，她一无所有时南安安是唯一愿意安慰她的人，即使那安慰那么敷衍也让那时候的她得到了温暖。

也许其实是因为，南安安是她儿时遥不可及的梦想，想变成却变不成的那个人。而梦想，就应该是最美好的样子。

她喜欢和南安安争和南安安抢，但是南安安真的遇到危险的时候，她却不愿意看南安安不幸。

南安安想问“你还是我认识的那个安可吗”却还是没问出口，安可抱她抱得松松的，手臂环着她的肩膀，下巴轻轻搁在她肩窝那里轻轻说了一声“再见”，不等她回答就离开了病房。



在医院待的那几天南安安闲到要长毛，而且最让南安安无法接受的是每天都要吃得很清淡，而且她觉得姜铭在躲着她……姜铭这几天都不亲她了。南安安靠着病床优哉游哉啃着鸡腿这样说的时候，姜铭去楼上病房看他爷爷恰巧不在。躺在她病床上小憩一会儿的南微微一脸你神经病啊的表情看着她：“不是你丫推开他的吗？你精分啊！”

南安安啃完南微微偷渡给她的大鸡腿，拿纸巾抹了抹嘴巴：“他当时按住我肚子了啊，好疼的。”

就这原因？南微微扶额：“那你当时怎么不说？”

南安安眨眨眼睛用她的油爪子抱住南微微蹭了蹭：“……我怕他内疚啊。”

“……”你这样，他更内疚不安吗？

南微微挪开她的手抬腿就下床：“逗比你好，逗比再见。”

南安安拽住南微微的手：“不要走，你快教教我怎么办？”

南微微坐回床上伸手怜惜地摸了摸她妹的脑袋：“什么怎么办，怎么让姜铭亲你？”

见南安安点头，南微微皱着眉深思：“虽然你是我妹妹，但是我觉得我俩脑回路完全不一样，发生这种事情你不应该是噤若寒蝉，讳忌莫深，心理阴影更加严重吗？”

南安安摇摇头：“没有啊，当时简耀捏着我肩膀逼近过来的时候，我只有一种想法……”

“什么？”南微微感兴趣地靠近她就听南安安说：“我想，如果是姜铭就好了。”南安安垂下头，声音压得很低，“其实那时候我特别害怕，我就想，我那么喜欢姜铭，我和他在一起那么久都没有过，怎么能便宜了简耀！”

南安安喝了一大口果汁才继续说：“我一直活在当年的阴影里，其实这样对姜铭一点都不公平。”



她说着又喝了一大口，不是她一定要拼命喝，是姜铭谨遵医嘱坚决不让她吃肉喝冰水。南安安握着杯子就被南微微打掉了手，她看着杯子被夺走接着大义凛然道：“那时我就下定决心了，我一定要和姜铭做个淋漓尽致的爱。”

南微微神情有些高深莫测，一手搭着南安安的肩膀侧耳认真听着，放在大衣口袋里的手机屏幕上幽幽地显示着通话时间——15:20，15:25……

毫不知情的南安安说着神色转为哀怨：“可是他这几天都不亲我哎。”

她化悲愤为食欲，趁着南微微不注意拿起另一只鸡腿狠狠地咬了一大口。

“他不亲你你亲他呗。”南微微手指不经意间插入大衣口袋里按了侧面一个键结束了通话。然后眼疾手快地收了南安安手中的大鸡腿，拿起放在一旁的果汁就直接往病房门口走。她刚一打开门差点撞到姜铭身上，共犯南微微迅速离开现场，留下满嘴鸡肉一时咽不下去的南安安和姜铭面面相觑。

南安安鼓着嘴恨不得钻回被子里，姜铭离开前她答应得好好的，绝不偷吃生冷油腻的东西，现在被逮了个正着，南安安脸上发烫，垂着头努力地吞咽口中的鸡腿肉。

南安安正努力着就听到姜铭锁了病房的门，姜铭身高腿长几步就能走到她的床边。听着脚步声越来越近，南安安鼓着嘴奋力咀嚼完毕，还一手拿过床头柜的开水杯喝了一大口水咽下去，冲淡口中的肉味儿。等姜铭刚一过来南安安就一手搂住姜铭的脖子，把他的头压低下来，凑上去以迅雷不及掩耳之势狠狠地亲住了姜铭。

力道之大，位置之不准，她的鼻尖直接撞到了姜铭鼻梁，鼻子一酸差点没哭了。

南安安本来就是盘腿坐在病床上的，这样的姿势实在是太容易被推倒了，于是她也真的被姜铭推倒了。

一吻结束，南安安身上的病号服扣子都被姜铭不动声色地解开了，露出性感的锁骨。南安安不由得向后靠了靠，姜铭屈膝单腿跪在她床上刚好挡了她下床的路，他一手强势地按在她耳侧，另一只手刚离开她可怜的病号服。



她整个人都被姜铭圈在了势力范围之内，笼罩在他的身影下。

姜铭就在她的正上方，男性强势的气息让久违的南安安有些紧张，她手忙脚乱地想去推一下姜铭，倒不是她无法接受而是在医院来一发的话实在是太羞耻太丢脸了啊。手舞足蹈间，南安安刚好碰到了姜铭的手机，黑色的手机掉到了她胸口……

南安安眼睛一眨不眨地看着姜铭意味深长地低笑了一声，声音性感到南安安不由得舔了舔嘴唇，看着姜铭伸手，修长的手指按下了她胸口……的手机屏幕上的一个键，她就听到了一句话，斩钉截铁、大义凛然——

“那时我就下定决心了，我一定要和姜铭做一个淋漓尽致的爱。”

南安安脸红了个彻底。

姜铭俯身亲了亲她的鼻尖，南安安紧张得视线完全随着姜铭的动作走，一不小心就对眼了。

姜铭低笑了一声，声音低沉而愉悦，内容意有所指：“你说的。”

“对，我说的。”南安安坦诚地点头，有些不好意思，“但是、但是我们回家做可以吗？”

看姜铭挑挑眉，南安安急切地补充：“不是我不行……”

姜铭凑近她脖子，舌尖舔了一下她的颈侧，声线压得很低，暧昧而性感：“嗯……那是我不行？”

“不是不是，我是怕这里床小我伸展不开，”她看了看姜铭的神色小心翼翼地改口，“你伸展不开？”

姜铭看了一眼高级病房 1.8*2.0 的大床，大概南安安是真的准备在床上好好滚一把。

见姜铭起身直接下床，南安安心里一阵惶恐一把拽住姜铭的衣角："你去哪儿，要不你来吧。"

见南安安这样，姜铭一下子笑出声："办出院手续，"

他说着停顿了一下凑近南安安耳边呵了一口气，手指还摩挲着她的耳垂压低声音："回家办你……"



啊啊啊……

南安安捂着一张脸在床上坐卧不安，她是不是太主动了？可是姜铭这样真的帅一脸啊。

姜铭去办住院手续的空当，南安安正要换掉病号服就眼尖地看到了放在床头柜上的几个购物袋，她探着身子把购物袋取过来发现里面是一整套衣服，由内而外，好像是姜铭刚才进来的时候随手放在床头柜上的。

南安安把衣服都换好，冬日的阳光温暖和煦，她的心里也暖洋洋的。

她真的没有没心没肺到还能穿着那天那身衣服，她没提过姜铭却悄无声息地准备了。

姜铭一向不是一个把爱挂在嘴边的人，也不喜欢对她说温柔的肉麻的话，却总是在她最需要的时候出现在她身边，无论是有意还是无意。南安安也从来不是一个相信命运的人，却从没有一刻像现在一样觉得命运如此玄妙。

他就在那里，几年前，几年后，像是早一秒晚一秒遇到的都不是那个人。

南安安倒是没有什么东西可整理了，她换好衣服后给南微微打了个电话说了自己要出院回C市，就直接走出病房跟姜铭一起回家。

从走廊里穿过的时候刚好有几个小护士从她身边经过，小护士压低声音讨论她隔壁病房的病人："哎，小帅哥长得很赞的，可惜啊……"小护士遗憾地摇摇头，"唉，还好是左手……"

"只能说倒霉啊……"另一个小护士摊摊手，"好在那天雪积得厚又松软，压下去的时候缓冲了一下，只是以后基本是摆设了。车祸这种事情，唉。"

之前的小护士压低声音："不是车祸，是故意的，我听说的是C市的一个富二代生生开车压过去的，这群天杀的！”

另一个小护士接话道：“好像就是因为住他隔壁房的那个白富美，他好像对那白富美心怀不轨，白富美的妹妹废了他一只手……”

“擦，这也太狠了吧，白富美就是比一般人金贵啊……”

小护士们越走越远，声音也低了下来。

南安安站在原地心里有些压抑。

南安安垂着头靠在走廊的墙壁上，她也说不清楚心里那种杂乱无章的感觉。站了一会儿南安安就继续往前走，一抬眼就看到了站在走廊尽头的简耀。



几天的时间简耀整个人都清减了许多，南安安手指无意识地抓着大衣的一角，转身往走廊的另一边走。

简耀手上还缠着绷带站在原地，看着南安安越走越远，没有回头。

就像是这样彻底地走出了他的生命里。

简耀垂着手，想去追上她却终究没迈出一步。

初见的时候，她说着“没有我爸爸，我是一颗卵子啊”从容而淡定；低头在手心写下他手机号码时，午后的阳光就在她脸上镀上了一层暖暖的淡金色；后来出现那篇帖子的时候，他送喝醉的南安安回家，信誓旦旦要加入她家的餐桌，她笑眯眯地说“清蒸猪头”

明明那时候，连流言蜚语都不愿让她听到生怕南安安受到伤害，最后伤害她的那个人却变成了他自己，他自己也付出了代价。

他不知道最后是怎么到的这一步，大概简家的人永远做不到默默祝福爱的人。

那晚他喝了酒，大概酒精也激发了他心底最深处的欲望。那么长的时间里，他守着这样一份无望的又得不到任何回应的爱情，只想做一个彻底的了断，彻底得到她，抑或是彻底失去……像一个疯狂的赌徒，只想赌一把。

南安安走出医院的时候，冬日的阳光正好。积雪正融化还是有些冷，但是沐浴在这样的阳光下又让人觉得心情舒畅，像是刚才积郁的心都被阳光照亮了。南安安抱着胳膊站在医院门口等姜铭出来。

她没等多久姜铭就从医院大门那里走了出来，南安安凑过去拥抱了他一下跟着姜铭去地下车库。上车的时候突然想到了姜铭来A市的原因和她过来的初衷，连忙问道："姜铭，你爷爷还好吧，我要不要跟你去看看他啊？"

姜铭探过身子帮她系好安全带摇了摇头："改天吧。"

他没多说，老爷子这次兴师动众，一方面是因为他好几年没回姜家过年，另一方面大概就是老爷子还对他和游夏在一起没死心。红光满面的老爷子在病床上一直拉着他的手说小汤圆他们多可爱，隔壁家老王有重孙子了。

姜铭看他爷爷说得欢畅，也回答了一句让老人宽心："没关系，那他也没你重孙多。"

老爷子吹胡子瞪眼干脆明示站在他旁边照料的游夏有多好了。

游夏倒是在一旁拒绝了好几次，但他爷爷显然认为那不过是女孩子的矜持。

原本那天晚上他还以为老爷子真的病了，才说要第二天接安安过去看看他爷爷。

现在这种情况下，他不想在没有彻底搞定他爷爷之前让安安过去心里添堵，另一方面，老爷子装病这件事……他确实生气了。

尤其是南安安在来的路上还发生了那样的事。

听姜铭这样说南安安点点头没再说这个话题，她大概也能猜到原因。

姜铭刚把车子开出地下停车场，放在车后座上的手机就响了起来，他开着车就示意南安安接一下。

南安安扒着副驾驶座探出手去拿手机，姜铭刚好可以从后视镜里看到她翘起来的屁股难免有些心猿意马。他把注意力放到路上，安慰自己一回家就可以为所欲为了。

"喂，你好。"南安安回到座位上坐好，礼貌地接了电话。

那边传来一个苍老但中气十足的声音："让姜铭那小子接电话！"

南安安把手机凑到姜铭耳边，姜铭就说了句"爷爷，我在开车"就趁着红灯腾出一只手摁了红色键。

姜铭的爷爷好像不太喜欢她，南安安把手机放回去。

饶是如此，回C市的一路上南安安心情也一点点愉悦起来，姜铭开着车没放音乐，全程南安安都代替了音响。姜铭觉得挺不错的，虽然南安安生怕姜铭知道自己五音不全所以一直单曲循环。

过了一会儿南安安难得不唱了，姜铭看了她一眼："怎么不唱了？"

南安安咕咚咕咚喝了几口水，不好意思地摆摆手，她才想起来她回去就要和姜铭淋漓尽致地爱了，这样一路唱回去实在是显得她太急切太等不及太不矜持了啊。心里是这样想的，南安安倒是没有说出来，随便找了个其他的话题带过去："姜铭，我做的一桌子菜肯定要长毛了！"



"钟点工应该收拾了。"姜铭解释了一下。

A市和C市离得不算远，半个多小时的车程就驶入了C市市郊，离姜铭家越近南安安心里就越紧张，她低着头从阅读软件里找了篇美丽的小肉文飞快地跳过情节看肉肉……好像没有什么是她可以学习的，基本上都是男主主动，女主只需要躺平和娇喘就可以变身磨人的小妖精了。

南安安安下心来，又开始担心姜铭需不需要学习一下，算了，万一姜铭觉得她是在质疑他行不行呢？

但是她就是在质疑啊。

终于南安安还是忍不住了，小声跟姜铭说了她的提议。

姜铭两手握着方向盘，闻言漫不经心道："嗯……我腾不开手，你读一下。"

被调戏的南安安看着满屏幕的"啊，老公，啊……"沉默了，哼！

"嗯？"大概是看她没读，姜铭催促了一下。

南安安果断地把手机藏起来干笑了一声："哦呵呵呵，不用了，我相信你。"

姜铭没有辜负她的信任，一进门她刚脱掉大衣就被姜铭按在墙上亲得差点喘不过气。姜铭一手按着她后脑勺一手按在墙上，吻来得疾风骤雨一般。大病初愈的南安安腿都有些软不由自主地向下滑了一些，被姜铭捞了起来。

她还没反应过来整个人就腾空而起，被姜铭抱上了楼一把扔在大圆床上然后压了上去。

按他们以往的节奏，这显然已经是结束了；

但是按他们约定好的节奏，这显然才是刚刚开始。

窗帘没拉，南安安看姜铭的架势也不敢再说拉窗帘干脆自己闭上了眼睛，还乖乖地自己抽了皮带，绝对地躺平任调戏的样子。

姜铭伸手轻而易举地拽掉了挂在她腰上的牛仔裤扔到床底下，南安安睫毛轻颤着，在姜铭帮她拽裤子的时候，自己默默把毛衣也脱了，姜铭一低头忍不住低笑了一声，南安安眼睛睁开一条缝也跟着姜铭笑。

姜铭修长的手指滑过她眼下的卧蚕，描摹着她的长睫毛，再一路下滑戳了一下她的酒窝。

憋太久的男人是相当可怕的，姜铭不光证明了他行不行还证明了他有多傲娇。

南安安被他按在床上生生做哭了，每一次求饶都换来姜铭心不在焉的——

“我手凉？”

“我肾虚？”

“我性冷淡？”

“我不行？”

南安安生动形象地诠释了什么叫真正的狗腿子墙头草——

“你手热！”

“你肾好！”

“你一点也不冷淡！”

“姜铭，你行，你行的！”

“是我不行了……”

一开始南安安告诉自己我要补偿他，嗯，我一定要补偿他，。后来她实在是太疼了，手舞足蹈还踢了姜铭一脚，被姜铭轻易握住脚踝打开了，再后来她就没力气了。

哼，她刚才看的小说里明明第一次女主娇羞地说：“疼……”

男主都会温柔体贴地摸着女主的脸颊低声说：“别害怕，我会轻点”，

南安安也说：“疼……”

姜铭心不在焉地压低声音：“忍着。”

看，多么骨感的现实！多么痛的领悟！

太过自觉的南安安光溜溜地躺在床上终于忍不住说了声“冷”，见姜铭无动于衷，南安安抬脚钩住被子一下子罩住了两个人，视线所及的地方一下子暗了下来，其他的感官就被无限放大了。

被窝里的温度升高，狭小的空间里南安安适应了光线后，姜铭的轮廓也清晰了起来，南安安只听到自己胸口加速的心跳声，扑通扑通像是细密的鼓点。



大概她太有活力引起了她男神的不满，接下来柔软的羽绒被翻滚着，被子下不时传来几声南安安压抑的声音。

各种求饶都无济于事之后，南安安热得一把掀开被子，对着自己上方一手攥紧她两只手腕的姜铭，可怜巴巴地眨眨眼睛道：“请怜惜我这朵娇花！”

“……”埋头苦干的姜铭终于破功了，逗比你够了！

南安安觉得她打开了新世界的大门，而这扇大门开了就没合上了。

按照C市的习俗，初五又是一轮鞭炮烟花轰炸，南安安趴在床上小睡了一会儿被烟花的轰鸣声吵醒之后就坐了起来。

姜铭还没睡，懒散地靠在床头看论文，薄薄的几页纸就放在他屈起的那条腿上，另一条长腿伸展开。床头灯发出温暖的颜色，灯光下，姜铭的侧脸被晕染得相当迷人，南安安看得都有些入神。

感觉到她的目光，姜铭低头修长的手覆上她的眼睛：“开着灯睡不着吗？”

南安安摇摇头，她倒是睡得很好，但是睡醒了就会东想西想。

下午的时候姜老爷子打电话给姜铭时，她听到老爷子提起了结婚，当时姜铭嗯了一声没说什么。

南安安抬手盖在姜铭的手上捂住脸，姜铭如果提起结婚她会很惶恐，但是完全不提她又很不安，这种心情简直……

南安安摇摇头不再想这些，她扒开姜铭的手指和他四目相对，姜铭没戴眼镜的时候总会不自觉地微微眯起眼睛，英气的眉眼带着些懒散。

一觉睡醒后就怎么都睡不着了，她躺在床上翻来覆去地滚了好几圈，这一天发生的事情太多了她有些兴奋。

姜铭见状关了床头灯也躺下揽住了她的肩膀，窗外烟花轰鸣一声腾空而起，在空中炸开，一朵朵绽放着映亮了半边天空。

南安安翻了个身滚进姜铭怀里，不知道是不是错觉，她总觉得进行了最后一步之后他们之间不像以前那样了，像是有什么化学反应一样又像是更深入更完整了一些。

以前她总会患得患失诚惶诚恐，而现在就像是更安心了一样。

还有……她以为会一辈子如影随形的病，就这样不治而愈了。

姜铭伸手摸了摸她脸颊，南安安顺势在他掌心蹭了蹭："姜铭。"

"嗯？"姜铭手指钩着她的下巴，大拇指摩挲着她的嘴唇。

"我们去放烟花吧！"南安安说着就从床上爬起来，姜铭眸色暗了暗——看来他还不够努力。

姜铭懒洋洋地躺在床上，在南安安站起来的时候伸手拽了一下她的脚踝。脚下的床本来就柔软，脚踝被人一拽南安安整个人一个站不稳整个人就扑到了姜铭身上。

南安安一手还按在姜铭肩膀上，四目相对时她眨了眨眼睛凑过去亲了亲姜铭的眼睛："放烟花吧……"

她的嘴唇柔软湿润，轻轻地碰到他眼皮的时候姜铭感觉像是一阵暖流缓缓地流淌过，浅浅地一吻之后南安安低头看着姜铭。

南安安枕在他胸口，垂落的发丝扫过他的锁骨，唇红齿白的小模样看得姜铭再无睡意。

姜铭开车带她去了 C 市市郊的公园。

临近午夜人本来就不多，姜铭带着她在公园门口买好了烟花把车停在公园门口和她一起走进去。一路上南安安都挺兴奋的："其实我最喜欢放烟花了，我四岁的时候我舅舅带我玩那种一块钱两支的烟花棒。我趁他不注意抢了一支已经点燃的迎风跑走了，最后还把我棉袄点了，差点把自己烧了，大过年被我爸爸一顿揍。然后我再也没玩过。"

通向山顶的台阶还很长，南安安走了一会儿就没劲了，最后完全是趴在姜铭背上被他背上去的。南安安两只手搂着姜铭的脖子像话痨一样说了一路：“我没和你在一起之前在天涯看到过一篇帖子，他们都说第一眼看到自己另一半的时候真的会有一种不一样的感觉，就像他全身都在发光一样。那时候我回复了两个字……”

姜铭略微思索了一下，那时候南安安还小应该回复的是：“期待？”

南安安不好意思地轻咳了一声，小声说出了答案：“扯淡。”

她搂着姜铭的脖子，一边看姜铭背着她稳稳地爬台阶，一边小声地说：“后来我觉得是真的，那时候我去办公室找你，你靠在办公室的门边上，门开了一条小缝，阳光从你背后的门缝里照过来，我感觉你像在发光一样……”南安安说完又问姜铭，“你第一眼看到我的时候是什么感觉啊？”

姜铭回忆了一下一本正经道：“那时候你站在我办公室门口舔屏幕。”

南安安：“……”

我深情告白的时候，你翻我黑历史真的好吗？

姜铭两手揽着她膝弯把她往上托了托：“觉得你是个逗比。”

南安安：“我不想和你玩耍了！”

闻言姜铭低笑了一声，认真道：“那时候你伸舌头舔屏幕，我觉得你挺性感的。”南安安伸出舌尖舔屏幕的样子带着一种……不经意的诱惑，配上那张漂亮的脸蛋让他眼前一亮。

得到这个回答，南安安嘚瑟地作兔斯基状，“oh sexy lady!”唱完得意道，“当时没想到我居然是个性冷淡吧，哈哈。”

姜铭：“……”

冬夜还是挺冷的，到了山顶的空地，姜铭把南安安放下来俯身给她围好围巾。南安安对于把围巾围成口罩的行为已经无力抗拒了，摘了毛茸茸的手套就拿起两支仙女棒，从姜铭那里要来打火机点燃在空中挥舞。

姜铭已经好多年没玩过这种小孩子玩的东西了，靠在雕像那里看南安安自己玩，耀眼的火花映衬着南安安的笑脸，她的瞳仁被火光映衬得特别明亮。

有时候姜铭想他是怎么喜欢上南安安的呢，隔着八年的时光。

对于他而言，南安安就像是冬日里温暖的阳光一样，和煦而不刺眼。

和她在一起的时候他感觉整个人都是轻松而愉悦的，无论是隔着屏幕的小卷毛，还是生动鲜活的南安安。

C 市过年的烟花基本都是在这个公园的山头放的，临近午夜又一波鞭炮声从山脚下争相响起的时候，一声尖锐的轰鸣炸开，一簇火光在南安安身后腾空而起，升到空中后炸开，璀璨而耀眼。





一时间耳边满满的都是焰火和鞭炮的轰鸣，他们站的地方低头就可以俯瞰整个万家灯火的 C 市。

南安安正仰头看着满天的烟花，冷不防腰间就多了两只手，姜铭从她背后抱住了她……

手中的仙女棒已经燃尽，南安安松开手回身蹭了蹭姜铭，她的声音淹没在漫天的焰火轰鸣中："姜铭，我喜欢你。"

……

漫长的寒假过去之后，南安安就有些无法适应开学后的生活了。

读博之后她做了姜铭的助教，平时和姜铭相处却没有多多少，除了做课题还要代《中级宏观》的习题课。南安安从最开始的紧张到后来的收放自如，也逐渐地适应了新的角色。

她很少在校园里碰到简耀，偶尔在圆阶遇到的时候她也是当作没看见就走了。

博二的尾巴尖上，她带的那届学生也迎来了毕业季。

南安安有时从校园走过看他们穿着学士服拿着单反坐在草丛里拍照，也会想起当年她和顾球球她们一起把西大所有的地方拍了个遍，莫名的也会有些伤感。

学生们到了毕业季，作为辅导员南安安的工作量一下子就大了起来。

一个接一个的班会，各种各样的文件接踵而至，饶是姜铭主动承担了她的博士毕业论文，她的学习任务已经几乎没了，南安安还是被琐碎的工作折腾得有些吃不消。

一下午的时间一个学生三方协议寄丢了，一个学生毁约两次哭着求她再给次机会，还有个学生找不到工作也来找南安安诉苦。

南安安打起精神也没能全解决好，心里还是有些挫败感。

晚上抱着一沓子三方协议一个个录入系统的时候，南安安趴在姜铭办公桌上直接昏昏沉沉地睡着了。半睡半醒间就感觉手指间的鼠标被人抽了出来，她也被从椅子上抱了起来。

南安安哼唧了一声，含混不清地说了句“还没弄完”，身下柔软而舒适，南安安蹭了蹭卷起毛毯舒服地睡觉。

她是被键盘敲击声吵醒的，南安安揉揉眼睛才发现她正躺在姜铭办公室的沙发上，头顶的灯没有开，不远处姜铭正在黑暗里对着电脑录入她下午没弄好的一大堆三方协议。



屏幕的幽光映着姜铭专注的侧脸，南安安伸了一个懒腰从沙发上爬起来轻手轻脚地走到姜铭身后，“嗖”地一下伸手在他眼前一晃，手腕就被姜铭眼疾手快地捉住了。姜铭一手握着她的手腕把她往自己大腿上一按，南安安像是找到了个好玩的事情一样，伸出自由的那只手放到键盘上和姜铭一起打字。

三方协议剩得还不少，南安安眼睛瞄着协议上的内容在姜铭手指刚抬起来的时候就按下属于自己区域的字母，两个人一起来效率反而低了不少，但是姜铭也没把她赶走。

昏暗的办公室里只听得到敲击键盘的声音，南安安低着头好不容易才适应了只有屏幕幽光照亮的键盘，手指一戳一个错，姜铭右手跟着她连按了好几次 Backspace。

录完所有的三方协议已经十一点多了，姜铭合上电脑把文件都收拾好带着她走出经院高层。

初夏的凉风习习吹得人很是惬意，南安安一手轻轻勾着姜铭的手指晃晃荡荡地往停车场那里走，途中经过几对在路灯下亲密接吻的情侣。

到第八个路灯那里，南安安一把推了一下姜铭把他推到路灯的灯柱上，踮起脚亲上了姜铭的嘴角。

夏日的蝉鸣，昏黄的路灯，还有路灯下飞舞的小飞虫……

刚刚的一对小情侣还亲出了声音。

南安安仰头看着路灯下姜铭的脸，他的手揉捏着她腰间的肉，一把把她抱起来快步走向停车场。开了车门后，南安安就被按在副驾驶座上亲得晕头转向。

此时此刻，经院刚修好的地下停车场空荡荡的。

明知道这里应该不会有人马上过来，南安安还是有些紧张地抓紧了她的裙摆，努力地转移话题："姜铭，你听到没，是胖胖和庆元大君哎……有奸情啊。"



看姜铭好像对这个不太感兴趣，南安安一拍脑门："对了对了，我们经院今年好土豪的，毕业晚会不在田家炳，和商院一起开在体育场哎，我和唐圆还要作为辅导员准备节目呢，唐胖胖那货肢体不协调我都不知道怎么破。话说你们导师要表演节目吗，听小道消息说的也不知道准不准？"

她说个不停，姜铭一路上只是心不在焉地随口"嗯"几声，专心致志地开着车。车子一驶入小区的停车场，南安安刚拉开车门还没把脚放到地上整个人就腾空而起，被姜铭扛回了家里。

……

南安安和姜铭在一起的每一天都轻松而愉悦，而生活并非永远如此。

毕业季永远来得那么猝不及防，也这么快就接近了尾声。

今年毕业生们的民间活动已经只剩下了院毕业晚会和被推后到毕业晚会当晚的金工谢师宴。

所有的一切都来得那么急，南安安总觉得像是什么都没准备那一晚就要到了。

今年经院的毕业晚会声势浩大，这次居然是和一向相爱相杀争当土豪的商院一起办的。

体育场被装饰得高端大气上档次、低调奢华有内涵。

南安安和唐圆一起落了座，从书包里拿出一大盒抽纸开始准备看节目。唐胖胖看着她手里的抽纸缩回手："我还以为是好吃的，你带纸过来干吗？"

南安安不说话，做了一个擦泪的手势，被唐圆狠狠嘲笑了一把，然后真到了煽情时候，唐圆用得比她还欢畅。

坐在台下南安安心情挺复杂的。

四年这么快就过去了，她一手带起来的孩子们就这样要各奔前程了，她莫名有些伤感，但这份伤感又和当初自己毕业的时候不太一样。看着他们一个个穿着学士服不复当初青涩模样的时候，她会有一种淡淡的初为人师的欣慰。

当初她站在台上表演，看着台下的女辅导员几次红了眼眶，而现在那个悄悄抹眼泪的人变成了她自己。南安安抱着抽纸和唐圆坐在一起，两人已经干掉了快一盒。



几朵烟花升空，点亮了体育场上空。

南安安吸吸鼻子把注意力转向舞台。

舞台上空亮起了一行大字——

这是一场盛大的狂欢，也是一场注定的别离。

舞台上先出场的女主持人还不小心念错了一个台词，引起台下善意的哄笑。姗姗来迟的男主持人走上台的时候也引起了台下女生一阵尖叫。南安安看着灯光下简耀沉稳地握着话筒和女主持人一起说出了今晚的开场白。

简耀的目光在台下逡巡了一遍，轻易就发现了坐在角落里的南安安。

看节目单她应该一会儿会和唐圆一起上来跳五个版本的《小苹果》，所以她还提前穿好了一件红色的小礼服裙，长卷发高高地扎起来系了一根红丝带，远远地看起来明艳动人。

其实他一点也不喜欢这样的毕业晚会，不喜欢人太多的场合，也不喜欢在众目睽睽下念逗比的台词。但是他还是来了，因为他还是想出现在她的目光里，哪怕只有三个小时里断断续续的时间。

这次毕业晚会，经院和商院作为西大两大土豪拿出的经费相当可观，所以自然的舞台效果也相当不错。

几个开场节目后马上就轮到南安安和唐圆了。

熟悉的前奏响起来的时候，南安安给唐胖胖比了一个加油的手势，本来这个舞蹈也就是逗比地博人一笑，但是开始跳起来南安安才发现貌似不是博人一笑那么简单，因为台下的孩子们好像要笑死了……

好吧，笑吧笑吧，反正快毕业了，想想这个南安安又笑不出来了。

中场休息按照惯例是辅导员讲话的时间，唐胖胖经此一役讲话的时候都有些不顺畅，只讲了几句就匆匆地跑下台。

南安安来不及换衣服就走了上去，她站在聚光灯下看着台下黑压压的学生们，深吸一口气接过简耀手里的话筒开口道：“我心里很激动，不知道怎么说。”

“我也经历过毕业季，也参加过几次毕业晚会。但是这样站在这里，看着你们一张张熟悉的或者可能再也来不及熟悉的脸，以一个辅导员的身份，对我而言还是第一次……”



简耀站在离南安安半步的地方，南安安说到“熟悉的或者可能再也来不及熟悉……”的时候，台下响起了低低的泣音，南安安自己的声音也有一些哽咽。简耀握了握手里的面巾纸，那张纸被他裹在掌心，有些汗湿了还是没有递过去。

“已经四年了，这么快。那时候你们是2014级新生，现在你们是2018届毕业生了。”南安安完全忘了自己准备的那些台词，他们是她做辅导员带的第一届学生，也是最后一届。这些孩子有的她能叫出名字，有的不能，但是在她遭受风言风语的时候，他们给了她信任。

她见证了他们的大学四年，他们也见证了她的辅导员生涯。

“我还记得你们刚入学，军训动员会的时候，我说我要来一次院系大点名，那时候你们声音很大。”那时的他们刚进入大学校园，一个个还很青涩，喊到的时候像在比赛一样喊得声嘶力竭。

南安安笑笑，对着台下道：“现在我来最后一次点个名吧。”

台下响起一阵震耳欲聋的“好”。

南安安吸吸鼻子，对着话筒轻咳了一声清清嗓子，大声喊出了“2014级经济学院金融学系！”

“噢噢噢——”台下有一大片站了起来挥舞着手里的灯棒尖叫呼喊。

“2014级经济学院国际经济与贸易系！”

又一大片学生站了起来，踮起脚尖晃着手里的荧光棒大声尖叫呐喊。

“2014级经济学院保险与风险管理系！”

“哦噢——”整齐的呐喊随着又一片学生的起立响了起来。

南安安眼前有些模糊，她对着话筒喊得声嘶力竭：“2014级……经济学院金融工程系！”

尖叫声混合着口哨声淹没了体育场，台下的孩子们蹦着跳着尖叫着。

南安安抬手抹去眼角的眼泪，就看到一张面巾纸递到了她眼前。她泪眼模糊地直接伸手接了过来抹了一把，攥着手里的面巾纸朝着台下喊了一声“毕业快乐”就往舞台下跑，中途连着被好几个学生拦住狠狠地抱了一下，有女生，也有男生，南安安都欣然接受了。

她捧着手里的那一大捧花坐回位置上的时候，心情还是久久没能平静下来，抱着唐圆哭成了一团。休息的空当就听女主持人接过话筒道：“我们的辅导员南安安可是我们经院的风云人物，看得出大家都很开心。那么大家激动过后我们就把时间交给我们各位讲师，是的，今年我们讲师们也都要表演节目。”

南安安有些错愕，没听姜铭提起过啊，那天问姜铭的时候他也不置可否，而且她也没见姜铭准备啊。

每次她在浴室对着镜子努力跳的时候，姜铭都好整以暇地走过去顺手捏她一把，完全是事不关己啊。

呵呵，闷声出大丑啊。

南安安还是擦干眼泪，相当不厚道地期待地看向台上，也不知道姜铭是第几个，还是挺期待的。

第一个上场的果然是庆元大君，庆元大君拽着院长大人来了个相声，可怜院长大人说话慢只能做话少的那个，愣是被庆元大君损成了筛子，还自得其乐地满脸笑容。

庆元大君疯完之后还对着台下喊了声“肉肉我爱你”，才一阵风一样刮下台。肉肉唐圆整个人都错愕了，被台下一群孩子齐声高喊“在一起”的殊荣真的不是谁都承受得来的。

有了这样的开头接下来的导师们就更放得开了，其中经院一个教国际金融的女导师还干脆利落地向相爱相杀的商院一个会计学男导师帅气地告了个白，并在台下震天的尖叫声中做了一个安静的手势，帅气地说道：“咳，私下告诉我结果就成了，我脸皮薄。”

南安安也跟着大家笑，等到主持人念到姜铭名字的时候她却一下子紧张了起来。

姜铭今天穿着一件挺括的白衬衣很正式地打了领带，这么热的天他还穿了黑色的西服，修长笔直的大长腿裹在剪裁合适的黑色西裤里，在明亮的聚光灯下走上台的时候英俊耀眼简直要闪瞎南安安的眼睛。

台下的女生们又爆发出一声尖叫，喊的却不是姜铭的名字，而是整齐划一的——“南安安！南安安！南安安！”

看来她追姜铭的事情是真的尽人皆知啊。

南安安看姜铭从女主持人手里接过话筒，莫名地有些紧张，她屏住呼吸看着姜铭的薄唇……

耳边还是大家热情地喊声“南安安”……

南安安手指紧紧地抓着小红裙的一角，看到姜铭修长的手指握着话筒清了清嗓子，然后薄唇对着话筒发出了一声叠音：“安安。”他嗓音低沉而温和，相当迷人。

“安安”两个字随着音响传遍了体育场，像是在摩挲着她的耳膜，又像是姜铭在她耳边呵气。南安安脸上有些发烫，不知道是热的，还是羞的。她被淹没在人海中，低着头捂住了发烫的脸。

姜铭话音一落，南安安身边一群孩子就疯狂地尖叫起来。原本大家都是想在毕业前疯狂起哄一把，虽然都知道南安安和姜铭的关系，但这一对平时太过低调。大家都知道他们在一起还是因为BBS上那篇最终被证实为诽谤的帖子，真真假假也分不清楚——而且，师生恋永远让人心驰神往又患得患失，尤其师生恋对男老师的名誉还是有一定影响的。

大家都知道是南安安主动追的她导师，但是没想到姜铭真的会在公开场合叫南安安的名字。这种激动像是一种感同身受，他们的女神和男神真的在一起了！

姜铭抬手用食指抵住掌心，震耳的尖叫声戛然而止。

聚光灯明明在台上，但是南安安现在就像一个闪闪发亮的聚光灯——几乎所有人的视线都随着姜铭聚集在她身上，看得南安安脸红心跳紧张得手脚不知道往哪里放。这就算了，给力的灯光师更是直接打了一道强光到她身上。

刺眼的白光闪得南安安下意识地伸手挡了一下，然后就在大屏幕上看到了她的怂样。南安安有些不好意思地放下手笑了一下，旁边不知道谁直接递给她一个无线话筒。南安安一接过话筒正不明所以就听到了熟悉的前奏。

那个前奏，她听过无数次，每一个鼓点在哪里都一清二楚……

初夏的凉风习习，南安安错愕的表情呈现在大屏幕上的时候，大家友好地起哄了一下。

南安安听着熟悉的前奏轻快地响起来，姜铭穿着像新郎礼服一样的一套西装就站在离她很远的地方，长身玉立，身姿挺拔。



她有一种恍若隔世的感觉，四年前的谢师宴她喝醉了酒，酒壮怂人胆，她紧张地握着 KTV 的话筒，大脚趾悄悄地打着拍子倒数着第一句歌词，然后鼓足勇气颤着声音开口唱她哼过无数次的歌词——“想把我唱给你听，趁现在年少如花……”

而此刻舞台上，耀眼的聚光灯下姜铭对着话筒低低地唱了第一句——“想把我唱给你听，趁现在年少如花……”

大屏幕上映着姜铭英俊的侧脸，他投入而专注地唱，声音低沉像是能拨动人心的大提琴，华丽而迷人。

南安安记起来，那时候她太过紧张还唱错了一个音……

像是隔了很久，又像是时间在倒着走。

那时候她穿着黑色的及膝毛线裙，裙摆随着她走动的动作散开来，她沿着金工众汉子和女汉子分开的那条路朝着姜铭勇敢地走过去，简单粗暴地把自己唱给他听：“花儿尽情地开吧，装点你的岁月我的枝丫。”她紧张地唱，带着被拒绝的紧张和被接受的憧憬。

南安安回过神，眼前已经被孩子们让出了一条通向舞台的路，她握着手心里的话筒一步一步朝着舞台上走过去，姜铭握着话筒，清冽的声音牢牢地抓着她的耳朵：“……花儿尽情地开吧，装点你的岁月我的枝丫。”

那年冬天她勇敢地走过去，看姜铭长腿迈过茶几伸手接过她手里的话筒，指尖接触的温度都带着灼热，她像是被烫到了手一样心神荡漾地继续独自唱：“谁能够代替你呢，趁年轻尽情地爱吧。”

耳边姜铭的声音掠过耳膜，像一支羽毛轻轻地摩挲着她的脸颊：“谁能够代替你呢，趁年轻尽情地爱吧。”

南安安站在舞台下面双手按着舞台的边沿正想使力跳上去，就看到眼前姜铭白皙修长的手，她抬起头就看到姜铭俯身朝着她伸出手。南安安伸手握住了姜铭的指尖，整个手就被姜铭的手掌包裹了进去，南安安脚下用力，手被人一提整个人就跳到了舞台上。

台下的尖叫声简直要掀翻了体育场，南安安被姜铭带着站在舞台上，他的手始终没有松开，大拇指恶劣地摩挲了一下她的手心，在一阵震耳欲聋的尖叫声中对着她的耳朵轻声唱：“我们应该有……”

南安安认真地侧过脸对上姜铭专注的黑眼睛，轻轻地和他一起唱：“……幸福的、快乐的、晴朗的时光。”

姜铭的手指紧紧地握着她的手，眸子漆如点墨：“我把我唱给你听，用我炙热的感情感动你好吗？”

台下给力的小伙伴们的声音如潮水般涌来：“好！”

南安安耳尖都在发烫，听着姜铭专注地哼唱：“最最亲爱的人啊……”

姜铭松开了握着她的那只手，打了一个响指指尖像是变魔术一样出现一枚戒指，他那样专注地看着她，唱最后一句——“路途遥远，你嫁给我好吗？”

南安安看着姜铭的口型，耳边的尖叫声口哨声越来越远，只剩下他的话——“你嫁给我好吗？”

你嫁给我好吗？

嫁给我？

……

南安安有些反应不过来，台下的女生们尖叫着喊：“好！好！答应他！答应他！”

舞台下的汉子们也整齐划一地吼了起来：“结婚！结婚！结婚！结婚……”

姜铭在向她求婚？！

南安安整个人轻飘飘的，像是整个人都踩在棉花上没有落地点，她有些恍惚，有种不真实感。心跳又像震天的鼓点“扑通、扑通、扑通”，她的心脏在她的胸口疾速地跳着，像是要蹦出来一样。

姜铭的眼神专注，漆黑的眸子中是她清晰的影子。南安安像是突然回过神一样，还没说好就急急地把背在身后的手递了过去，看姜铭修长的手指直接握住她的无名指，把戒指一点点套上去她的手指。在台下一大片“亲一个、亲一个、亲一个”的声潮中，他蜻蜓点水地亲了一下她的嘴唇。

他的嘴唇凉凉地印在她的唇上，南安安有种眩晕感，一定是头顶的聚光灯晒得她眼睛都有些疼，整个人被灯光照得热乎乎的。



台下无数的闪光灯亮了起来，南安安一身小红裙和姜铭站在一起的样子太过养眼，被给力的小伙伴们按下快门记录了下来。

南安安一直挺恍惚的，被姜铭带下舞台的时候才一下子抽出她的爪子，抬头对着灯光仔细看套在她无名指上的钻戒，然后回过头拽住姜铭的手把他掌心摊平，姜铭有些汗湿的掌心里躺着一枚男戒。

南安安抬手费力地包住姜铭的手，把他那枚戒指包裹在两人的手心，然后一鼓作气一路跑到经院高层后面的小树林。夏日的凉风吹散了她的发带，风声从她耳边呼啸而过，姜铭的手带着温度差被她牢牢地握在手里。

南安安跑得气喘吁吁。

小树林旁边只有一盏昏暗的路灯，南安安扶着路灯站定。她松开牢牢握着姜铭手的爪子，掰开姜铭的手，拿起那枚戒指之后低头认真地拽着姜铭的无名指也一点点套了上去。

有人说，无名指是离心脏最近的地方。

南安安看着他们无名指上的戒指，有一种尘埃落定的感觉。她抬起头刚好对上姜铭的目光，南安安露出一个开心的笑容，看姜铭伸手过来大拇指按着她脸颊上的酒窝，食指戳了戳另一边的酒窝。

“嗯……我答应你了。”南安安的脸被姜铭捏成一团，说话都有些不清楚，她靠在路灯的灯柱上看姜铭俯身一点点靠近过来，对她愉悦地笑：“嗯，我知道。”

路灯下，姜铭和她额头相抵、呼吸交缠。

南安安眨眨眼睛，凑近了姜铭的嘴唇一口咬上去，舌尖小心翼翼地舔了一下他的嘴角，被姜铭反客为主按在路灯灯柱上深深地吻。

他的喘息加重，性感而迷人，南安安觉得她要沦陷在这样的夜色里，这样的灯光下，像是一场梦境一样。

他还是她小卷毛的时候，仰望的那个师父；

他还是她“追不到男神绝不改名”时，小心翼翼暗恋的那个男神；

他就在这里，抱着她亲吻着她。

她曾经朦朦胧胧的可望而不可即的感情，她尝试过太多次几乎要放弃的爱情，她以为因为她的病这一生都走不到的婚姻。

这一切就这样摆在她眼前，轻易地拥有了所有。

“姜铭……”南安安拇指摩挲着无名指上的戒指低低地叫了一声，姜铭“嗯”了一声。

他的手指漫不经心地揉捏着她的耳垂，俯身凑近她的耳边。

“我爱你”三个字摩挲着她的耳膜，一直抵达内心。

路灯下，姜铭俯身看着他的南安安笑得眉眼弯弯，她的声音被淹没在震天的烟花爆炸声中，口型却那么清晰，她说——“我也是。”

南安安晃了晃戴着戒指的手，手指勾住了姜铭的无名指，抬眼认真地看进姜铭的眼睛里——

夜幕下，他的背景是体育场上毕业晚会结束时盛放的烟花，一簇一簇尖啸着腾空而起，在夜空中轰然炸开，绚烂而夺目。

这是她的师父，她的老师。

也是她的男神，她的男人。

Till the end.

*The world is always good*

# 番　外 1
# 小卷毛和师父



南安安有些心不在焉地一手支着下巴，一手握着笔在书上记笔记，一边还竖着耳朵听下课铃声。好不容易下课铃声响起来了，物理老师却完全没有停下来的意识，继续讲了二十分钟后窗外人声鼎沸了，才恍然大悟道："哎呀，人老了听力都不行了，什么时候响的下课铃啊，完全没听到……"

坐在最后一排的南安安压低声音对旁边的南微微轻声说："我才不信她听不到。"

话音还没落半截粉笔头就砸到了她脑门上，物理老师来势汹汹："说什么呢！我都听到了！"

南安安抬手抹了抹脑门上的粉笔灰惊讶道："老师，你能听到啊？"

讲台下一阵哄笑，物理老师一摔黑板擦，溅起一讲台粉笔灰："今天作业是一套竞赛题，南安安你两套！"南安安作为高一重点班年纪最小的学生（她比南微微还要小十分钟），完全没有受到任何优待，反而每次都是老师们杀鸡给猴看的时候的那只鸡，不是没有原因的。

晚上南安安登录游戏的时候，物理作业还一道题都没动。她其实都想破罐子破摔了，就干脆一直在游戏里泡着操作着屏幕上的毒奶小卷毛满地跑。

九点整的时候，pk 榜第一名的大神呵呵准时上线，南安安眼睛都亮了，十指翻飞把键盘敲得啪啪响。

【私聊】你对呵呵说：师父，我今天有两套物理卷子要做。

【私聊】呵呵对你说：那还玩游戏？

南安安看看手边的卷子，为难地继续打字。

【私聊】你对呵呵说：反正我不会。

她正聊得开心，南微微不知道什么时候进来了，站在她身后看屏幕上的画面开口道："安安你别玩了，网游里的大神一般都又笨又丑。"





南安安哦了一声继续聊天。

【私聊】你对呵呵说：师父，你丑吗？

姜铭拆开一条新毛巾擦着头发回到座位上时就看到他小徒弟问的问题，他摸摸下巴打了两个字。

南安安专注地看着屏幕——

【私聊】呵呵对你说：不丑。

【私聊】呵呵对你说：你丑吗？

姜铭看着屏幕上的回答险些被水呛到——现在十四五岁的小女孩都这么自信吗？他记得他上高一的时候，班花都表现得美丽而不自知，而他的小徒弟的回答是——我长得可好看了。

隔着屏幕姜铭都能想象出小姑娘嘚瑟的样子，不一会儿那边就又传来提示音。

【私聊】小卷毛对你说：师父，那你笨吗？

姜铭食指推了推眼镜，单手打字飞快。

【私聊】你对小卷毛说：不笨。

小卷毛那边没回复，倒是姜铭电脑屏幕右下方的企鹅亮了起来，亮的是小卷毛的对话框。这孩子二话不说发来了一堆图片，姜铭耐心地一张一张保存了之后，那边才发来了消息。

——小卷毛：那我来考考你。

姜铭懒散地靠在椅子上看着那一屏幕的物理竞赛题，郁闷了一天的心情莫名地好了。这孩子忘了她刚才告诉过他她有两套物理卷子没做，现在一本正经地说"我考考你"的样子，挺逗的。

姜铭把几张图片转好格式后打印出来，认真地做了一晚上高中物理题。自上大学以来，他的人生就像失去了目标一样，他已经很久没有这么认真地做一件事情了，严谨的物理题反而让他紧绷了一天的神经暂时休息了一下。

上午他去姜家拿自己的东西正好碰上大着肚子的秦怡，他母亲的去世给她让出了位置，多讽刺！

姜铭指间的钢笔一下子勾破了卷子，一团墨迹在纸上扩大。他做完最后一道题直接拍了照片上传，那边小卷毛第一时间就接收了，立刻回复过来——师父，你好厉害。

姜铭甩甩有些发酸的手腕，觉得一晚上的脑力消耗都值了。

他对小卷毛没有多深刻的喜欢，只是她出现的时候太巧，如果是以前家庭美满天之骄子的姜铭，他不会理小卷毛这样的小孩。但是现在的姜铭却喜欢有这样一个小徒弟每天在他上线的时候说“师父好”，像当初秦然虽然重病，每次他回家她都要说“儿子你回来了”。

他需要一声问候，哪怕这声问候隔着屏幕。

他也喜欢听小卷毛讲她妈妈她爸爸，像是在把他破碎了的家庭观和爱情观都修补起来了一样，她的生活就像是他内心深处对家庭的憧憬。再也无法经历的时候，连听一听都觉得美好。

姜铭也喜欢她耍小心思找他帮忙做题，就好像他是被深刻需要着的。

姜铭点了一支烟，那边的小卷毛没再回复他，应该是忙着抄答案了。

南安安一收到答案就开始兴奋地抄了，她很喜欢她师父，他就像是她开的外挂一样。

一开始，南安安找她师父聊天都是为了作业，后来她就开始和他无话不谈了。

小卷毛：师父，我们班有好多女生被男生追了。

呵呵：那你呢？

小卷毛：我还没有。

呵呵：你不是长得可好看了吗？

小卷毛：他们说我胸小。

呵呵：……

小卷毛：但是会长大的。

被安可欺负的时候，她也喜欢和她师父聊几句。

小卷毛：安可推我，把我的同心锁磕坏了【图】

呵呵：乖，师父送你一个。

小卷毛：没关系，我也推了她，还骑到她身上揍哭了她。



呵呵：……

小卷毛：我可真厉害。



久而久之，这种聊天就变成了一个习惯。她说不清对她师父的感觉，毕竟她还太小，但是她很喜欢每天和师父聊天、打游戏。对于南安安而言，师父是很玄妙的。

在所有人眼里，她就像是一个一出生就开了外挂的人，无论是她的家庭、背景、长相还是成绩，但是她所有令人欣羡的一切，南微微都有。

这大概是双胞胎总会遇到的问题，年幼的时候她喜欢和南微微穿得一模一样再做一样的动作表情，然后找一个人考验。每次别人猜错她俩的时候，她就会很得意，这是双胞胎乐此不疲的独有的游戏。但是慢慢长大了，尤其是刚进入青春期的时候，就不一样了。

南安安记得，她第一次有这种想法是在初中的思想品德课上，老师讲一章的序言——世界上没有两片相同的叶子，也没有两个一摸一样的人。

当时全班人都把目光投向了她和南微微，那时候她们都没太长开，眼睛的细微区别根本不太明显，乍一看实在太像了。南安安第一次因为这种相像感到失落，那些她最宝贝的——无论是心爱的洋娃娃还是最爱的爸爸妈妈，无论是令人羡慕的家境还是漂亮的外表，南微微都和她一样。

12 岁的南安安想找到一个东西，是只属于她一个人的。

后来她找到了，就是她师父。

这是她一个人的师父，一个人的外挂。南微微没有的，只有她有。

这是十二岁的南安安的一个秘密。

大概就是这种奇妙的感情，让一向被安漾教得防备心理和安全意识都很强的南安安在她师父半开玩笑地提起西大毕业晚会的时候，一口答应了去见他。

屏幕上的小卷毛蹦蹦跳跳的，脑袋上不停冒出气泡——师父，你能带我进体育场吗，我以前想溜进去都没成功哎。

呵呵：能。

小卷毛像只小尾巴一样跟着黑衣的刺客身后来回跑，气泡继续冒——我现在个子不高，到时候坐你肩膀上吧。

姜铭看着屏幕上欢快的小徒弟，打了一个“嗯”发过去。

南安安满心欢喜，一抬手就把桌上的一碗馄饨扣在了键盘上，南是送她的小笔记本寿终正寝。

去见她师父的前几天她都没再联系到他。南安安心里也知道，见网友这种行为在南是那里是不被允许的，所以她不敢去用南是的电脑。一开始的时候她甚至还想瞒着南微微，最后一天才太兴奋说漏了嘴。

很长一段时间她后悔那时候轻易去见她师父，后来知道真相的时候却说不清那种感觉了。

如果她舅妈早就下了决定，那么不是那一天也会是别的时候，她和南微微在那天去见她师父，反而是种幸运，那天刚好姜铭救了她们。如果是其他的日子，也许就不会这样了。

……

“在干什么？”南安安正开着银色笔记本看姜铭保存完好的聊天记录，耳尖就包裹在温热的气息里，有些痒，腰间也多了两只手，她被姜铭抱起来。姜铭抬脚钩出椅子抱着她坐在书桌前看向屏幕。

南安安被他抱坐在大腿上已经完全习惯了，她探着身子啪的一声合上电脑转过身搂住姜铭的脖子，也凑到他耳边轻声道：“命运真奇妙……”

The world is always good

# 番　外2
## 逗比请来的猴子

“哇哇哇……”的哭声准时响起来的时候，南安安揉揉眼睛想从床上爬起来就被人裹好了被子。“你继续睡。”她掀掀眼皮就看到姜铭修长的背影，南安安放心地蹭蹭枕头重新睡了过去。

姜铭熟练地把白白嫩嫩的儿子从婴儿床里抱出来，姜嘟嘟一到姜铭手里就非常给他爸爸面子地止住了哭声，眨着圆眼睛看着他英俊的爸爸娴熟地给他冲奶粉。奶瓶递到嘴边的时候温度正好，姜嘟嘟张开小嘴巴噙着奶瓶头吧嗒吧嗒地吸着奶喝得欢快。像是怕他爸爸突然抽走他的小奶瓶，还伸出一只胖爪子虚扶着奶瓶，可惜还没喝欢快就被他爸爸残忍地抽走了奶瓶，姜嘟嘟咿咿呀呀地朝着奶瓶伸长小胳膊，可惜够不着……

小胖墩撇撇嘴角，打了一个奶嗝，趴在他爸爸肩膀上委屈地哼唧了一声。姜铭看他没真的哭就放心地把奶瓶放桌子上，抱着姜嘟嘟哄他睡觉——也不知道是所有的小婴儿都这样，还是他家姜嘟嘟是个吃货的缘故，以前姜铭喂他多少他就能一口气喝多少，喝到吐了也不放嘴。后来姜铭就渐渐摸出了他的食量，只是姜嘟嘟有的时候心情不太好喝奶不够，还要哼哼唧唧地哭一哭闹一闹。所以姜铭一向是多冲一些奶粉，他只要不哭就按照标准量了，哭了……就再含一下。

把姜嘟嘟放回他的小床里，看小家伙合着眼睛睡得小胸脯一起一伏的，姜铭给他盖好被子重新回到床上。南安安半合着眼睛像梦呓一样问他："嘟嘟吃饱了？"姜铭嗯了一声，抱着南安安继续睡。

第二天姜铭去开会，南安安自己一个人在家带姜嘟嘟，本来小婴儿也就是吃了睡睡了吃，南安安再三跟姜铭保证她毫无压力。可惜她现在真的压力山大，姜嘟嘟哭得小肉脸都红了，她费心冲好的奶粉他也不喝，挥着小爪子哭得响亮。

南安安看了眼她冲的奶粉，是按照姜铭留的"说明书"泡的啊，她拿起奶瓶仰头悬空着挤了一滴到自己舌尖，卷起舌尖咽了下去——挺好的奶味儿啊。



姜嘟嘟睁大圆眼睛，看着他娘亲喝了一滴他的奶，有些新奇地朝着他的小奶瓶伸出了爪子，看南安安不搭理他还啊啊叫了几声。南安安重新拿着奶瓶把奶嘴送到姜嘟嘟嘴边，姜嘟嘟张开小嘴却在她把奶嘴往里送的时候脸一偏，又一次躲开了奶瓶，哭了。

南安安一大早就起来喂孩子，到现在一滴奶没喂进去，她自己也是饥肠辘辘，主要是她儿子还饿着她不好意思去做饭给自己吃啊。

西大经院高层，姜铭正开着会就感觉到自己的手机振动了一下，他划开屏幕就看到南安安的短信——你快回来，我一个人承受不来……

姜铭抱歉地看了眼滔滔不绝的院长，院长朝他点点头，姜铭起身走出会议室一边回短信——嗯，就回来了。

很快南安安的短信又来了一条——你儿子饿哭了，还带了张姜嘟嘟眼泪汪汪的照片。

姜铭打开车门坐进去，南安安又发来一条新短信——我也要饿哭了。

看到短信，姜铭手指在键盘上飞快地按了几下，回复了短信——嗯，我先回去喂儿子。

另一条短信只隔了几秒——再喂饱你。

"嘀嘀——"南安安一手抱着姜嘟嘟颠着，一手握着手机，看到新短信耳尖有些红，妈蛋，这么意味深长的……

姜嘟嘟眨着圆眼睛探着脑袋也想去看，可惜他无良娘亲已经放下手机继续拿着重新冲好的奶粉哄他．姜嘟嘟张开小嘴巴露出小舌头，南安安回想到自己刚才的举止试着往他小舌头上挤了一小滴奶，姜嘟嘟吧嗒吧嗒嘴巴意犹未尽，圆眼睛一亮伸着手去抱奶瓶。

……

南安安终于顺利喂了儿子，把胖嘟嘟的小家伙放回婴儿床里她就听到了开门的声音。姜铭换了拖鞋走进来和她一起看闹腾了一早上的儿子，姜嘟嘟一看到他爸爸来了，立刻挥着双手啊啊叫，姜铭俯身把他从婴儿床里抱出来。



不同于其他小孩子，姜嘟嘟从小就特别喜欢黏着姜铭，需要姜铭抱着才睡觉，一离手就哭得上气不接下气。因此姜铭还跟校长请了个假，一边接手了姜家一边不上课天天带儿子——他们不是没有反抗过，架不住姜嘟嘟是一个想哭就哭还哭得响亮的孩子，他认生，只让南安安和姜铭抱，而且在他爹妈之间还极其偏向他爸爸。

南安安心虚地摸摸鼻子，姜铭作为爸爸确实比她这个妈妈要靠谱得多。

南安安的小日子过得特别轻松愉快，因为她儿子特喜欢姜铭，而且初为人父的男神一看到那双像极了南安安的圆眼睛哭得湿漉漉的，就妥协成了一个奶爸。姜铭一边逗着儿子，一边跟南安安感慨："这孩子怎么这么黏人……"

南安安心虚地摸鼻子，她不好意思说姜嘟嘟像她，而且姜嘟嘟以后应该会更黏人。

南安安小时候黏起南是来，跟姜嘟嘟比有过之而无不及，双胞胎本来就是一个给妈妈照顾，一个给爸爸带。南安安小时候都是南是带的，她能做到一眼看不到南是就哭的地步，后来长大一点会走路了那就是南是的小尾巴，拖着她喜欢的毛绒熊跟在南是屁股后面，南是走哪儿她跟哪儿。

一转眼，她就从那个张着手要爸爸抱的小女孩，长成了现在这个样子，连她的儿子都会要爸爸了。

而对于当下的南安安而言，最心塞的事情，莫过于她先于姜铭喂好了儿子，于是姜铭集中精力把她翻来覆去地好好喂饱了她……

南安安把车开进停车场后在门口站了好久才开的门，钥匙插进锁孔里转了一圈后她并没有直接推门，而是清了清嗓子对着大门喊了一声：“姜嘟嘟。”

门里传来一声奶声奶气的“到”，南安安扶额，果然……自从上次她一推大门把兴奋地扒在门上迎接她的姜嘟嘟撞了个人仰马翻之后，她每次开门都得提防着姜嘟嘟这个人型炸弹。

“向后转。”

南安安口令短促有力：“齐步走，一二一一二一一二一……立定。”

“一二——”姜嘟嘟开心地应了一声。

估摸着姜嘟嘟已经远离了危险范围之后，南安安才推开了门，一走进去就被小崽子抱住了腿．姜嘟嘟抱着她大腿仰着脸看她：“抱……”小胖墩大概是胖的缘故，一说话还有小酒窝。

南安安一回来，在家照顾姜嘟嘟的保姆就先走了。

南安安弯腰抱起小胖墩，踢掉高跟鞋往沙发那里走，坐到沙发上之后把嘟嘟放在自己腿上，姜嘟嘟兴奋地坐在他妈妈身上颠了颠，眨着圆眼睛充满期待道：“爸爸……”

南安安真想把他从腿上抖下去。

南安安抓着他两只肉爪子低头和他碰碰脑袋：“爸爸出差了。”

姜嘟嘟是个唇红齿白的小胖子，这一点从他的乳名也能看出来，其实原本南安安给他起了个很霸气的乳名——姜都督，架不住这孩子胖嘟嘟的，长此以往就成了姜嘟嘟。

姜嘟嘟搂着她脖子用胖嘟嘟的脸颊蹭她，奶声奶气地：“妈妈——”

你终于想起抱着你的是谁了，南安安抱着手里的小胖子，小胖子柔软的小嘴唇亲了亲她的脸颊。

南安安抱起小胖子去吃饭，姜嘟嘟除了爱黏着她和姜铭之外是个很好养的小家伙，她把嘟嘟抱到儿童椅上围好小围兜去厨房盛饭。姜嘟嘟乖乖地坐在他的小椅子里等妈妈，一看到盘子就开心地伸手要抱抱，等南安安把小碗小碟子摆好，小家伙就左手握着勺子开始自己往嘴里送饭了。

吃过饭南安安给姜嘟嘟换好小毛衣，就开车带着姜嘟嘟去机场接姜铭，一路上姜嘟嘟坐在安全座椅里东张西望不时跟她说话：“妈妈，要爸爸。”

南安安握着方向盘目视前方："一会儿就见到你爸爸了。"

"耶——"姜嘟嘟眉开眼笑地拍手。

等红灯的时候，南安安抬头看后视镜，姜嘟嘟已经歪了脑袋靠在座位上睡着了，肉嘟嘟的脸上五官还没有张开，眼睛比较像她，鼻子嘴巴眉毛都很像姜铭。

南安安心底柔软得一塌糊涂，这是她从未想过的另一种可能。

绿灯亮起的时候，南安安踩了油门车子朝着不远处的机场平稳地驶过去。远远地，她就看到了穿着黑色立领风衣、拉着个小行李箱朝他们走过来的姜铭。南安安打开车门正犹豫着要不要把睡着了的姜嘟嘟抱下来，姜嘟嘟就揉着眼睛张开手要抱。

南安安把小胖子抱下车，小家伙脚刚一着地就一迭声叫着"爸爸爸爸"颠颠地朝着他爸爸那里跑，一下子扑到姜铭怀里被姜铭一把抱起来，姜嘟嘟两只肉爪子扒着姜铭的肩膀开心地蹭了蹭。

姜铭抬眼看向南安安，她穿着藏蓝色的风衣，脚上踩了一双高跟鞋随着人群往他这边走。

阳光正好，南安安微微眯着眼睛看不远处一手拖着行李箱，单手抱着小家伙朝她走过来的姜铭。

逆着光，美好得甚至有些不真实……

"妈妈！"姜嘟嘟一下子打破了这种不真实感，转过脸伸出肉手朝着南安安招招手，"抱……"

南安安笑眯眯地踩着高跟鞋走过去，伸手接住了姜嘟嘟，姜铭手上一空索性把她和姜嘟嘟一起揽在怀里。

南安安回头在机场熙熙攘攘的人群中亲了姜铭一下。

温暖的阳光洒在她身上，南安安眯了眯眼睛，这是属于她的圆满。